# 行走的青春

## ——大学生社会实践微小说作品集

主编 陈 刚 副主编 武国剑 孙彩霞

社会是个大课堂。青年要成长为国家栋梁之材，既要读万卷书，又要行万里路。社会实践、社会活动以及校内各类学生社团活动是学生的第二课堂，对拓展学生眼界和能力、充实学生社会体验和丰富学生生活十分有益。

合肥工業大學出版社

**图书在版编目(CIP)数据**

行走的青春:大学生社会实践微小说作品集/陈刚主编．—合肥:合肥工业大学出版社,2022.5

ISBN 978-7-5650-5853-0

Ⅰ.①行…　Ⅱ.①陈…　Ⅲ.①小小说—小说集—中国—当代　Ⅳ.①I247.82

中国版本图书馆CIP数据核字(2022)第055250号

**行走的青春**

——大学生社会实践微小说作品集

陈　刚　主编　　　　责任编辑　张　慧

| | | | |
|---|---|---|---|
| 出　版 | 合肥工业大学出版社 | 版　次 | 2022年5月第1版 |
| 地　址 | 合肥市屯溪路193号 | 印　次 | 2022年5月第1次印刷 |
| 邮　编 | 230009 | 开　本 | 710毫米×1010毫米　1/16 |
| 电　话 | 人文社科出版中心:0551-62903205 | 印　张 | 15.5 |
| | 营销与储运管理中心:0551-62903198 | 字　数 | 278千字 |
| 网　址 | www.hfutpress.com.cn | 印　刷 | 安徽昶颉包装印务有限责任公司 |
| E-mail | hfutpress@163.com | 发　行 | 全国新华书店 |

ISBN 978-7-5650-5853-0　　　　定价:48.00元

# 本书编委会

# 前　言

党的十八大以来，以习近平同志为核心的党中央站在党和国家事业发展薪火相传、后继有人的战略高度，对青年学生成长成才提出了一系列富有创见的新思想新观点新论断新要求。习近平总书记多次强调，青年要成长为国家栋梁之材，要读万卷书、行万里路，既多读有字之书，也多读无字之书，注重学习人生经验和社会知识，注重在实践中加强磨练、增长本领。习近平总书记指出，要重视和加强第二课堂建设，重视实践育人，坚持教育同生产劳动和社会实践相结合，广泛开展各类社会实践，让学生在亲身参与中认识国情、了解社会，受教育、长才干。这些重要论述，为当代青年成长成才道路标定了鲜明的时代坐标和实践指向。

合肥工业大学坚持把培养高素质人才作为核心使命，不断深化教育教学改革，既注重发挥第一课堂主渠道作用，也重视和加强第二课堂建设，推动“两个课堂”相互融合，着力构建更高水平的人才培养体系。学校在深入实施“立德树人、能力导向、创新创业”三位一体教育教学集成体系的基础上，持续推进“第二课堂成绩单”建设，将其纳入人才培养顶层设计，明确学生第二课堂毕业标准，“第二课堂成绩单”成为学生毕业“硬指标”。在长期的探索实践中，学校十分注重发挥社会实践的育人功能，把开展社会实践作为加强和改进大学生思想政治教育、促进德智体美劳全面发展的重要途径，纳入“第二课堂成绩单”模块架构。不断拓展学生社会实践平台和路径，为学生参与社会实践创造更多机会、提供更好条件，构建了以暑期“三下乡”、寒假“返家乡”、社区报到、“工大青年先锋行”大学生支教计划等为主体的实践育人体系。学校数以万计的青年学生走进企业社区、乡村田野，广泛开展理论政策宣讲、教育关爱、医疗服务、科技支农、乡村振兴等实践活动。社会实践经历和体验成为许多青年学生“大学最难忘的回忆”。

过去的两年，学校在疫情防控常态化形势下扎实开展假期“返家乡”实践活动。广大青年学生深入实际、深入基层、深入群众，以自觉行动助力疫情防控，打赢脱贫攻坚战，服务乡村振兴战略，在推进新冠肺炎疫情防控和经济社会发展的生动实践中贡献青春力量，并取得丰硕的实践成果。在开展社会实践活动的同时，同学们坚持以实践为中心的创作导向，扎根人民群众，立足家乡建设发展，深入基层一线，创作出了一批主题鲜明、有品质、有温度的微小说作品。为了更好地凝练实践成果，彰显育人价值，我们从 2020 年、2021 年学生在社会实践活动中创作的众多微小说作品中，遴选出部分优秀作品编辑成书。本书共分为“行·奋战‘疫’线”“践·责任担当”“思·乡村新局”“学·初心激荡”“悟·花开逐梦”五个篇章，内容涵盖疫情防控、脱贫攻坚、乡村振兴、抗洪救灾、支教帮扶等多个方面。作品力求通过“小人物”“微视角”讲故事、传真情，鼓舞人心，弘扬正气，传播正能量。

在编辑的过程中，我们发现当前大学生社会实践活动成果以调研报告等形式居多，文学创作类较少，结集出版的更为鲜见。特别是以社会实践体验感悟为基础创作文学作品，对于工科学子来说本身就是难能可贵之事。尽管学生的作品略显生涩稚嫩，但透过这些饱含深情的文字，我们依然能够感受到新时代青年学生炽热的家国情怀和强烈的责任担当。希望本书的出版能为大学生社会实践成果转化提供有益的借鉴。由于创作及编辑时间仓促，本书难免存在一些缺陷和不足，恳请广大读者提出宝贵意见和建议。

编　者

2022 年 5 月

# 目　录

## 行·奋战“疫”线

传　承 …………………………………………………… 毛凌峰　陆星宇（003）
春“疫”阑珊 …………………………………………………… 朱浩天（006）
点点星光 …………………………………………………… 俞晨辉（009）
风雨中坚守 …………………………………………………… 张若珂（012）
光 …………………………………………………… 陈　辰（015）
倔强地等待 …………………………………………………… 金　宇（018）
坚　守 …………………………………………………… 时曾昊　李　义（021）
你也是逆行者 …………………………………………………… 霍思铭（025）
誓　言 …………………………………………………… 胡辰茜（028）
外　人 …………………………………………………… 代方智（032）
网 …………………………………………………… 许璟钊（035）
学　勇 …………………………………………………… 杨敏行（038）
医者仁心 …………………………………………………… 胡　芸　冯泽帆（041）

## 践·责任担当

八月，未央 …… 舒　笛（047）
堤　坝 …… 鲁　璐　雷　星（050）
艰难抉择 …… 李斯瑞　何　静（053）
勇　士 …… 于继翔（056）
绿墙在延伸 …… 罗　一（059）
那一抹明媚的笑 …… 邹沂珊　尹伊莎（062）
我们都是大禹 …… 余蓟洁（065）
战长堤 …… 马建东　王世琛（067）
追　光 …… 张　锐（070）
微　光 …… 唐圆圆（074）
班　规 …… 唐圆圆（077）
那个夏天 …… 孟祥堃　杨婉艺　陈婉丽（080）
泉乡村里有大山 …… 刘宝厚（083）
王南北的“新车” …… 王　亮（086）

## 思·乡村新局

头雁领飞 …… 程文文　于小童　张玉龙（093）
驻镇女书记的帮扶情 …… 于小童　程文文　姜张英（096）
雏鹰展翅 …… 张逸飞（099）
创业园 …… 薛紫彤（102）
春　天 …… 刘　瑾（105）
村　守 …… 郑鑫宇　詹崎鹏　闫文龙（108）
大张村的第一书记 …… 姜张英　徐乐童　黄雪迎（111）
二叔和村支书 …… 王紫翔（114）
徽　章 …… 张业寒（117）

回家路上的惊喜 …………………………………………… 付天朔（120）
羁　绊 ……………………………………………………… 段肃云（123）
老　于 ……………………………………………………… 全乐尧（127）
老张的高邮湖 ……………………………………………… 钟婉婷（130）
另一个世界 ………………………………………………… 查欣君（133）
梦迟归路赊 ………………………………………………… 张欣然（137）
贫困打不倒顽强的他 ……………………………………… 吴子龙（140）
书中的映山红 ……………………………………………… 江娅宁（143）
水果摊 ……………………………………………………… 祝新宇（146）
人情与规则 ………………………………………………… 赵　伟（149）
身　影 ……………………………………………………… 刘　璇（152）
小张的变化 ………………………………………………… 魏天祯（155）
信念的力量 ………………………………………………… 杨棋文（158）
走出苇荡 …………………………………… 杨璨然　钱信君（161）
走进黄土地 ………………………………… 孙雨晴　陈佳佳（164）
书记的泪光 ………………………………………………… 孙骏骐（167）

## 学・初心激荡

老鹳鸟 ……………………………………………………… 沈　奥（173）
心怀家国　家风犹存 ……………………………………… 孙嘉怡（176）
尺　寸 ……………………………………………………… 侯旭东（179）
齿　轮 ……………………………………………………… 栗　洋（182）
科研之路 …………………………………………………… 邵玮佳（185）
轮椅上的艺术梦 …………………………………………… 韩　雪（188）
生活的品相 ………………………………………………… 许璟钊（191）
踏　雪 ……………………………… 成东升　韩祝香　徐乐童（194）
天亮了 ……………………………………… 丁卫东　胡曾铭（197）

王导的一天 …………………………………………………………… 张　姮（200）
心中的希望与光 ……………………………………………………… 弓　航（203）

## 悟·花开逐梦

踩在心上的山路 ……………………………………………………… 罗雪瑜（209）
多出来的三个桶 ……………………………………………………… 方文涛（212）
风动云泛潋墨华 ………………………………… 杨滢渝　范晨露　王韫暄（215）
老段的菜园子 ………………………………………………………… 叶梓馨（218）
玫瑰土地 ……………………………………………………………… 黄　宸（221）
青山绿水的守护者 …………………………………………………… 徐珑榕（224）
清晨照进来的第一束光 ……………………………………………… 伍钰婷（227）
张三麻子 ……………………………………………………………… 曹廷龙（230）
滋　味 ………………………………………………………………… 徐　赫（233）
最美的花环 …………………………………………………………… 张　悦（236）

# 行·奋战『疫』线

行走的青春

# 传　承

毛凌峰　陆星宇

“您好，请出示健康码。”我对一名从我身旁走过的老人说道。

老人停下脚步，并没有拿出手机，只是回头望了望我。

“爷爷，给我看下您的健康码。您手机上申请健康码了吗？”看着老人一脸茫然的样子，我快步走到他的面前，“没有的话，我可以帮您申请一下。”

我向老人说明健康码的用处，经过他的同意后，用他的手机申请了健康码。我把手机还给了他，说道：“现在新冠肺炎疫情严峻，出入小区需要给我们看您的健康码，也请您戴好口罩，保护好自己。希望您能理解。”

“好的好的。好孩子，现在外面闹得很，你也多注意注意。”老人家点了点头，离开了。

2020 年，注定是让我终生难忘的一年。一场突如其来的新冠肺炎疫情完全打破了本该正常的生活。欢声笑语不再，原本繁华的街道只剩下风随心所欲地呼啸而过。口罩一下子变成了生活必需品，人们外出戴上了口罩，绝大多数时候居家自保，一时间，人心惶惶。口罩盖住了口鼻，出门的日子少了，情感的维系也淡了许多。我的家庭亦如此。

危难之际，总是会有千千万万的逆行者站起来。他们或是抗疫一线的医生，或是基层管理人员，他们一起维护社会正常秩序，构筑起血与精神的长城。我的父亲便是逆行者之一。几天前，我得知社区正在招募志愿者，没有过多犹豫便报了名，在课余时间参与社区的志愿服务。扪心自问，我也曾为自己的安全担忧，新冠肺炎是如此可怕，但那些逆行者们都没有畏惧，我哪能害怕？我很高兴自己能成为一名志愿者，能为更多的人服务，尽我所能作出更多贡献。查码测温是我每天的工作，虽简单平凡，在我眼中却意义非凡。我遇到过没有健康码，甚至没有手机的老人，我或帮忙申请，或做好登记、查实工作。我也遇到过不配合甚至试图硬闯小区的人，也有可靠的保安叔叔与社区工作人员前来解决争端。在疫情期间，我不再是碌碌无为，我为抗疫做出了贡献，虽然这份贡献略显绵薄，但至少我也在努力。

“妈，我回来了。”我推开家门，却没得到回应，“妈?”

“啊，是凌儿回来了呀。”许久，母亲才从内间出来，“妈再做道菜，咱就吃饭了哈。今天还顺利吧?”

“嗯，挺好的。”我回应道。我放下背包，走进卧室，发现父亲的照片又被拿下来了。我拿起照片，轻轻抚摸了下父亲的脸庞，便放回原位……

我的母亲是一名小学老师。虽然已经开学，但受疫情影响，母亲工作的小学采取了线上教学的模式。线上教学并不代表着工作量的减轻。我还记得前些天，线上考试之后，有些学生的成绩不是很理想，母亲一个个地给家长们打电话，希望他们督促自己的孩子在家学习。线上教学没有面对面的交流，母亲很无奈，但也只能笑谈自己自说自话讲课的尴尬。学生们不听课，老师们也没有办法。现在的教学模式本就是被动接收知识的过程，遇到三心二意的学生，母亲也是无可奈何，也只能做好自己所能做的工作。这些天，经常能听到母亲持续不断的微信提示音。为了顺利开学，学校也是煞费苦心。在与母亲茶余饭后的闲谈中，我了解到他们采取了复课补差、亮码进校、钉钉上报安全情况等方式确保学生们学习与安全两不误。我们大学以后估计也会这么做。不知道这么久的时间未相见，大学同学们是否安好，是否被这新冠肺炎疫情所恼?

“我们学校要线下上课了。”母亲边烧菜边说道，“妈妈之后不能给你做中饭了，你就去你小姨家吃，我已经和她说过了。”

我点了点头，说道：“晓得了。”

第二天志愿服务结束后，我向着小姨家走去。路过的 2 号楼的门卫大爷刚好看到我，热情地向我打招呼：“干了一上午了，忙坏了吧，小姑娘? 辛苦了呀。”我微笑着摇了摇头，向大爷问候了一声便继续往小姨家走了。

小姨对我很热情，做的饭菜也合我的口味。她和我聊着家常，还时不时和一旁的妹妹讲：“好好读书，像你姐姐一样考个好大学。”我笑而不语。

“凌儿，你现在是不是还在做志愿者? 现在这环境，干这个多危险啊！想想你父亲，好好的一个医生，都是因为……”像是突然意识到说错了什么，小姨顿了一下，尴尬地接着说道，“注意安全，特殊时期，保护好自己。会过去的，都会过去的。”说罢，她便去厨房收拾东西了。

我愣了愣，泪水不住地涌了出来，像是在心头的什么东西被打破了。恍惚间，似乎他的身影就在我的眼前，而我正追随而去。“姐姐，你为什么哭了呀？”妹妹天真的声音将我拉了回来，看着她疑惑的样子，我噙着泪水，摸了摸她，回道：“没事。”

若是父亲知道我这般做，他也会欣慰吧。

---

本文以第一人称“我”的角度，叙述了“我”在疫情期间在小区做志愿者的故事，并通过作为老师的“我”的母亲，反映疫情期间老师的付出。文章叙述了疫情期间“我”家的故事，表现了“我”的内在心理，暗示“我”的父亲在抗疫中奉献了自己，而“我”是父亲为人民奉献的意志的传承者，“我”积极参与到疫情防控工作中，反映疫情期间老师、医生、志愿者等人的不易，歌颂逆行者的伟大。

创作我来说，扫码看看吧！

# 春“疫”阑珊

朱浩天

细雨微凉，似乎在宣告冬天尚未离去。丝丝凉意顺着夜色渗入了王小锤的心里，他不禁把被子卷得更紧了些。他觉得这个冬天似乎一直没有过去，刚刚度过的春分也阻挡不了冬日遗留的寒意。他想念春日复苏万物的暖阳，然而他感觉不到春天的到来。

孤独在他心间蔓延，几乎将他揪得喘不过气来。他已经一个人度过了多久？一个月，两个月，还是半年？他不知道，也不愿细想。如果不是因为这场疫情，他应该在学校，而父母也本应在家里，这时候他的母亲会煮一碗热腾腾的饺子。

他突然意识到自己已经很久没有吃饭了，已经不记得上次吃东西是什么时候了。“我应该已经很饿了吧?”他想——长时间紊乱的作息，已经让他感觉不到饥饿。他习惯性地打开手机，点开“饿了么”，已经时至深夜，在这样特殊时期的深夜，没有一家营业的店铺。他掀开被子，刺骨的寒意瞬间扑面而来，他又缩进被子里，这次甚至把头也埋进了被窝里。半晌，圆滚滚的被窝突然耸动了起来，隐隐约约传来了呜咽声。

他想到了时常教导他“男儿有泪不轻弹”，却也会看着电影潸然泪下的大锤爸爸；也想到了总是温柔地微笑，总是给他变着花样做饭，却在他犯错时抽断了树枝的小枝妈妈。他已经很久很久没有见过他们了，他很想念他们，他相信他们也很想念自己。他们如今都身在武汉，在前线战斗。一切都是因为新冠肺炎，他的父母主动奔赴前线。

他停止了哭泣，重新打开手机，点开微信，果然看到了爸爸妈妈发来很多的

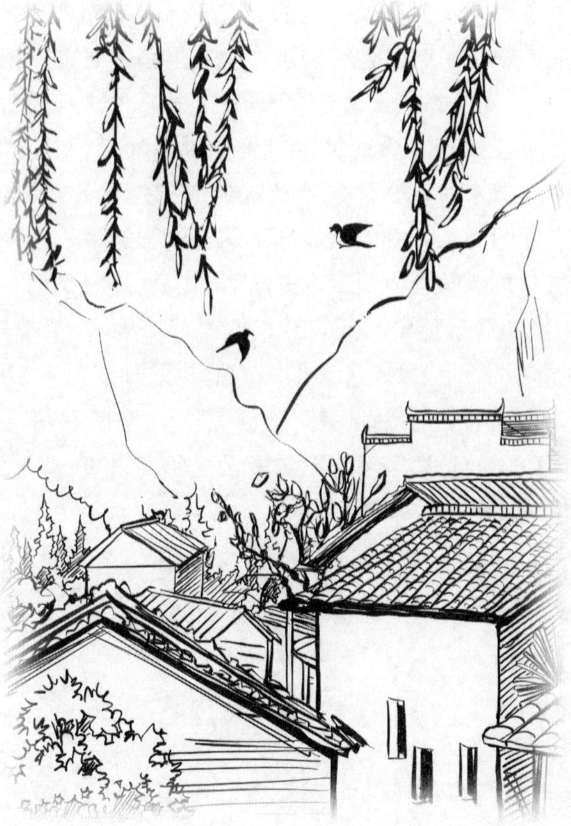

消息，至于内容他不用看也知道。点开妈妈发来的消息，无非是照顾好自己、尽量别出门、出门戴口罩等。点开爸爸发来的消息，除了熟悉的“即使是上网课也得好好读书”，还有一条“最近疫情在不断好转，我们或许很快就会回来了”，些许欣喜荡漾在他的心田，但是转眼他又丧气了。这么长时间过去了，指不定又是一场空欢喜。前段时间还说情况挺好，结果过段时间又说反弹了，一时半会儿回不来。他胡乱地想了一阵，又打开了手机上网，很轻易可以找到医护人员身着防护服辛苦工作的文章。从这些文章里，他找到了父母的影子。自从他们去了武汉，喜欢发自拍的妈妈再也没有发过照片。每次问他们情况，他们都说就是有点累，也没那么苦。“骗人，我又不是小孩子了，我都十六岁了。”想到这里，他鼻子又是一酸，心里想着：等我长大点，以后爸爸妈妈去哪里我一定要跟去，苦点累点怕啥，总好过老是丢下我一个人。

浑浑噩噩地，他突然又醒来了，艰难地睁开眼睛，抓起手机，刺眼的光让他几乎要流下眼泪。凌晨3点，真是尴尬的时间。迷迷糊糊地他又刷起了手机，大概这样子又可以消磨很久了吧。他机械地滑动着屏幕，正准备退出，置顶的文章吸引了他的注意力。“武汉将要解封”，又是营销号，他这样想着。但是点开文章后，他看到了“经中央批准，除武汉市以外的湖北其他地区，3月25日起解除离鄂通道管控；武汉市4月8日起解除离鄂通道管控”，一股难以形容的喜悦如一把大锤敲击在小锤的心上，同时他又被焦虑与慌张笼罩。他急急忙忙翻完了文章，又点开了微信，果然爸爸妈妈都发来了微信。他几乎是颤抖着先点开了爸爸的消息：“武汉4月8号就要解封了，我们快要回来啦！”又点开了妈妈的消息：“武汉4月8号就解封了，宝贝儿子我们马上就要见面了！”他心中那颗巨大的石头终于落了下来，只余下层层的涟漪。过了许久，他彻底地平静下来，关上手机，轻轻地放在床头，静静地躺下，随后慢慢地闭上眼睛，缓缓地陷入了久违的沉睡，嘴角不知何时泛起了弧度。

他做了一个梦，虽然内容他已经忘记了，但他知道，梦里清辉和煦、春暖花开。

春意却将至未至，可以想见未来的光景。

春天，要来了。

---

这篇微小说的主要内容是父母奔赴武汉疫情前线，某一个夜晚独居很长时间的少年王小锤的心理活动。文章开头的基调是压抑的，随着即将见到父母后的喜悦与最后的宁静，情绪上扬，由抑转扬。

本文另一条暗线则是春将至未至。本应是春季却又带着冬天的寒意，象征着疫情不容乐观。直到得知武汉将要解封的消息，王小锤才在梦中见到春暖花开。春天的到来也象征着疫情情况好转，而孩子内心的喜悦同样代表着全国人民对武汉解封的喜悦。

创作我来说，扫码看看吧！

# 点点星光

俞晨辉

“小徐啊，过来过来。”社区办公室的另一头，方姐喊道。

“咋了？方姐，是不是又有居民需要我们带菜了啊?”

“3 幢那个王大爷说他和他老伴想吃火龙果了，你去水果店给他们带点火龙果去。”

“好嘞，我这就去。”说罢，小徐拿起伞，就往水果店赶。

对于小徐来说，这已经是家常便饭了。疫情期间，社区做的一项工作，就是给一些腿脚不便的老人带水果带菜，小徐作为社区里为数不多的 95 后，这个跑腿的任务自然就落到了他的肩上。每天他都要为十几户小区居民送上水果和蔬菜，保证居民的日常生活供应。

外面雨下得很大，跑到水果店，小徐的裤腿就已经湿了一大半。

“老板，来 2 斤新鲜的火龙果呗!”

“好嘞，又要帮居民带水果呀?”

“是呀，3 幢王大爷和他老伴想吃了。”

“哎哟哟，那我可要认真帮你挑选咯，他可挑剔得很咧!”老板说完，从墙上挂着的塑料袋中扯下一个，走进店里。

“小徐啊，都年三十了，你怎么还不回老家啊？爸妈想你的呀。”老板边挑水果边问道。

“疫情严重啊，社区工作也需要人手，我也是想着帮助社区渡过疫情这个难关，想想就留在这里服务居民了，为居民服务嘛。”小徐笑着说。

“嗯，是个好小伙子！2 斤新鲜的火龙果好啦，16 块钱，便宜点，15 块，冲着你热心，少收1块！"

"好嘞，老板。"说着，小徐拿起水果袋，就往3幢跑去。

一口气跑上6楼，小徐轻敲王大爷家的门。"大爷，你要的火龙果到啦！"大爷出门接过火龙果。小徐刚准备转身离去，谁知大爷眉头一皱，说道："小徐，你这火龙果不新鲜啊！"

"怎么会不新鲜呢？"

"你看看这皮，新鲜的是鲜红的，而且这火龙果都硬了，一看就不新鲜了！"

"王大爷，这个是水果店老板挑的，保证新鲜！"

"水果店老板挑的就一定新鲜了？拿去退掉！"

"大爷，这水果怎么能说退就退呢？"

"嘿，你们社区工作者这点事情都办不好，像什么样子？真让人失望！"说着，王大爷就关上了门，没有说一声"谢谢"，门外还能依稀听到大爷的抱怨声。

小徐站在门外，尴尬，也委屈。这里的年三十，虽说不比老家东北，但冷，是真的。从疫情发生到现在，小徐每天跑进跑出，耳朵和手上早已长满冻疮，偶尔还要面对像这样无理取闹的大爷的刁难。但没有办法，社区工作者，就是要尽心尽力地服务好居民，在抗击疫情中贡献出自己的力量。小徐摇摇头，往水果店走去。

"老板，真不好意思啊，那位大爷说不新鲜，让我给退回来，我也劝不了他，给你赔不是了。"

"哪里？没事没事，本来你干这个也是辛苦，不要紧的。"

两位正聊着天，忽然听到水果店门口有声音传来。"小徐呀，好巧啊，怎么，你也来买水果？"

"哎，张大妈，我来这里和老板聊聊天，外面怪冷的，还是里面暖和。"

"小徐啊，上次得亏你给我们家带来那么多蔬菜，不然看着疫情这样子，真不知道哪里还有菜买。而且啊，你别说，那些菜还真新鲜，我晚上烧了碗水煮肉片，我们一家五口人，吃得别提有多满足呢！真谢谢你啊，这大过年的，给我们送这送那的！"

"没事的，好吃就好，你这说的，下次我也想来吃了！"

"来呀，下次来我家，我给你烧我的拿手好菜！"

“你们俩倒是聊得欢了，吃好吃的不带上我?”老板在一旁假装赌气地说。

“带你带你，除非你给我这梨卖得便宜点。”大妈笑着说。

虽然街上空空荡荡，只有零零星星的店还开着，但水果店里三个人的欢声笑语，给寒冷的冬天带来一丝暖意!

---

这篇文章是根据真实事件改编而成的。春节期间，人力、物力都十分短缺，甚至连买新鲜的菜都十分困难，但正是有像小徐这样的青年挺身而出为居民服务，居民才能安心在家，疫情才能得到有效的缓解。我写下这篇微小说，不仅仅是为了赞美像小徐这样敢担当的有为青年，更是为了表达我们00后也会为社会奉献自己、成为新时代好青年的决心。

创作我来说，扫码看看吧!

---

# 风雨中坚守

张若珂

解放大道本是武汉一条平凡的街道，而在这场疫情中具有特殊意义的同济医院、协和医院、武展方舱医院、武商广场均坐落于此。所以有人说，这是一条英雄的街道。这条街道上的一个平凡社区里，居住着一群不平凡的英雄。

我家隔壁楼的王阿姨，是协和医院肿瘤中心的一名医生，她的叔叔董爷爷，和我外婆共事多年，退休后仍在医院工作。疫情期间，我们全家在手机上刷到董爷爷的采访视频：84 岁的他坐在诊台后面，被巨大的防护服包裹着，护目镜后的眼神坚定，“给小朋友看病，就是我一辈子的事！”

疫情结束后，我们邀请王阿姨来家里聊天。原来，在疫情期间，董爷爷的家人曾屡次劝他回家休息，毕竟老年人一旦染上了病毒，就很难撑过去。但董爷爷说，都这个岁数了，他什么都不在乎了，这危急时刻更需要他这种经验丰富的医生。王阿姨被董爷爷深深感动，毅然请缨调离肿瘤中心，去往协和西院区负责住院部的病人，为抗疫一线补足人手。她说：“老爷子能做到的事，我一个中年人还好意思退缩吗？我有这个能力，我就会向前，不存在什么怕被感染。”诚然，对一个医生而言，没有什么比救治更多病人更重要，逆行是他们最光荣的选择。

社区封锁时，住户的日常物资紧缺，且购买受限。这时社区的志愿者们成了大家的好帮手。朱阿姨是我们这栋楼的“团长”，负责整理团购信息、分发物资。每天清早便能看见她忙忙碌碌搬运物资的身影，有时有不看微信消息的住户忘记去领物资，朱阿姨就会在楼下一直等着，看到熟人经过便上去问那些忘领物资的人在哪，被耽误了很长时间也毫无怨言。朱阿姨出来做“团长”有两个原因：一是她们家条件不好，做“团长”能享受供应方的小小福利；二是她老公身体不好，病情还不知能不能好转。她笑着说：“不知道我做这点善事，老天爷能不能行一回好?”有人了解到她们家的情况，在微信上发了红包过去，朱阿姨每谈到这件事，笑着笑着泪就掉下来。她说：“后来端午节嘛，我送了些粽子去，我也没啥东西，就会包个粽子。我本来想给大家做做善事，到头来成了大家给我做善事，以后每年端午，我都给人家送粽子去，这‘团长’我要做一辈子。”

疫情期间，发生了一件让我们都很难过的事，一位平时人缘极好的老大爷因为新冠肺炎去世了。老大爷的女儿小吴三十岁出头，在附近的武商广场工作，年年拿“优秀工作者”奖励。当时武汉复工复产，武商广场第一批开门营业，说它

是汉口的商业中心也不为过。我们是通过微信了解到武商广场开业了，小吴姐每天发二三十条原创朋友圈，号召大家去购物。放假了她还给我发微信，说最近他们商场电子产品搞暑假促销，大学生买这个可划算了。我们在想：小吴姐是不是还没有缓过来？怎么一头扎在工作里了？估计是没准备好怎么面对自己的生活吧。

后来跟小吴姐聊天，才知道她是完全想开了。病毒带走了她的父亲，她就要快点把这病毒送走。人总要向前看，而且只有她一个人向前看没用，她要让所有人向前看。一个个发微信催着我们去商场购物，是在提醒我们复工复产了，新生活要来了，一切都会恢复如初的。我觉得她说得很对，人不能永远活在伤痛中。要是所有失去亲人的人都不振作起来，这座城市、这个国家，还有恢复生机的可能吗？病毒在我们国家已经得到很好的控制，高铁、飞机恢复正常，大小企业也都复工复产，一切都在越变越好了。

若不是亲身经历，我很难想象在这样一个小小的社区里，有如此多令人热泪盈眶的人和事。他们原本也只是一个个小人物，但他们有真情，或是对患者，或是对帮助过自己的人，或是对这座城市，或是对这个国家里的每一个人。我觉得这样的真情，是世间最珍贵的东西。因为我知道，无论在怎样的环境下，真情能把原本无关的个体联系在一起，我们彼此依靠、互相给予，这样手牵着手，成了一张牢牢的网。就算风雨再大，这张网的每一个结点也能紧紧联结，永不破裂。

---

本文通过对一个普通社区的描述，让大家了解到这些为了抗疫作出无私奉献的平凡人，切身体会到特殊时期的人间真情。相信在国家的每一个角落，都有这样一群人，他们有着不同的身份，来自不同的家庭，做着不同的事，只为一个共同的目标——永不退缩，用自己的力量救人于危难之中。2020 年武汉的春天来得很晚，但因为有他们在，春天还是来了！

创作我来说，扫码看看吧！

---

# 光

陈　辰

一束光划开了黑色的画布，脚步声打破了黑夜的寂静，老人回家了。

“唉，今年不太平哟！”

“这疫情蛮严重的，大过年的不好聚了。”

“听说隔壁村有一个从外面回来的，已经被隔离观察了。”

……

相较于2003年的非典，今年的新冠肺炎疫情让我感触更深，真正感受到了紧张与责任。战“疫”一线的消息通过网络媒体迅速传播，无数最美逆行者不断涌现，作为当代青年大学生，我又能做些什么呢？

“别聚在这了哈，都散了，特殊时期大家都注意着点！”严厉而不失亲切的声音在耳边响起，把我从思绪中拉了回来。

“早上好，叔，你去值勤啦？”

“嗯，快都散了吧。”浑厚的嗓音再次响起，人们渐渐散去，老人小跑着走向村口检查点。

老人是一名光荣的退伍军人，也是一名共产党员，村里征集防疫志愿者时，他第一时间报名参加，负责在村口对进出村子的人员进行检查。

他的老伴走得早，儿子也在镇上有自己的事业和家庭，老式的大房子如今一人住起来显得有些空荡荡的。以往每年春节儿子都会带着妻子孩子回来陪老人过年，一家三代人还挺热闹的，但今年似乎没有看见儿子一家回来……

入冬之后，渐渐冷了起来，天空好像总是灰蒙蒙的，也不知道何时太阳才能穿过云层，光照大地。有时我出门购物时会看见老人穿着军绿色大袄坐在检查点帐篷外，腰背挺直，目光汇聚在路口处，严肃且专注。由于天气较冷，他轻微搓着手，时不时哈口气，却不曾躲进开着取暖器的帐篷里。

“请出示通行证和健康码，然后登记一下这个。”老人总是这样一边提示，一边递上登记表。

当然总会有人重视程度不够，不按照要求配合检查。“唉，叔，通行证一礼拜才三张，我这次出去办点小事，一会就回来。”

“不行，现在特殊时期咱们得按村里要求来，才能保障安全。”

“那啥，叔，我都到村口了，要不这次就让我出去一趟?”

“那也不行，你家才几步远，回去拿一下不费事。”

村里的年轻人对老人怀着敬畏，而老人也总是严肃但亲切，不苟言笑的样子却能给人一种平易近人的感觉，因此不按要求进出村子的人也渐渐守了规矩。

夜晚悄然而至，黑暗被星星点点的光照亮了，其中有路灯昏暗的光、家家户户透出的光以及帐篷里暖黄色的灯光，它们在冬夜照亮世界、驱走严寒。老人靠着帐篷坐着，看着村庄这灯火通明的景象露出了欣慰的笑容，这仿佛是一天执勤工作最好的回报。

夜渐深，当路灯那昏暗的灯光也关闭后，老人一天的工作也结束了。他从帐篷里搬出“禁止通行”的栅栏并安置好，便提着手电筒向家走去。

伴随着几户人家零零散散的灯光，一束光划破黑夜，脚步声打破静寂，他回家了。

一周过去，老人每天都会从门前经过，看着他硬朗而又坚定的背影我有些触动。本周的通行证同样是由老人发放至各家各户，父亲总会与老人闲聊两句。

“大舅，庆儿今年春节回来过没有呀?”

“没有，今年这势头，没办法呀。”老人虽无奈但并不难过。

“也对，这疫情也不知道啥时候才能控制住，估计暂时镇上也不让出来。”

“嗯，前几天他给我打了个电话，说他在镇上的社区进行志愿防疫工作。”老人露出满脸的自豪。

老人和父亲又寒暄几句，便离开前往下一户人家发放本周的通行证。今日天气转晴了，云层不再堆叠，阳光终于冲破云朵洒在这乡间的道路上。冬天似乎不再寒冷，也许春天已经不远了!

此时心中的迷茫与困惑渐渐淡去，我戴上口罩，加快脚步赶了上去。

“爸，我去看看舅爷爷需不需要帮忙。”

本文是我根据“三下乡”社会实践亲身经历进行的文学创作。我在社会实践中了解到疫情防控期间老党员同志的工作细节——驻守在村口进出点，尽自己的一份力量和责任，守护一方安全，保障人民健康。老党员的儿子也是党员，同样站在一线，在这寒冷的冬天守卫人民的安全与健康。这种无私奉献的精神感染了我，我以文学的方式表达出来，以便让更多的人关注基层的优秀人物。

创作我来说，扫码看看吧！

# 倔强地等待

金　宇

2020 年 1 月 24 日，除夕。

“咚！咚！咚！”小屋里平静的空气突然发生了剧烈的异变，原本安静的氛围瞬间被打破，敲门声将睡梦中的小宇硬生生地拉扯回“残酷”的现实生活。

“做蛋糕，做蛋糕”，怀着喜悦，小宇跳下床飞奔而至，却又不失一分冷静，小心翼翼地站在门前，“是爸爸吗？”

“咳，咳咳，小宇，你好！我是舅舅。”话音未落，一个熟悉的身影已来到小宇面前，“小宇！你爸爸今天有事，可能不会回来，去舅舅那住一晚吧？”舅舅蹲着身子，右手习惯性地抚摸着小宇的脑袋。

“哦，好的，舅舅。”小宇想说什么，却没有勇气说出来。

街道上，光和影在相互试探摸索，悠扬的歌声将笑浪送上天际，而舅舅与小宇的背影慢慢地、慢慢地被拥入夜色温暖的怀抱。

“叮叮叮。”一阵清脆的电话铃音传来。“舅舅，是爸爸吗？是……”一连四日的“招牌动作”——摇头，打断了小宇的念想。小宇的眼角泛着点点泪光，脆弱的心又一次悄悄地在无声地啜泣着、无声地倔强着！

因为离世的妈妈，曾这样对他温柔地说过：“男孩子，不要轻易地流下自己珍贵的眼泪。”

小宇沉闷一会儿，垂丧着头，掰开手指，喃喃自语：“1、2、3……”

“小宇，在数什么？”纤细的手臂有着淡淡的香水味，姐姐悄然间将小宇拥入温暖的怀中，亲切地问。

“在计算着日子。”期盼的话语之中掺杂着些许悲伤的忧思。

“咦？什么日子？”姐姐不解地询问。

“是非常非常重要的日子。”小宇认真地回答。

“哈哈！是你的生日吧！小宇。”

姐姐抚摸着他的头，忍不住笑了。

“我们一起数吧。”

小宇掰开手指：“1、2、3……6、7。”

“7减去4等于……”

“等于……”姐姐重复着。

“3，3，还有3天，3天……”激动的词儿迫切地冲出小宇的双唇。

“对，弟弟真聪明。”姐姐揉了揉小宇的小脑袋。

“叮叮叮。”清脆的铃音再次传入小宇期待的小耳朵里，可这一次，他却没有像往日那样大呼大叫，而是小心翼翼地躲在屋内一角，仔细地窃听舅舅与电话里头人的谈话。三言两语的拼凑中，小宇开始有所怀疑，脑海里瞬间浮现出各式悲伤的过往——白色的烛台上，母亲黑白色的遗照……他害怕舅舅像当年的爸爸一样，对自己隐藏事实的真相……

夜深了，浓浓的睡意撒满房屋内每一个漆黑的角落，只有一处，有一个小男孩睁着大大的眼睛，揣着一颗忐忑不安的心，静静地注视着抹了黑的天花板……子夜时，钟声一响，小男孩挪了挪身子，悄悄地跑到哥哥的房间里，极为小心地摸了摸放手机的衣柜，然后回到客厅，拨打了陌生却又熟悉的手机号码……

“1、2、3……9。”

小宇颤抖的小手慌张地将手机贴近耳朵。

电话那边却传来幻想的破灭声。

“对不起！您拨打的用户暂时无法接通，请稍后再拨。”

电话这边却是无助的疑问：“爸爸，怎么是一个女生的声音？她在说什么？你为什么没回来？回来和我一起做蛋糕！”

“砰”的一声，手机落地，灯闪亮，小宇被吓坏了，然后，接着又是一声“啪”的巨响，整间屋子里便回荡着小宇哇哇的哭声。

舅舅、舅妈和姐姐突然被惊醒，跑进客厅里。

摔碎的手机屏，紧皱眉头、气得冒烟的哥哥和摔倒在地的小宇，映入他们疲倦的视网膜上，刺激着他们疲惫不堪的神经。

生日的夜晚还是如期而至，可父亲的身影在这些天里仍未出现，小宇焦躁不安。可看着眼前为自己忙活了一天的姐姐、舅妈以及挨了一顿揍的哥哥，小宇封藏了这份不安。

突然间，门铃的声音四起，点燃了小宇心中的希望，他飞快地跑去开门。迎面而来的却不是脑海里美丽的幻景，只有冰冷冷的夜和呼啸的风，小宇脆弱的心再次忍受着折磨。

呆滞了几秒，小宇低着头，正要……一个礼盒映入眼帘，小宇压抑的情绪抑制不住地涌出，眼眶里的泪珠哗啦哗啦地流淌。“蛋糕，是蛋糕！”小宇断断续续地啜泣着，“爸，我想你了，我……我会记住妈妈的话！”

“叮叮叮。”“快回到自己的岗位，坚守自己的社区防疫工作。”

疲惫的爸爸又一次默默地离开，只留下一丝丝泪痕于冰冷冷的阶梯上……

---

新冠肺炎疫情在全国肆虐，社区干部和党员身居疫情前线，以生命奏响世界和平的乐章。母亲的意外事故，留下的创伤深深地烙印在小宇记忆的刻碑上。缺失母爱的他，害怕父亲又弃他远去。新冠肺炎疫情给了我们太多的猝不及防，许多与小宇情况一样的孩子，只能一个人度过这艰难的时光，悲伤，却坚强，因为他们深知，国家危难之际，父母不再只属于他们自己……

创作我来说，扫码看看吧！

---

# 坚　守

时曾昊　李　义

“喂！你！回去！没事别出来瞎转悠，在家好好待着！”

“又是她！”

“嗯，这几天她一直这样，也不知道会不会放我们去打篮球？”

“管他呢，晚上我们绕着走不就行了。”

“对啊，病毒能到山西吗？真是小题大做哦。”

我和几个朋友在商量打篮球的事，但是球场在邻村，我们没有办法从她的眼皮子底下过去，于是打算晚上偷偷溜过去。

我心想，两个村这么近，又没人感染，打个球怎么了？真是死脑筋。

到了晚上，路灯和月亮相约而至，人与自然交织在一起。它们本来是给人们指路的，但是今天我们却害怕待在路灯下面。

我们几个站在小路的拐角处，盯着村口的执勤点。

“快看，她还在那儿，咋办？”

“啊，完了完了，今天又不行了。”

“有了，我们等等，看她啥时候走。”

我们 4 个人就一直躲在拐角那里，盯着她手里的登记本和测温枪，焦急地盼着她突然有事离开。

但她手里的测温枪却像一双冷冰冰的眼睛替她看着我们。

到了晚上 9 点钟，路灯也熄灭了，只剩下月亮和执勤点配置的照明灯。

“路灯都熄了，他们怎么还不走？”

“我听说他们好像是 24 小时轮流值班。”

“算了我们回去，明早 5 点集合，我就不信她早上能来这么早。”

篮球不知被谁狠狠地砸在墙上，立刻反弹回来，像极了我们现在失望的心情。

月光暗下来了，像是给我们叹气，只剩下执勤点的灯发出凛冽的光。

冬天的太阳不愿意出来太早，天空还是一片混沌，但是空气开始变得清新。

我提前到了集合点，有一个人被家长叫住不让出来，只剩我们 3 个人。

“太好了！她不在，我们快走！”

“哎，你们三个，果然是要出去啊，过来！”

原来她在路口那边，带着登记本和测温枪，特意等着我们。

“新冠病毒很危险，打篮球也要适当，不能……”

……

又是一天清晨，屋外洁白的雪花仿佛要洗刷病毒带给大地的伤痕，屋内的电视在滔滔不绝地讲着青年志愿者的英勇事迹。

“你们听说了吗？我爸昨天执勤开会，说咱们这儿也要找志愿者执勤。”

“志愿者？我倒挺想站路口执勤，感觉好威风啊！”

“我爸可能不会让我去。”

听到这个消息我万分激动，我也害怕爸爸不让我去。我花费一上午的时间想说服父母但没有成功。不过这次我想跟随自己的心，我真的想做点什么。

午饭过后，哥哥把我拉到一边：“去吧，哥哥支持你，爸妈那我去说。”

下午，我找到朋友和他爸爸一起去了村委会执勤的路口，看着在风雪中屹立的她。

有人需要测量体温通过执勤点，她正在忙着记录，没有注意到测温枪掉在了地上。看着地上的测温枪，我突然感受到冷冰冰的枪口背后的力量。

“我来吧。”

“好。”

第二天早上，雪已经停了，我准备出发，爸爸看着我说：“自己注意安全，加油！”

虽然不知道哥哥是如何说服父母的，但这一刻我心中无比激动，对防疫工作更加坚定。我拿起测温枪感觉自己像执枪的战士，庄严神圣，威风凛凛。一上午的执勤工作就让我有些疲倦了，但我告诉自己坚持就一定能够胜利。

……

4月，杏花争相压满了枝头，桃园里的桃树也为夏天的到来献上了珍藏一个冬天的桃花。

“大家伙注意了，进村出村都要接受体温监测，还要登记，记得申请健康码。”

“疫情基本控制住了，她还在吆喝啊？”

“嗯，对，每天早上广播都会放。”

“我们能随便打球了。”

上午9点钟，春天的太阳刚刚好，我们几个出发去打篮球。

“哎，你们几个，打球也要注意保护自己，别去人多的地方啊！”

“嗯，知道了，知道了！”

每一次我们遇到她，她总会这样叮嘱我们。她总是夹着登记本，她总是带着测温枪，她总是带着微笑。

很幸运，我所在的社区没有一个人感染病毒，外地务工返乡人员也在居家隔离后再次外出务工。

日子一天天过去，每日新增病例逐渐下降，治愈人数开始增多。家乡的村民捐献了各种抗疫物资，那一刻寒冷的冬天温暖起来，那一刻胜利的天平已经偏向了我们。

那天阳光很好，风吹开她放在桌子上的登记簿，盖住了一旁的测温枪，她的笑容很温暖。

---

基辛格曾在《论中国》中说道，“中国人总是被他们之中最勇敢的人保护得很好”。基层管理人员负责任、敢担当，在疫情尚未全面发生之际，就在各个基层党支部筑起了牢固的桥头堡；在病毒还未大规模扩散之前，就已经在基层一线阵地织起了严密的防护网。在这次防疫大考中，无数优秀青年主动请缨，一个个平凡的身影挺身而出，怀着执着的信念，在疫情阻击战中逆行、磨砺、成长。

创作我来说，扫码看看吧！

---

# 你也是逆行者

霍思铭

2020 年 4 月 4 日上午 10 时，汽车、火车、舰船鸣笛，防空警报鸣响，唐文摘下了志愿者的帽子，放下了手上的测温枪，低下头，为在新冠肺炎疫情斗争中牺牲的烈士和逝世同胞默哀。

这已经是唐文连续奋战的第 72 天了。他鬓角的头发落了不少，夹杂着银丝；清瘦的脸庞被太阳晒得墨黑，眼睛深深地陷进了眼眶里。

## 一

谁也不曾料到一场突如其来的疫情打破了春节阖家团圆的静谧祥和。战疫即战役，疫情传播之迅速和严重程度远远超过所有人的想象，全省很快启动重大突发公共卫生事件一级响应，唐文所在社区按照要求，需立马投入疫情防控。

“老婆，我可能得去参加疫情防控了，要辛苦你一个人照顾女儿了。”

“能不去吗？外面疫情这么严重，万一，我是说万一出现什么情况怎么办？”

“放心吧，我会照顾好自己的，就算不为我，也会为了你们娘俩。”

“为什么非得是你呢？我们家也从没奢求你成为什么英雄，在家多陪陪女儿不好吗？”

“话不能这么说，总得有人去承担啊，别忘了我可是共产党员。还记得咱爸常说的一个党员就是一面旗帜，这也谈不上英雄，只不过是承担自己应尽的责任。你也别太担心了，想想我们可都是经历过非典的人，你还记得当时封校前，我们一起去超市抢了好多泡面囤着吗？当时不也健健康康地挺过去了吗？所以相信国家，也相信我，疫情会很快过去的。”

## 二

清晨，街上是静谧的。天空，昏暗。阴雨，连绵。像之前无数天一样推开社区办公室的门，因为害怕携带病毒，唐文不敢回家，每晚蜷缩在办公室的躺椅上，靠从家带来的棉被取暖。

今天，唐文负责小区大门的出入管控，刚到门口时发现一位面生的门卫大爷已经率先到岗了。早上，大爷一直铁面无私、一丝不苟地履行着他的职责，认真检查进出人员是否戴口罩，测量体温，甚至会呵斥没有按标准佩戴口罩的人，一个想溜进去的外卖员也被他狠狠地教育了一番。

正午，天色愈加阴翳，铅灰色的浓云挤压着天空，空气中弥漫着令人窒息的气息，令人感到压抑。

一位老伯提着刚刚从菜市场买来的菜，想进小区。

“绝对不行，没有通行证就不行！”门卫大爷说。

“我就住你家对面那栋，你不认识我吗？为啥不让进呢？”老伯急了。

“那也不行。”门卫大爷挡住入口，寸步不移。

唐文看见这一幕，赶忙过去打个圆场。

“老伯啊，您别急，您可以进去的，只是按照相关规定，您需要做个登记。您也别怪我们大爷，他应该是新到岗的，不太熟悉相关规章，再说了，也是为了大家的安全负责嘛！您下次可记得带通行证啊。”

后来，唐文在工作的闲暇问大爷为什么如此严苛，大爷告诉唐文：“我老伴前段时间感染了新冠肺炎，去世了，我也没啥能做的，在家没事干总是容易想过去的事儿，就想出来做点什么。我也不是故意刁难大伙，就是希望大家好好的，都平安度过这个时期。”听到这，唐文的心里有股说不出的情绪，不知道该说些什么，只是握紧了手中的测温枪，他知道，自己心底的那份坚持扎得更牢了。

## 三

6 点，天色渐暗，唐文从背上取下装着消毒液的电动喷雾器，结束了一天的最后一项工作，填写好每日工作清单，与交班的同事对接好工作。

唐文拖着疲惫的身躯，迈着沉重的步伐，来到小卖部买他的晚餐方便面。回到办公室，唐文还没来得及烧水便瘫倒在沙发上，打开手机，和往常一样不由自主地点开疫情曲线，终于看到数字是在稳步减少了。“叮叮叮”，微信响了，是老婆的消息，点开，传来女儿的声音：“爸爸，今天也是安全的一天吗？要保护好自己哦，你也是逆行者……”

---

本文创作灵感源自疫情期间的所见所闻，结合疫情期间的新闻报道及身边的典型事迹，塑造出一个社区党员干部的形象，讲述其在疫情防控期间作为一个小人物的责任与担当。他的责任、担当、自律，是当代青年应当学习的。我们应当以白衣天使、人民解放军、志愿者等最美逆行者的大爱精神、牺牲精神和奉献精神为榜样，立足基层，将小我融入大我，展现当代大学生的责任与担当。

创作我来说，扫码看看吧！

---

# 誓　言

胡辰茜

## 一

“余谨以至诚，终身纯洁，忠贞职守。”

消毒更衣室里，琳抓住护目镜一侧的外边缘，将护目镜摘下。解开层层的密封胶条，拉开拉链，琳像剥开一只玉米一般依次摘下紧紧包裹自己近8个小时的防护帽、防护手套、防护服等。脱内层手套时，琳的手臂已经微微发抖，她夹住腕部边缘，一气将手套摘下扔入黄色污物袋里，手套剥离的瞬间几股水柱几乎是喷射出来。她低头看看自己的双手，果不其然，已经布满细细的裂口，被汗液泡得发白起皱。但这还只是开始，等之后洗手、用酒精消毒才是真正的疼痛。

琳想起自己负责的重症病房里的一位老奶奶，今天的情况依然不容乐观，血氧饱和度很低，进食困难。琳给她擦洗、消毒时，她输着液的手一动不动，如同一截年老衰败的枯木。那只手的手掌、手指、虎口边缘的老茧及浅色的疤痕，像琳母亲的手一样。

## 二

“接过前辈手中的蜡烛，燃烧自己，照亮别人，把毕生精力奉献给护理事业。”

大年初三，琳离开的前一晚，对母亲说：“妈，我要去剪头发。”母亲点点头。

这也许是十几年来华县最冷清的一个新年，大街小巷鲜有店铺的灯火，路灯将人行道铺成一条银白的河。几家超市的门只开一半，零星有戴着口罩的人进出。一家早早关了门的药店玻璃门上贴着白纸黑笔写的几个大字：口罩已售完。

琳的目光扫过一家家商铺，即便它们大多隐没在灰暗的阴影里。她记得它们辉煌时的样子，新年前的夜晚会有大人带着吵闹的孩子从这家糖果点心铺子挤到那家年货店。琳看着那些褪色的广告牌，回忆起每一家店铺的名字和位置。她小的时候，也曾期待着每一个和父母约定去逛街的傍晚，她脚力一直很好，能从家门口一路不休息地走到商业街的尽头。现在它们都在银色的河里沉默地看着琳，像搁浅的黑色轮船。

她在最后一家紧紧拉着卷帘门的理发店前止步，这个夜晚注定是无功而返。月亮已经升得很高，浅浅的一弯，像琳的细眉，也像母亲虎口的疤痕。

没办法，母亲说：“我来给你剪吧！”

母亲以前做过裁缝，手艺很好，家里没有剪头发的工具，她便拿出以前用过的裁缝剪刀。琳的长发全部柔顺地披散下来，像一块整齐光滑的绸缎，母亲用手比画了一下，裁剪布料一般小心翼翼地下刀。

琳从镜子里看着黑发一片片滑入母亲手中，母亲剪得很细致也很慢，琳中途闭上眼睛小憩了一会儿，等再睁开眼时，发现一头长发已变成齐耳短发。

琳起身，低头看见母亲在用一块白布把剪下的每一根头发好好包裹起来。黑色的发卧在白色的布里，静静地躺在母亲的掌心，那双遍布细小伤疤的手，在小时候曾无数次被琳半是嫌弃半是取笑地抓着说好丑。

“我替你留下来，等你回来后看看，也是个纪念。”

琳突然觉得心里被刺痛了。但她什么也没说。

那天下午接到报名驰援武汉的通知时，琳毫不犹豫地报了名。2 个小时后，护士长告诉她，报名通过了，明天就出发。时间很紧张，好在爸妈都没怎么反对，从小到大，他们一直很尊重琳的选择。“既然国家需要你们，那就去吧。”

和母亲一起准备好行李，夜已经深了。琳在床上辗转反侧。从做出援鄂的决定，到在请愿书上签下自己的名字，再到打电话告诉父母这个消息，琳的心里都没有丝毫的恐惧与动摇。比起未知的病毒和远方，琳更清楚的是：这一次，国家需要他们站出来。在那座相隔 700 多千米的城市里，有 1000 多万双眼睛投来的期盼。

琳的前辈，方老师告诉她，“这一次历练之后，我们的人生也不能说是平淡无奇了。”方老师是第一批在请愿书上签字的人之一。

琳躺在床上看着天花板，楼下的路灯透过纱窗和玻璃映在上面，斑斑点点。琳想象它们是星光，从遥远又寒冷的苍穹之上向这间窄小昏暗的房间投下的永恒、没有感情的光，覆盖在她手脚冰冷的身躯上。

那一刻琳第一次意识到，母亲之于自己，和自己之于远方的人们，都有一种无能为力又不能释怀的情感。但这种无能为力之感，并不能阻碍她们义无反顾地向前走去。

琳记得毕业那天，站在学校礼堂宣誓南丁格尔誓言。画像上那位开创了护理事业的女护士的脸庞永远端庄素洁，她灰色的眼睛显出笃定的温柔。

琳其实已经不记得宣誓的大部分誓词，但当时碰撞回荡在胸腔的鸣声、画像上南丁格尔的灰色眼睛，以及那天从未显得如此神圣的礼堂，总会不由自主地流淌进每一个矛盾交缠的夜晚。

## 三

“竭诚协助医生之诊治，务谋病者之福利。”

来到武汉后，情况和想象的有所出入，但已经没有时间留给他们去整理心情和行李。琳年纪小，活儿不是最重的，但在这场与死神争夺生命的战争中，谁也不敢松一口气。爸妈会担心自己、会想念自己吗？琳不敢多想。

第二天，琳特意带上一只苹果来到重症病房。病区没有勺子，她想了很久，把一只10毫升的无菌注射器剪了一个口子，打磨了一下做成一个小勺子。她用这只小勺子一点点抠下果肉喂给了老奶奶。最后，老奶奶吃下了大半个苹果，已经是可喜可贺的成果。吃完后，老奶奶艰难地从被子里伸出两只手，双手慢慢合十，给琳行了一个礼。

琳鼻子一酸，隔着层层的橡胶手套，她的手轻轻握住那双同样裂纹密布的手。

此时她知道，她离远方和母亲，都不再遥远了。

小说的主人公原型是我这次“三下乡”调研中采访的一位95后援鄂护士姐姐，故事改编于她的讲述。本文尽可能真实地展现援鄂医护人员在抗疫一线的工作状态和心理状态，并由琳的故事延伸出一些关于青年一代如何实现理想和承担责任、协调社会角色和家庭角色的思考。大学生进入社会，走上需要自己发光发热的岗位，只有更好地承担自己的责任，才能实现自己对心中誓言的坚守。

创作我来说，扫码看看吧！

# 外　人

代方智

清晨的风，夹杂着昨夜的冰霜，如一把把冰刀割在脸上，路边光秃秃的杨树枝在寒风中狂舞，“外人免入”的牌子上落着几片枯叶，灰蒙蒙的，像是许久未动。

掐掉手里还剩一半的烟，老陈慢慢从板凳上面挺起身子来，活动了一下僵直的背，久久地注视着面前的道路。

远处传来一阵隆隆的发动机声音，沉闷得像是夏日里的闷雷。慢慢地，声音越来越大，一辆白色小轿车映入眼帘，灰尘蒙住了前窗的大半，但勉强可以识别出开车的是一个年轻人。

“哟！陈叔你怎么在这儿?”

车窗降下来，老陈终于看清了里面开车的年轻人——村口老王家的小儿子，前几年在城里买了房，这几年没少听老王头说，出息倒是出息了，就是平时不怎么回来，怎么今天突然开车回来了?

“王家小子吧? 你今儿个回来干什么?”

老陈搓了搓冻僵的双手，从板凳上面慢慢挺起身子来，“不是回来看你爹的吧?”

那年轻人讪笑道：“陈叔，我这不是听说你们这儿要安置外来人员嘛，有点担心回来看看啊，顺便问问我爸要不要跟我们回城里去住一段日子……”

他没有继续说下去了，不过老陈大概都懂是什么意思。自打今年年初疫情发生以来，年轻人都让家里老年人不要出门，倒也省了他这个村主任的事。只是前几天，在村里承包度假山庄的老板自告奋勇，准备接受支援抗疫归来的医生护士来隔离，消息一传开就炸开了锅。小王今天回来大概就是为了这个。

“去啥去？别以为我不知道，是你们嫌弃他们！”老陈眉毛一竖，“送他们去抗疫的时候欢天喜地，就跟救世主似的，现在回来反倒人嫌狗厌的了？你们这是翻了天了！”

小王缩了缩脖子，“陈叔，话不能这样说，我们做儿女的不是担心嘛，我们在城里倒没什么，但您和我爹他们在这边不是危险嘛。”

老陈沉默了，他儿子也跟他提过，只不过他没有回应儿子，但是不管怎么说，做儿女的难得有这份孝心，所以他也没有直接破口大骂。

“你走吧！”老陈让开了路。

“我只是在这里不让外人进来的，你可不是外人。”

路让开了，发动机声音却没有响起，连寒风仿佛也停止了。一低头，小王却是抿着嘴，眼睛滴溜溜转，像是有什么话在憋着没说。

“又怎么了？”

小王咬了一下嘴唇：“陈叔，其实我们几个年轻辈的准备开几辆车来，把这条路堵上，要不就把这路挖掉一点，这样他们不就进不来了嘛。”

“你们这……人家又不在我们家里边儿住，只要离得远一点儿，又有什么了？”

嘴上这么说，但两人还是沉默了。过年时候确实封过路，但那是堵着外人不让进的，现在再这样干，就太不厚道了。

寒风继续肆虐，车却咕吱咕吱开进了村子。老陈又一屁股坐在板凳上，心里想：“不过是外人罢了，何必冒着风险将他们弄到这里来呢？这样还会让我们自己危险，还不如按照小王讲的那样，把路断了，不让他们进来，那不就结了？”

但老陈一想起那些电视里面的小姑娘们，比自己孙女大不了多少，穿着厚厚的防护服，大冷天的为了这个国家东奔西走——下雨天的胶鞋加雨衣他不是没穿过，那可是真的太费力了！那么多年轻人主动抗疫，累倒了也忍着。现在回来本应是荣归故里，却这么不受人待见，这不是寒了人心嘛。

老陈仍然是在那板凳上面呆坐着、凝视着，直到淡黄色的太阳落在了肩头上，照着他的影子拉得越来越长。

老陈站起身子，挺了挺腰，拔起旁边灰尘满满的标牌，踩着余晖慢慢回家。

“老陈！来我家吃饭吗？”

老王头家里传出声音，“中午儿子回来了，叫我去他那儿，我没应！他刚刚自己一个人走了，晚上还有不少菜，就咱俩喝几杯啊！”

“不了！”

老陈笑笑，扬了扬手里的旧牌子，“回去还有事做，回头再来！”

第二天清晨，风已经不再吹，村头的道路边上却没有了熟悉的身影，早晨的曙光之中，几只鸟儿站在立着的新牌子上，崭新的纸上面印着几个大字：

“欢迎回家！”

本文源自我的真实感受。疫情刚开始，爷爷想让我们回家，我们解释许久，他才了解新冠肺炎，然后不出门。疫情开始稳定，我们想要回家送些菜，爷爷阻拦许久，说是菜园里面有菜，不许我们回去。疫情即将结束，爷爷村子接受回乡隔离人员，爷爷说：“做人要知恩图报，他们为我们做了这么多，我们也得为他们做些什么。”因此我创作本文。

创作我来说，扫码看看吧！

# 网

许璟钊

**无尽的远方，无穷的人们，都与我有关。**

——题记

这只是普通得不能再普通的一天。清晨，大多数人还处在酣梦之中，青年小张半梦半醒之中，似乎听见“滴——”的一声轻响，紧接着响起了一声机器音：“面对疫情，你是否愿意贡献自己的力量，与国家共渡难关?”小张觉得自己可能在做梦，但他还是回答道：“我愿意。”他迷迷糊糊地想，国家有难，我自是义不容辞的，可我只是一个普通人，又能做什么呢?

新的一天，小张积极投入工作，他 2013 年大学毕业后就开始创业，目前经营着一家小型的商贸公司，如今也算小有所成。临近年关，公司员工都已放假，他一个人来到公司做最后的收尾工作，空闲之余，他还是不免会想到早晨的那个梦，会有什么危难呢? 最近最大的新闻好像就是新冠肺炎疫情，但是感染的人控制住不就没事了?

可惜人生的风云变幻好像只发生在一瞬间，于国家也是。下午，钟南山院士接受采访时明确表示：新冠病毒会“人传人”。

2020 年 1 月 23 日，武汉封城。封城的消息一下打开了大家恐惧的阀门，一时间谣言、伪科学甚嚣尘上。

2020 年 1 月 25 日，省里启动重大突发公共卫生事件一级响应，这也意味着小张的公司不能按原计划复工了。母亲在家里可愁坏了。小张也愁，可是他愁的是他能为国家做什么，那句“你是否愿意贡献自己的力量，与国家共渡难关”总

是不断回荡在他的耳边。

2 月初，湖北省医疗物资短缺的消息开始充斥在各大媒体的头版头条，小张看着照片里用垃圾袋当脚套的医生，看着他们口罩底下被勒出深深红印的面容，心都揪在了一块。此时全国累计病例已超过 20000 例。20000 例病患绝不是一串冰冷的数字，20000 是一个人加一个人，再加一个人……小张在这个数字底下看到的是温热生命的不断流逝和为了与死神赛跑付出全部心血的医护人员。

小张开始调用自己的人脉，为政府采购防疫物资。可是他能做的实在太少了。经过一番深思熟虑，小张决定拿出 10 万元为湖北购买防疫物资。母亲知道了，大呼他疯了。她说："儿子，妈也不是不让你做这些事，但是咱们都是小老百姓，能做的实在太少了，你拿出这 10 万元对国家而言微不足道，但这 10 万对你而言却是你这么多年辛苦攒下的，妈心疼你啊。你做这么多图啥呢？没有人会记得，甚至都没什么人知道。”小张看着母亲老泪纵横，认真地想了想，答道：“妈，这不是名和利的事，我在做的都是和我有关的事，那么多人在为保护我们拼尽全力，我也不过是在做些力所能及的事。”无穷的远方，无尽的人们，他们看似只是在做着自己分内的事，但是却也是在无形之中用自己的力量护佑着这个民族。滴水穿石，无数人的努力汇聚一定是一股磅礴而不可忽视的力量。

小张用最快的速度，花 10 万元购得一批消毒液送往湖北仙桃、天门、潜江这几个疫情严重的地区。做完这些，他也没闲着，又号召省内年轻一代企业家为湖北募集了 50 万元捐款，不断为抗击疫情贡献自己的力量。

在大半年的抗疫斗争中，小张也不断听到很多年轻人的事迹，他们是走在抗疫一线的医护人员，是疫情防控的志愿者，是为疫情捐款的年轻企业家。有时候小张也会想，他们是不是也听到了那个问题，但是无论听到与否，他们都做出了一样的回答。就像是草原里的小红花，先是一朵红花绽放，然后慢慢生长，布满了一整片大草原。红花可能凋零，而草原却成为一个大背景，年轻一代就在那草原里成长起来。

青年人的抉择，牵动国家与民族的心。历数这半年来民众的行为，我们会发现，这是一个群体的自觉，根本上是一场青年人的觉醒。时代在变，时代的使命也在变，但是青年人的品格从来就没有变过。

---

本文创作灵感来源于我返乡调研的真实感受。面对国家突发公共卫生事件时，在国与家的抉择中，很多人觉得自己只是一个普通人，自己捐再多钱对国家而言也不过杯水车薪。我希望通过小张的故事告诉大家，你贡献的力量一定会产生影响，一定会有人看到，每个人在自己的坐标上熠熠发光，无数个人的努力连在一起，就是一片绵延无际的网。你细看，每个节点都闪着光，虽然微弱，但是生生不息，这就是中国。

创作我来说，扫码看看吧！

# 学　勇

杨敏行

时至今日，每当看到新闻上关于抗疫英雄的报道，我都会想起那天早上第一次见到学勇的场景。

学勇生得一副剽悍模样，虎背熊腰，身上的肉又黑又结实，有一头像猪鬃一样粗硬的黑头发，因为太硬，怎么也弄不倒，只好留了个寸头，任它们像鞋刷子毛一样立着。

他长得很唬人，给人第一眼感觉就是个混社会的。他曾有过想去逗小朋友玩结果把人家吓哭的“壮举”，也有过跟在院长后面被当成保镖的误会，好多人都说，他这体型不去练个摔跤可惜了。

我刚到医院时，学勇正在门口值班，庞大的身体压迫在一个三脚圆凳上，黝黑而又毛茸茸的胳膊支着脑袋，眯起眼睛向我看，面色凶狠，目光犀利。我瞥了一眼，心中发怵，暗想：这个看大门的绝对不是一个善茬，我得小心行事……

我硬着头皮走上前，还未想好怎么开口，他倒是咧开了嘴朝我笑起来，本来一双犀利的眼睛一下变成了眯眯眼，全然不似刚才那副凶悍模样。

“来了？”他向我打招呼，语气亲切。

“嗯，来了。”我赶紧回答。好像不是很凶嘛，我暗暗松了一口气。

“坐坐坐！”他嘿嘿一笑，起身，将座位让给我，转身又从小屋子里拿出一个板凳，“吭哧”坐在我的旁边，大声说道：“咋？看你有点害怕？怕啥，害怕病毒吗？哈哈哈哈，不用怕，在这值班安全得很，不会感染的……”

“哦，没事，不怕。”没等他说完，我赶紧搪塞过去。

“哈哈哈，不怕就行，我可告诉你，这病毒也没啥好怕的，这里就交给你了，我去忙我的了。戴好口罩，好好干！”说罢，他拍了拍我的肩膀，起身向院里走去。

“啧！啧！啧！抗疫英雄说话就是不一样啊。”旁边他的同事向我打趣道，“其实啊，他的性格可没外貌这么凶狠，别看他长了一身腱子肉，胆子可不大，年轻的时候还晕针呢……学勇，学勇，学着勇敢嘛。”

“抗疫英雄……”看着他的背影，我陷入了沉思。

学勇家就在医院里，平时主要负责后勤工作，但说白了，除了看病打针，他什么活都干。修得了门，开得了救护车，给院长当司机，帮医生打下手……院里的职工谁有麻烦了，他都乐意帮一把手，完事了，嘿嘿一笑，“事了拂衣去，深藏功与名”。

“小事都能干，大事不敢干”是所有人对他的评价。

但真正让我对他刮目相看的，是那天他那毅然决然的眼神。

冬日的天总是黑得特别早，那一天的傍晚好像特别短，夜幕仿佛在一瞬间降临，让本该慵懒的餐后时间显得格外沉重。

这时，一条爆炸性的消息传到医院：医院管辖范围内的一个村庄有病人高烧且已经持续几天，而且此人有过多人聚餐史！

现在正是新冠肺炎疫情肆虐之时，各地发热门诊早已关闭，所有发热病人全部转入市指定地点进行隔离检测。消息传到医院，人人自危，本就没几个人的医院更是死气沉沉。

院长立即召开领导班子扩大会议，就如何将此病人送到市医院展开讨论。

会议如一潭死水，所有人都低着头，只剩院长在众人面前踱步。

每个人心里都有一个英雄梦，但我们不得不承认我们只是芸芸众生中的普通人。上有老，下有小，中年人身上的担子太重了！

“我去吧！”这一声仿佛晴空里的一个炸雷，把人们从思绪中拉回现实。

众人抬起头，是他！

学勇挺直了腰板，看着院长，眼神坚定，他的手摆在桌上，握紧，微微颤抖。

“我会开救护车，我可以自己去。”学勇站了起来，他脸色微红，额头隐隐有青筋跳动。

“好！”院长长舒一口气，“我和你一起去！”

院里拿出了为数不多的防护服，让两人穿上。

车走了，拉响了救护车警报。

明月升起，夜晚亮了起来。

据村民说，当晚有一个凶神恶煞的人闯进家门要把病人抬走，家属以为是黑社会，差点报警抓人……

所幸村支书等人跟在身后，病人被顺利送往医院。

30 千米的夜路，只有一辆救护车呼啸而过。

病人送到后，二人被隔离。

病人接受检测，阴性；14 天后，依然为阴性。

虚惊一场，二人凯旋。

院长说，那天晚上看到这个魁梧大汉泪流满面。

我再次见到学勇是路过镇上的表彰大会，学勇在台上站得笔直正准备要发言，我站在门口，他看见我，又一次露出了眯眯眼的笑容，我也笑了，朝他竖了个大拇指，转身离开。

身后学勇的声音在耳边回响：“我只是平凡岗位上的普通一员！……抗击疫情仍然需要全国人民的勇气和共同努力！”

---

在社会实践的过程中，我遇到了一个外表凶悍却内心温柔的医院职工。在 2、3 月份，全国疫情发生的时间段，当地也出现了疑似病例，他挺身而出，担负起了转移病人的重担，之后被隔离半个多月。在我看来，他就是英雄，虽然很平凡很普通，但正是这些千千万万平凡但又勇敢的人，冲锋在抗疫第一线，才得以遏制住疫情的蔓延。我由衷地敬佩奋斗在抗疫一线的工作人员，感谢他们的勇敢付出！

创作我来说，扫码看看吧！

---

# 医者仁心

胡 芸 冯泽帆

确实，医生是一个倍受尊重的群体，但他们的工作却非常累，每天有加不完的班，还不一定被理解。很多病人的家属觉得医生没本事，开的药又贵，怀疑医生吃了回扣。

庄锦开始有些怀疑医生这个职业是否适合自己。

学医的人不做医生似乎还可以做其他的吧？不过也要等忙完这段时间，庄锦想，忙完这段时间就去找院方谈谈。

好不容易忙完了这段病人最多的时间，庄锦一早就打算去找一下院方。

正当她打算敲门时，手机响了，是李医生的电话。

“喂，你去哪里了？这么久！快回急诊，医院新接了一个发热病人，听说和昨天那个发热病人是夫妻！”

庄锦听到这句话，立即飞奔下楼。

“怎么了，怎么了？”庄锦拉住旁边的一个护士问道。

“武汉封城了，你知道吗？”护士边登记边回答，“听说好像出现了疑似非典那样的病毒，现在院方要求重点关注发热、咳嗽等病人。”

“不会吧？前几天不还在说是谣言吗？”庄锦一脸难以置信。

“好像解释了，并且发新闻了。”护士收完笔，“对了，你刚才干什么去了？”

“没干啥，就去上了个厕所。”庄锦说完，快步赶去接诊病人。

庄锦按照院方通知给病人开了胸腔 CT 检查单后，随口问了一句：“听您口音不像本地人啊？”

病人回复：“刚从外地回来。”

听到“外地”两个字，庄锦内心“咯噔”了一下。

晚上回到家里，庄锦打开微信，发现大家都在讨论今天的那个发热病人疑似与武汉病例相同，已经被隔离了。

庄锦突然感到一阵后怕，幸好今天在医院一直没有摘下口罩，否则……

第二天一早，庄锦醒来发现手机上铺天盖地的微信消息和新闻，国家已经发出通告，武汉新出现的病例确诊具有传染性，致病的病毒被命名为“新型冠状病毒”。庄锦打开消息，妈妈发了十来条微信。

“锦啊，起床了没?”

“锦啊，你今天就去辞职吧，听说武汉那边出现传染病，已经封城了。”

……

庄锦听完妈妈的语音后，回了一句：“妈，我会小心的，辞职的事我再想想吧。”就赶去了医院。

到了医院门口，庄锦看见护士小张拿着一个体温计在挨个测量进医院的人的体温。庄锦走过去，小张说：“庄姐，戴好口罩，主任刚才来通知说你一到医院就马上去会议室开会。”

庄锦到了会议室，发现大家的面色都十分凝重，院长正在征集自愿前往发热区的医生，庄锦立即举手表示自己想去。

到了隔离区，看着一排排的病人，庄锦拉了拉自己的防护服，就开始了工作。测体温、开药、检查、输液，她每天都穿着密不透风的防护服、戴着厚厚的面罩重复着这样的工作。

随着时间推移，病房里面的笑容越来越少，病人之间互相加油打气声也渐渐消失。整个病房像是笼罩在一团黑色的乌云里面。

而庄锦也很累很疲倦，她已经一个星期都没有好好睡过觉了。主任让她去睡一会，但是她一想到十二号床那个越来越虚弱的小女孩，就怎么都闭不上眼。

十二号床是一个五岁的小女孩，长得白白净净，每天梳两个小辫子在病房里面唱歌，可爱极了。只不过，小女孩身体越来越虚弱，病毒在她的身体里面肆意横行。

有一天，在庄锦查房的时候，小女孩躺在床上拉着庄锦的手说：“庄锦姐姐，我会不会死啊?”

庄锦心酸了一下，笑着说：“怎么会呢，我们小童童这么可爱，天空爷爷才舍不得呢!”

回到病房，庄锦不由地哭了出来，她突然讨厌自己，觉得自己真的很没用。

这样黑暗的状态持续了几十天，病毒终于开始退去。

在医生们的辛勤努力之下，病人的病情逐渐好转，病房里面出现了笑容，每个人都是充满着希望的样子，小女孩又开始唱起了儿歌。

随着时间推移，整个国家的疫情也逐渐得到控制，感染人数也逐日减少。庄锦的心情也在逐渐变好，每天看着空了的病床，庄锦都会偷偷笑一下。

在这天，童童出院的时候，送了庄锦一份小礼物。

庄锦打开后发现是小女孩最喜欢的芭比娃娃。

庄锦笑了笑打开手机，发了一条消息给妈妈：“学医的人出来不做医生，还能干吗?”

---

新冠肺炎疫情发生后，千千万万的白衣战士奔赴武汉，义无反顾地冲到了抗疫前线，用自己的血肉之躯保护我们，保护了中国。即使不是在武汉，各地医院里的医护人员冒着被感染的风险依然没有想过放弃，依然坚守在自己的岗位上。这是值得我们敬佩和思考的。所以，我想通过这篇文章对他们表示深深的敬意。

创作我来说，扫码看看吧！

---

# 践·责任担当

行走的青春

# 八月，未央

舒 笛

“军医，有人晕倒了！”一声惊呼。

不远处，张璐踩过被树叶分裂的光斑，提着医药箱匆匆地赶过来。“这天，可真热噻！”随行的志愿者小唐抬起袖子抹了抹额头上的汗珠，忍不住地嘟囔道。就连沿途的蝉仿佛也拼了命似的附和，鸣叫连续不断。张璐舔了舔有些干燥的嘴角，抿着嘴默默加快了自己的步伐。

“中暑了，来搭把手！将他扶到那棵树下。”张璐迅速下达了指令，一群人将因在堤坝上扛沙袋突然中暑晕倒的孙田抬到了树下的阴凉地，解开衣服，敷上冰块，迅速给他补充盐液。一切都有条不紊地进行着，周围的人也习惯性地围住了孙田，替他遮住了最后几丝破碎的光。看到孙田渐渐恢复了意识，张璐松了口气，再次检查确认无误，走到树荫外，抬眸就被刺眼的阳光逼得躲开了目光。又是一日艳阳天，但到底胜过连雨时。雨再下的话，沙袋恐怕又要增加了，张璐担忧地想。

身边的志愿者来来往往，每次都有新的面孔加入，又有熟悉的面孔离开。

“我们会一直在这儿，直到汛情结束、灾民回家。”

这段时间，张璐和同事们一直奔波在抗洪抢险的一线，或为官兵们清理耳朵里的泥水，或抢运沙袋加固堤坝和战士并肩作战，或为官兵和受灾群众发放药品。烈日灼红了张璐的脸颊，汗水打湿了一件又一件衣裳。可她依然笑着，积极乐观地面对着每一天。哪怕此次汛情她本可不出现在这里，本可不在此处忙这忙那。

“你是代职军医，家庭又困难，何况休假也已经批了，当初犯不着过去遭这罪!”休息时间，张璐与朋友进行着视频通话，朋友看到张璐变得又黑又瘦时，忍不住地心疼埋怨道。听着朋友的心疼话语，张璐只是偏了偏头，看着远处堤坝上忙碌的军绿色身影。

“我是一名军人，我还能再上的。”张璐心想，他不是第一个这么说的人了，看着孙田眼里磐石般坚定的坚毅，张璐想劝他休整两天的念头微微有些动摇。张璐来这儿不久，就知道了这个才满 20 岁、整个一队内的开心果男孩。“喏，就他，才 20 岁。”“真的假的，这么小!”在一次夜间归队时，张璐看着不远处的孙田在一群官兵间唱歌，听到同事的介绍，顿时有些惊讶。“对呀，骗你干啥，在大学参军入伍的。听说一直想当兵来着。”同事想了想又絮絮叨叨道，“别看年龄小，每次做任务时，他运的沙包比别人重，还跑得比别人快，脏活、苦活、累活总是抢着干……”看着和自己儿子年龄相仿的孙田，张璐禁不住地心疼起这个孩子。眼前的这个孩子若不是对这身橄榄绿的热爱，这个时候怕正在大学校园里青春肆意呢!

想到这儿，张璐叹了口气，给刚恢复精神的孙田又做了次详细检查，一番权衡，说:“你这次必须休息一天，作为军人不仅要对人民群众负责也要对自己负责，不可逞能!”怕这孩子继续较真，张璐不得不加重了语气，微微板着脸教育

道。“遵命！谢谢张姐！”孙田开心地挥了挥手，旁边陪伴的战友也忍不住地松开了之前紧皱的眉毛，勾住了孙田的脖子，打趣起来。诚然，抗洪抢险是一件艰苦的任务，但这群战士永远能笑着面对这一切。守初心，担使命，人民的利益高于一切，一切听从党的指挥，这些早已成为他们心中的信仰。

“我是一名军人，又是一名医务人员，这个时候我怎能退缩！”张璐收回了看向堤坝的目光，坚定而又开心地谢谢朋友关心的好意。有多少人本可同她一样休整在家，却又毅然决然地报名参加抗洪抢险任务；有多少人在任务中献出了自己的生命；有多少人怀着失去亲人的悲痛，继续帮助救援。张璐看着手机屏幕显示的 8 月 3 日微微有些恍惚，她已经来这儿将近一个月了。“张璐，物资到了，过来帮忙发放下物资！”“好嘞！”听到同事呼喊，张璐敛下突然涌上心头的不真实感，收起手机就奔了过去。

不管怎样，八月未央，希望未止！家园重归日，亦指日可待。

---

抗洪抢险期间，有不少人奔赴一线投身抗洪抢险，有不少本可休假在家的人毅然决然地返回工作岗位助力救灾。他们牢记党的根本宗旨，闻令而动、勇挑重担、无畏艰辛。而在这千千万万人中，许多人与我年龄相仿，他们早早地体现了作为 00 后的担当，扛起了时代的大旗，令我深受鼓舞。滚一身红泥，练一颗红心！他们的精神值得我们学习，任何大灾大难终会过去，我们永不会放弃！

创作我来说，扫码看看吧！

---

# 堤　坝

鲁 璐 雷 星

办公室的电压似乎不太稳，灯光一闪又一闪。从她当上这村的村主任开始，就没遇见过这么大、下这么久的雨。回想起小时候，每年 8 月，汛期都掐着点儿到来，安河水总会上涨，正值晚稻收割的季节，年幼的她就挽起裤腿，跟着大人去抢收庄稼。这么多年过去了，村边的水坝也修起来了，当年在村里一起玩的伙伴也在城里买大房子了，只有她还守在乡村，看着水稻播种后又收割，看着小洋房一天天建起来，看着山坡的树苗日渐葱郁……

“呲——呲——”电灯闪烁出自己最后的倔强，没预告地灭了。

停电了。黑暗中她拉回了思绪，现在已容不得想其他的事了。就这时，办公桌上的手机震动了起来。

“喂，科长，嗯，是我……确定要把堤坝炸掉吗？……一定得炸吗？专家和爆破人员马上就来了？……嗯，好好，我一定控制好现场……嗯，好好，我马上去转移村民，保证把大家伙儿都安顿好。”

“8 月初，全市普降大雨。11 日，安河左岸溃堤 100 余米，右岸堤防约 100 米堤基被掏空。由于河水在坝体冲毁处形成了回旋，不断冲刷两侧堤岸，裸露在外的泥土不断掉落，一条干线上的电线杆倒塌了。而距垮塌堤岸几十米的位置，有一座高压线铁塔，如垮塌继续，将对该铁塔造成威胁，那么全线的供电都会中断，庄稼、房屋都会遭殃。区政府下达命令：在 8 月 12 日炸掉位于上游的河堤来减少损失！”

雨似乎小了一点，她随意拾一把伞，飞奔出去，挨家挨户通知农户撤离。

“幺妹，快回家收拾收拾，带着你家老汉老娘去镇中学避避水啊！”“婆婆，现在发水很危险的，我给你叫了隔壁的小六，让他背你去镇中!”“这个是一定要去的，过会儿水就涨上来了!”

她奔走在乡间小道上，路边的水稻“沙沙”摇晃，雨水拍打她的脸颊。

“就剩刚刚在搓麻将的大娘了。”

“不去，”大娘冷冷地回了一句，“门口就是我的庄稼，河堤炸了，它们不就被淹了？那我这几个月不就白忙了？反正只要我不走，你们政府总不能放着人命不管吧？我不走。”

“大娘，你不走，待会河堤塌了，洪水就来了，我们就走不了了!”

“不走，走了地也没了，马上就要割稻晒谷了，大娃快 20 了，我要给他攒钱买房呐!”大娘的儿子在外地上大学，因为疫情，春节就没有回家，暑假也干脆不回来了。

“大娘，经济损失是难免的，你看隔壁村，已经被淹了，咱们这是河堤还撑着呢，这雨要再下下去啊，咱们这就危险了!”她回头望望天，似乎更阴沉了，“待会恐怕会有更大的雨，大娘，趁现在雨小，快走吧!”她一把背起大娘，往山坡上赶，大娘开始还在背上挣扎着咕哝，渐渐的，她感觉背后也平静了。

乡间小道是用石子铺成的，雨下过后，碎石子上的水珠子亮晶晶的。她没任何想法，只想着把大娘送到大道上，再由村里的巴士送到镇上的中学。脚步愈来愈沉，迈步的频率愈来愈慢，沿途的庄稼基本已被雨水击打得东倒西歪，用于灌溉的水渠也被浑黄的泥水冲刷着……总算，她们走到乡道上了。

放下大娘，她才依稀看到大娘眼里闪着泪花。

“妹儿啊……我，我真不是不想走……2008 年地震，我在外面集市上卖树苗，地震后一回来，房子就没了。我怕我这一走啊，家又没了。娃娃在外面一年都没有回家，他要是回来后找不到家了那咋办呐……”

“大娘，我相信大娃更希望回家后能看到你们都平平安安的，有家人的地方，就是家啊!”她也闪着泪花，却笑着说，“晚上去镇中看您，到时咱搓麻将!”

大娘最终是坐上了去镇上的巴士。车子远去的背影消失不见，她向河堤奔去，去接应前来支援的武警部队。

“炸药、引线都已经布置完毕了，现在雨也已经小下来了，我再向气象局确认一下情况，跟市里面通报过后，预计傍晚就可以开始作业了。”武警干部干脆地向她通报情况，她也干脆地回应：“全村 279 人，全部转移完毕。”

“嘭、嘭……”一串串巨响，15 米拦河坝安放的 160 千克炸药爆破成功。洪水顺着漏洞倾巢而出，水流速度加快了，安河的泄洪能力加强了，河水对两岸河堤的冲刷减小了，高压铁塔也就安全了。

现在，她坐在镇中学的安置所里，望着监视器，耳边是大爷大娘们搓麻将的嬉笑喧杂。虽然堤坝毁了，虽然庄稼没了，虽然房子要被泡了，虽然……但是人民的生命保护住了，更重大的利益保护住了。

只要人还在，失去的都会回来。

---

2020 年 8 月，某市发生了较大规模的洪水，大面积庄稼被淹，河堤左岸溃堤 100 余米，右岸堤防约 100 米堤身全部垮塌，堤基被掏空。黄土镇紧急转移 1800 多人，现场指挥部对剩余的拦河坝进行爆破处理。我们有感而发，创作了以河堤爆破前基层乡村干部的疏散工作为主要内容的文学作品，由此为大家展现一群“舍小家，为大家”的群众形象，希望同学们能感悟抗洪抢险精神，鼓励同学们投入乡村的基层建设。

创作我来说，扫码看看吧！

---

# 艰难抉择

李斯瑞　何　静

这个消防救援站的存在，对于全市来说，犹如保护伞，给予人们安全感。每当出现紧急事件，人们心中充满焦躁与惊惧的时候，消防救援站的大门就会打开，一个个高大挺拔的橙色身影像阳光一样，照亮了每一处阴霾。住在那附近的居民都爱玩笑说："住得离消防站近，家里起火都不担心咯！"可想而知，消防站给予了群众顶天立地般的安全感。王建国，就是这英雄群体中的一员！

今儿一早，大队领导"丁零零"一通电话，让王建国那规律又紧凑的生活被打破了。

由于近日连续的强降水，江西某地的 4 座水文站水位均突破历史极值，且水位仍在上涨，正面临着 1998 年以来最严峻的防汛形势。为了延缓形势，江西周边省市均派出消防队驰援抗汛，王建国也在防汛突击队员名单内，他在驰援行动初期就火速前往救援地。

王建国自执行增援江西抗洪抢险以来，转移群众、巡堤护堤、巡查安置点等，没有停歇，任劳任怨。一晃半个月过去了。

这天，结束了一天的群众疏散工作，王建国拖着疲惫的身躯，回到休息处。和他住一个房间的小陈已经坐在房间里歇息，虽是歇着，可是青涩的眉目之间仍满是倦怠。王建国年轻的时候，意气风发，跟着大队领导出过很多次任务，他知道，小陈这是想家了。

陌生的环境抚慰不了精神上的疲累，他收起自己的倦怠，拿出神采奕奕的面貌，走到小陈面前。不等小陈开口，王建国说道："小陈啊，想家了？"高高大大的小陈，听到这话，眼眶瞬间红了，哽咽道："今天疏散群众，看到很多拖家带口离开汛区的……唉，有点想家人了。”

“小陈，你明年就能成为正式党员了吧？家人，是属于你的小家，而群众，则是你的大家。你现在，是在为这个大家做贡献！为人民服务，这是一个党员最重要的准则。你会受到大队领导的肯定，更会受到群众的感激与钦佩。我相信，你的家人也同样在为你自豪！”王建国看起来一脸轻松，其实只有他自己知道，他这段话，不仅仅是在安慰小陈，也是在向自己承诺。

来江西前，王建国母亲不小心摔倒导致骨裂，需要进行手术，后方的大队领导知道后关心慰问他需不需要回家看看。他犹豫了一会儿还是含着泪拒绝了，咬着牙说道：“作为一名党员、一名基层指挥员，舍小家顾大家是应该的，家里的困难能够克服！”

祸不单行，在增援江西的路上，王建国突然接到妻子的电话，不好的消息再次传来。原来他的岳父确诊食道癌，为了照顾 9 个月大的孩子和患癌父亲，王建国的妻子只能经常请假在两个城市之间来回奔波。仅仅数天，视频中的妻子面容已十分憔悴，他忍住眼眶中的泪水。“你在江西抗洪要注意安全，家里一切有我，你放心。”没有抱怨，没有哭诉，妻子的坚守和一句温暖的问候与叮嘱，让他化担忧为动力。

一边是家人伤病，一边是前方抗洪紧要关头。想了想妻子的支持与理解，王建国最终还是选择带领着队员继续战斗。“两边取舍，我作为一名消防员还是应该战斗在一线，因为灾区更需要我！”

在救出被困的十几名群众后，王建国以为可以歇息了，坐在休息处正准备给妻子打电话报个平安。只见小陈匆匆忙忙地赶来，喘着粗气，说道：“王大哥，不好了，南昌市汛情特别严重，急需支援，咱们也在支援名单内！”王建国按着视频通话键的手，突然停了下来。他立马收起手机，穿上刚刚因为休息脱掉的消防服，一句话也没说，跟着小陈上了车。

救援队在南昌市坚守了 9 天。每天有 120 余人，累计约 1000 人守护在一线。每隔 50 米就有一把遮阳伞，伞上有编号，伞下都是一个个黑黝黝的面孔，在这里他们都没有名字和职位，有的只是伞的编号；在这里没有空调，没有办公桌，有的只是一把伞和一个凳子。

他们每天早上 5 点左右出发，吃个早餐，6 点多从休息处统一乘大巴来到堤坝上，8 点各就各岗，返回已是晚上八九点。一天在外 15 个小时左右，他们回到休息处之后甚至连洗澡都没力气，基本是倒头就睡。

“王大哥，给你，水。”小陈一边说着一边将水递给王建国。矿泉水的轨迹像一道弧线，王建国伸手稳稳地握住了矿泉水瓶，眼睛却没看小陈，只是一直直勾勾地盯着远处的天空，脸颊上是被太阳暴晒后的痕迹，眼里布满红血丝，却又坚定无比。

小陈顺着王建国的眼光看过去，啥也没看见，撇嘴嘀咕道："看啥呢，奇怪得很。"王建国指着远处的一片天说："小陈，你看，有彩虹。"小陈更加迷惑了，真的啥也没有啊。"真的有彩虹，你仔细看。"王建国不断地说。小陈摸摸王建国的额头："哥，你这是不是累糊涂了，要不……"

还没说完，大队长来到他们身边，俩人立马站端正敬礼，大队长拍了拍王建国的肩膀："建国啊，这段时间辛苦你了，这边的汛情也算是控制得差不多了，我已经向上级申请，提前让你回家休息，快回去看看你母亲和岳父吧！"

王建国的眼里噙满泪水，看着小陈说了一句："你看，我就说，彩虹出现了。"

---

本小说以真实事件改编，讲述了主人公在防汛救灾中遭遇重大家庭变故仍旧坚持岗位，严防死守到最后一刻的感人故事。小说末尾的彩虹比喻汛情终于控制住，苦尽甘来，终见彩虹。

创作我来说，扫码看看吧！

---

# 勇　士

于继翔

“最近正值梅雨季节，长江大部分地区多为大雨或连续降雨天气，请各级政府部门以及广大群众做好防范，预防洪涝、泥石流等自然灾害。”广播中正在播报近期的天气情况。小明和他爷爷住的村子就在长江的一个支流附近，大坝就在村子的上游，这里曾经被洪水淹没过。

“爷爷，最近我们这有大雨，您还是少出去遛弯了。”小明对在外面乘凉的爷爷说。

爷爷摇着蒲扇，抬头看看天。那乌云如浓厚的黑色蝙蝠群从南边袭来。“这雨大着来，估计又要淹咯!”爷爷起身走进屋里说。

果然，当晚大雨倾盆，雷电交加，谁也不敢想象明天村子会是什么样子。

第二天，大雨依旧下着，没有停的意思。后面连续几天也是如此，爷爷心里总有一种不好的预感。但与此同时，政府部门已经组织解放军战士进行堤坝加固，并开始陆续疏散当地群众，将他们转移到安全地带。

第五天的时候，受持续降雨影响，附近大河的水位已经超出警戒水位 6 米之多，大坝随时都有决堤的可能。而大坝下游的村子里还有未转移的百姓。政府部门加紧组织人员加固大坝，解放军们冲在前线，扛沙袋，操作挖掘机，巩固堤坝，一丝也不敢停歇。排长王小兵就是其中一员，在前一夜他还在大坝边值班，雨势不小，他一夜也不敢合眼。

到了中午，雨仍旧下着，似乎真的想吞噬下面的村子。大堤上战士们还是在加紧干着。前方转移群众安全撤离的小分队传来消息。“报告营长，附近有一座堤坝发生了决堤，近 7 米落差的洪流沿着决口倾泻而下，已经冲断了撤离道路，人民群众生命财产安全受到极大威胁!"一位通讯员气喘吁吁地说。情况十分危急，营长范成下令:"加紧组织人员进行封堵!"大家一起尝试进行封堵但无济于事，多台数十吨重的挖掘机被推入决口却被瞬间冲走。在这万分紧急的关头，排长王小兵主动请缨:"营长，请让我带领一部分战士前往撤离路段快速转移被困群众!"

"批准!你们先赶过去，我再带领一些战士随后就到。"营长说。

王小兵带领 28 名战士迅速组成突击队，到决口下游快速展开救援。

"大坝上的兄弟们再加把劲!一定不能让这座大坝再决堤!"营长范成喊道。

"是!"战士们喊道。

洪水肆虐，短时间内，大片农田、池塘等低洼地变成了一片汪洋，回去的道路被阻断。王小兵和战友们毫不犹豫，他们用救援绳和自己的身体组成人墙协助群众撤离。

战友张虎说:"排长，我来站中间!"

"不行!我是排长，必须站在最危险的位置!"王小兵说道。

张虎拗不过王小兵，王小兵站在人墙的最中间，也是最危险的地方。当群众撤离完毕时，决口突然扩大，水势猛然暴涨，王小兵瞬间被洪水冲倒卷走，旁边的两名战友试图去拉王小兵，但根本拉不住。战友们拉着绳子大喊:"抓住!抓住!抓住!"而在无情的洪水面前，王小兵却无能为力。

"快救王小兵!"这时营长范成赶到。他果断带领队友们紧急对王小兵开展救援，经过 20 多分钟的紧急救援，王小兵被成功救上岸，而他已经因为过多呛水，呼吸微弱，意识模糊。但是，他还是用微弱的语气说道:"大家都没事吧?"

"排长你是不是傻?你都值了一夜的班还逞强顶在最危险的地方，我就不该让你!"张虎既生气又愧疚地说着，急得马上就要哭出来一样。

随后，王小兵被送往医院抢救，经诊断王小兵为急性肺水肿、肾损伤。营长范成和张虎以及几名战士在抢救室外焦急地等待。万幸，经过长达 8 个小时的抢救后，他脱离了生命危险。

之后，王小兵经过多天治疗，病情得到了明显好转。在治疗期间，王小兵的父母赶了过来，看着这个去年才大学毕业现在却躺在病床上的大男孩，眼泪止不住地流。虽然如此，王小兵的爸爸却说道:"送儿子入伍我从不后悔，没有祖国这个大家，就没有我们幸福的小家，儿子做得对!我们为他骄傲!"他的战友们纷纷给他写下祝福:"排长加油!兄弟们等你回来!""排长早日康复，等你一起并肩作战!"此外，很多陌生群众和网友，通过礼物和激励的话语来向这位抗洪勇士致敬。

时间过得很快，王小兵的情况已大有改善。营长范成带着张虎和几个战士前来看望王小兵。张虎见到王小兵眼泪就止不住了，上去就抱住了他。

“排长你终于恢复了，我们盼你盼得好着急啊！”张虎说道。

“怎么了？没了我你们就不好好训练了吗？人民需要我，我必须要冲在前！走上大堤，我就已经做好牺牲一切的准备！”王小兵回应道。

营长范成擦了擦眼角，说道：“这娃子就是担心你，全营上下都担心我们的抗洪大英雄呢！”

王小兵和战友们都笑了。王小兵又问道：“营长，现在汛情怎么样？”

“现在，下游群众都已经转移到安全区域，大坝也保住了。目前偶尔还是会有大雨，我们战士们还是不能放松警惕的。”

“大坝保住了，人民安全了，那么一切就都会好的。我现在尽快康复，会尽快回到连队中与兄弟们并肩作战的！”

“好，兄弟们等着你呢！”

经过一段时间的康复训练，王小兵终于完全康复了。很快，他回到了队伍中去。他和他的战友们，以及全国的解放军战士都在为人民的需要时刻准备着。

---

2020 年入夏以来，我国南方遭遇了多年未遇的洪水。在抗击洪水的过程中全国人民携手同心，同舟共济，共克时艰！主要力量是广大的解放军战士，他们迎难而上，冲在一线，切实保障人民群众的生命财产安全，筑起生命的大堤！通过这位青年抗洪勇士的故事，我们可以深刻体会到当代青年的责任担当与家国情怀！

创作我来说，扫码看看吧！

---

# 绿墙在延伸

罗　一

“洪水中的勇士”，小李缓缓敲下这几个字，觉得还是不妥！思索了一会儿，这好不容易挤出来的几个字又被删去了。他毫无头绪地盯着一片空白的文档，今天又是坐在电脑前煎熬了好几个小时，可是写了又删、删了又写，却仍然确定不下一个满意的主题。报社十分看重这次的抗洪报道，要是写得模棱两可，怎么能够交差呢?

小李心里也清楚，要不是因为疫情，报社里人手不足，哪能轮到他这个刚刚毕业的毛头小子来负责这次报道。而为了保证材料的质量和真实性，社里还特地给了他一个“宝贵”的出差机会，送他去了险情严重的县城里采访。看着窗外几乎与坝顶齐平的洪水，想到自己本来可以安安稳稳坐在办公室里敲键盘，如今却要担起这么困难和危险的任务，小李不禁埋怨起来，连一旁泡好的方便面也没心情吃了。可事已至此，正所谓实践出真知，小李不情愿地收拾了下东西，准备下午到抗洪一线去看一看。

卫校是此次赴本地支援部队的宿营点，共有民兵、预备役、火箭军近千名官兵。以此为起点，支援部队修建了长达数公里的临时圩堤，以防沿河圩漫决后出现较大损失。在那里，小李遇到一个青年战士，他今年才 19 岁，是支援部队的一员。他长着一副白净的脸庞，稍高的个儿，站在那儿，脸上的稚气还未褪去，不过因为刚结束一宿的加固作业，眼里的红血丝还没有退净，显得稍微疲劳些。他是今年刚报名参军的，属于预征兵，之前区里武装部为这次行动发出号召，他很快举了手，志愿来支援县城。跟他同行的还有几个同龄的老乡，今天是他们在抗洪一线战斗的第五天。谈及抗洪的感受，“你不觉得苦吗?”小李问道。他放下手中的水瓶，兴奋地说：“说不担心自己的安全，那是不可能的，这里的工作比自己预想的要苦很多，但是一想到自己能为抗洪出一份力，就感到十分充实，充满了干劲。”

在卫校搭起的临时营地里，小李还碰见一个十来号人的小分队，正在搬蛇皮袋，准备往堤上运。他们全部都是今年报名参军的本地预征兵，得知要参加这么危险的行动，当中许多人的家长反对意见很大，指导员也考虑到这点，便分配他们去保障物资。带队的小队长一边搬着成捆的蛇皮袋，一边满头大汗地跟他说，虽然开始是这样安排，可是到了这里，看到无数村庄良田都变成了一片汪洋，见到成百上千的民兵与解放军战士们在堤上日夜奋战，他马上到连部要求到一线去，因为当时修筑堤坝人手不足，连部就批准了他。小李感到有些羞愧：“搞后勤不一样也是抗洪吗?”“那不同!”他说：“我们年轻力壮，更能扛沙袋，一线的百姓更需要我们!”

十八九岁，正是贪玩的年纪，但这些孩子们却义无反顾地走上了抗洪救灾第一线，小李不禁感到由衷的敬佩，也对他们此行的动机充满好奇：“在危机面前，许多人都会退却，是什么支持着你们自愿参与这次支援行动?”本期待着会立刻听到振聋发聩的回答：“是责任！是义务！……”可是他们却好像被问住了，许久没有开口。队长眼睛直直地看着远方，思索了好一会儿才支支吾吾地说：“就是觉得自己就要当兵了嘛，然后这边又有险情……”

出人意料的停顿，小李忽然明白，对他们而言，这无须回答。为什么要来支援抗洪? 也许不问，他们根本不会去思考这个问题。手上的水泡、满身的泥水和被烈日灼伤的脸庞，就是他们最完美的答卷。未着征衣，先斗洪魔，或许他们仍满脸稚气，没有老兵那样强健的体魄，但如今流下的每一滴汗水，都是他们内心深处对祖国、对人民之爱最朴素的表达。

临走之时，小队长拿出了一张自己随身带着的照片，那是一张“1998 抗洪”的照片：一群解放军战士手挽着手，组成人墙以肉身去对抗洪水，犹如一道绿色的墙壁。他自豪地指着照片中一个雄伟的背影，说：“那是我的父亲。”照片明显已有些年份，但那略微发黄的照片，却给人一种心灵的震撼——比起身后那湍急的水流，仿佛战士们的躯体更加不可动摇、他们的精神更加坚不可摧。

这一天的采访深深打动了小李，回到宾馆，空空荡荡的标题栏填进了“绿墙在延伸”五个大字——“我不知道你是谁，我却知道你为了谁。”对军人而言，人民与个人，从来都不是选择题。正因为如此，在危险与灾难来临之际，总会有一道道绿墙保护着人们。回想起那一张张稚嫩而又透露着坚毅的脸庞，他明白，这道绿色的钢铁城墙将会不朽地延伸下去……

---

“绿色的墙壁”是很久以来在我脑海中翻腾的一个主题。我是在部队大院长大的，可爱的解放军战士们在我的童年中留下了许多美好的回忆，时至今日，只要跟战士们在一起，我就觉得满心眼儿的高兴，感到无比安心。这次我参加暑期社会实践，使这种感情更加深了一层。文中抗洪抢险之事在部队中是最平常的事情，战士的思想感情是如此的崇高而美丽，它本身具有感人的力量，我希望能通过微小说将其中的思想感情写出来，传达给更多的人。

创作我来说，扫码看看吧！

---

# 那一抹明媚的笑

邹沂珊　尹伊莎

自6月中旬以来，淅淅沥沥的小雨愈下愈大，变成了倾盆大雨，上涨的河水逐渐没过河堤。王家庄里的每个村民都商量着赶紧收拾家当，悬着的心都提到了嗓子眼，生怕一不小心，下一个被淹的地方就是自己家。

小希是今年的应届高考生。此刻的她，正独自一人沉默地坐在桌前，手里拿着一沓最近刚考完的模考卷子，满脸愁容。“今年入汛以来，南方持续强暴雨，长江、淮河流域发生严重洪涝灾害。为了保护人民群众的安全，无数消防员战士和解放军子弟兵闻‘汛’而动，英勇奋战在灾情第一线……”广播里传来的新闻报道在这个屋子里显得格外引人注意，前方的最新消息紧紧揪着小希的心。她紧锁眉头，更沉默了。

小希生活在一个普通的单亲家庭，家里唯一的顶梁柱——父亲，已经在一周前奔赴洪涝灾区最严重的淮南，在抗洪救灾一线肩负防洪任务了。小希还记得，父亲走之前心疼地摸着她的脑袋说：“小希啊，爸爸对不起你，上头任务紧，洪涝灾区情况危急，没法去给你送考了，原谅爸爸……”想到这，小希就忍不住鼻头一酸，眼眶里热泪打转，豆大一颗的泪滴滴在了试卷上。在晕开的眼泪中，小希仿佛看到父亲浑身湿透，在洪水中拼尽全力搬运沙袋，奋力与洪魔斗争的模样。小希含着泪把泪渍一擦，重新拿起笔，刷刷地开始写，像是在和什么东西较着劲。

终于，到高考的这一天了。天空阴沉沉的，乌黑的云翻滚着，像浸满墨汁一样，不一会儿就开始电闪雷鸣，暴雨倾盆，天河决了口子，积水涨到了小腿处。声势浩大的暴雨给小希带来了更大的出行困难，她无法依靠自己的力量独自走出村里那条唯一的泥泞小路。正在小希焦急地看着表的时候，村支书出现在了小希家门口。他二话不说，带她上了电动车，冲开积水一路驶向高考考点。

在考场外焦急等待的家长们始终坚守在第一线，撑着伞一字排开，像一棵棵坚毅的松树。他们屏气凝神，紧张得连雨滴溅到眉梢都不曾动一下。他们有的手里提着装有营养餐的保温盒，有的拿着整盒的能量棒和巧克力。这些因操劳而显得有些驼背的身影静默地站着，目光如炬，像是在凝视着什么。他们来自不同的家庭，但是他们不约而同来到了这里，共同期盼着牵挂在心头的那个孩子，也期盼着十二年的寒窗苦读能有一个满意的答案。

走出考场的那一刻，小希十分安静，和这个喧嚣的校门口显得有些格格不入。她没有亲密的家人可以激动地飞奔着拥抱，因为她唯一的亲人现在还在一线艰苦奋战。而她，同样刚从没有硝烟的战场上下来，千军万马过独木桥，她已经挺过来了。小希暗暗为自己打气。

不曾想，小希一抬头，就看到了许多熟悉的身影，带头的是那个沉默善良的村支书，还有那些时常端些热腾腾的饭菜到她家桌上的村里的爷爷奶奶，他们一排排地站着，仿佛已经等候多时了。在陌生的考场，能看到这么多熟悉的人，一股暖烘烘的热潮涌上小希心头，她的泪水不由自主地流淌下来。在临近高考的那段日子里，这些温暖的身影给予了她太多的爱护和帮助，就像是上天特地为她打开的那扇窗，她安静地记录，把这些光点悉数珍藏，将美好一点一滴积攒，希望将来变成一颗颗珍珠回报他们。

在疫情和洪涝的双重影响下，今年的高考志愿填报工作难以开展，高中班主任只能在线上对志愿填报做一些说明。对志愿填报几乎一无所知的她被层层阴霾围困，来自这个世界的压力压得她喘不过气来，高考后的生活里难以透入一丝丝微弱的光芒。

庆幸的是，这次天公作美，洪水逐渐退去。

小希在班级群看到班主任发的通知说，最近有个大学的学长学姐导航团，团队成员里有班主任昔日的毕业生，他们正在开展暑期社会实践活动，针对洪涝受灾区的应届高考生提供专门的志愿服务。小希怀着好奇和期待加入了线上志愿服务群。

洪水退后不久，淅淅沥沥的小雨也不下了，天空渐渐放晴。

小希在学长学姐的指导下对自己未来的理想院校和专业选择做了个大致的分类，然后将志愿填报的疑惑点一一整理出来，在群里向他们提问并时常参与线上讲座和话题讨论，最终完成了那份满意的答卷——志愿填报。

这一天，阳光明媚，父亲终于回来了。

小希一大早就开始收拾屋子迎接安全凯旋的父亲，王家庄的乡里乡亲都来了，提着什么的都有，比那天考场门口热闹多了。小希不再安静不语，她的心窗被打开了，灿烂的阳光投射进来，她扬起了明媚的笑容，暖暖的，眼睛里充满了对未来的坚定。

每一个起舞的日子，都被阳光无一遗漏地亲吻过。在未来，那些起舞的日子不再安静，而是烂漫多姿，就像小希的名字一样，充满着美好的希望。

---

这篇微小说改编自我们志愿实践中经历的一个真实故事。在与这位考生的沟通过程中，我们能感受到这位考生极大的内心波动。抗击洪涝灾害不仅是前线人民子弟兵的工作，他们的身后还有着千千万万个家庭。和父亲一样，作为应届高考生的小希也面临着她自己人生中的“劲敌”。幸运的是，比洪水蔓延得更快的是人性的温暖。在与洪涝区考生们的接触中，我们看到了大家承受的苦难与挫折，更体会到了大家迎难而上的奋斗精神、同胞之间守望相助的精神。

创作我来说，扫码看看吧！

---

# 我们都是大禹

余萄洁

我是一滴雨。

今年的一切发生得比以前快得多、早得多。什么都还没有准备好，我和小伙伴们就被粗暴地搅混在一起，在无尽的旋转、撕扯后，“嘭”的一声，与另外一团气流交汇、冲击，然后混作一体急速下沉，终于分裂成了雨滴的本体。这，也是我第一次近距离看到平时俯视才能看到的景物，但，似乎这里与平时已经发生了很大的变化，是……因为我们的到来吗?

降落在村庄上空时，我看见很多的屋子大门紧锁，没有了往日的烟火气，几名组织人员在送走最后一批住户后围在一起，似乎在交谈着什么。我落在其中一个人的雨伞上，听见他们说：“还好组织群众转移得及时，要不然等到现在路都被淹了，就更难减少他们的损失了。”“是啊，今年雨太大了，已经淹了不少的农田，看田里的稻子全都黑了，怕是再也救不回来了。”“嗯，只要人没事就行，这些都不算啥，以后还有机会补偿，我们再去大堤上看看有什么可以帮忙的吧。”然后我跟着他们加紧步伐向更远处行进。

一路上，走了很久，越来越多和我一样的雨滴落在雨伞上，一时显得很局促。不远处，人们在热火朝天地忙着什么，很多人有序地搬运着沙包在大堤周围进行加固，“一二三”的口号声让原本寒凉的氛围显得炽热起来，我搭在伞上来到另一个人面前，伞的主人上前询问这边的情况，说他已经完成疏散群众的全部工作，来这边帮忙。他收起了伞，换上了简易的雨衣。我也在收伞的一瞬被溅到另外一个穿着绿色外套的小伙身上，只是这里的环境并不好待，他的体温很高，浑身都是酸涩的汗水，这让我很不舒服，我不禁扶了扶自己的脑袋，努力让自己清醒一点。啪嗒啪嗒的雨继续下着，伴随着干活时的喘气、沙哑的指挥声，一眼望去，长达十几里的大堤上已经陆陆续续地堆积起沙袋，但是，眼前所有人眉间的愁绪好像并没有消减一分，反而更加浓重。我逐渐明白，我的到来似乎是不受欢迎的，只能沉默地蜷缩在角落里。

还沉浸在悲伤中的我，突然被一阵召集声惊起，原来是到了饭点，一盒盒整齐的盒饭堆在箱子里，等着分发给干活的每一个人。哈，终于可以找个舒服的地方休息一会了，我心里暗自窃喜着。不想，拿到盒饭后，大家都直接席地而坐，伴着雨水狼吞虎咽，我自然不得安适。在吃饭的人群中，我还看到有其他着装的人拖着疲惫的脚步来到队伍前面，发盒饭的人特地说了声："李老师，您辛苦了，这么大的雨，您还来帮忙干了这么多天。"李老师摆摆手说："没有没有，我看人手不够就来看看有什么可以帮得上的，那些专门跑来的学生才是真辛苦，沙袋还是挺重的，看他们平时懒散的样子，没想到现在干活是真卖力，倒是我小瞧他们了。"一旁的基层干部欣慰地说："是啊，多亏大家的帮助，我们才能这么快筑成第一道防线。政府已经下达了通知，全力抗洪抢险，维护人民群众的生命财产安全，抗洪排查小组已经安排好，为了防止大堤崩溃，会安排 24 小时汇报洪涝险情，绝不放过每一处的隐患……"

雨下得越来越大，望着眼前汇满水的大坝、黑黢黢的稻田、忙碌的人群，我知道我该走了，于是找了个机会跃到河中，随着河水一起奔赴我们该去的地方。虽然被湍急的河水压抑得难以呼吸，但大坝两边坚实的沙包墙，又让我感到离开的正确性，渐渐地我的视线开始迷糊、脑袋开始眩晕，但不管最终流向何方，我知道有这样一群人曾经在一起，为所有人倾尽所有！

---

今年的梅雨季节来得比往年更早，也更久，连续下了两三个月的雨，雨水灌满了周边大大小小的江河湖泊，紧跟着汛期来临。我有幸成为这次抗洪抢险的一员，在这个过程中我看到了在大自然面前微小的我们，但同样也见证了面对灾情不屈不挠、众志成城的我们，在这一次志愿活动中我感受到从未有过的坚实与温暖。红雨随心翻作浪，青山着意化作桥。无论今后如何，我都会以积极的心态面对一切的未知。

创作我来说，扫码看看吧！

# 战长堤

马建东　王世琛

连日的暴雨没有丝毫要停的意思，眼看着河水就要没过河堤，乡亲们的心都提到嗓子眼了。年初刚上任的村主任小王大清早就到村里查看灾情，与村民们讨论应对之策。

小王从小在北方长大，没有经历过洪灾，今年年初作为大学生村官来到营口村担任村主任。刚开始大家并不看好新来的这个村主任，可是当新冠肺炎疫情袭来时，小王并没有退缩，他带领同事为各家各户讲解防疫知识、排查外来人员，每天都冲在防疫的最前线。这些村民们都看在眼里，触动在心里，纷纷感觉他是个靠得住的小伙子。

小王同老冯上堤坝查看水情，同时让村部同事组织大家做好向安全地带撤离的准备。老冯是从部队退役的老兵，参加过 1998 年抗洪，由于新冠肺炎疫情的影响，今年并未外出务工。他们二人来到堤上，“这雨一直下个不停，让我想到 1998 年的洪灾，今年这形势或许更为严峻。”老冯对小王说。“我们要尽快向上面汇报情况，同时组织一部分村民加固堤坝，让老人孩子们先撤离到安全的地方安置。”经过小王的联系，上面派来了两位水利方面的专家，从河堤上一路排查，发现好几处安全隐患，需要加固堤坝，而且还要加高至少半米，才能保证村子的安全。

加高半米，那可不是一个小工程！小王马上召集村民开会。好在大家守卫家园的决心十分强大，加上半年来同小王的相处，彼此的信任如同亲人，看着这个二十出头的“外乡人”为了自己的家园出谋划策，自己人怎么可能退缩呢！

说干就干，由于上面支援的防汛编织袋因道路损毁无法及时送达，乡亲们纷

纷从家中拿来能用于防汛的物品，几家商店的主人也把仓库的编织袋全部贡献了出来，硬是把用于百米长堤加高加固的物资集齐了。有人动情地说："堤坝要是垮了，家都得没了，谁还会计较个人的得失呢！"

物资是够了，可是加固堤坝不像是小孩过家家，稍有疏忽，堤坝漏水渗水，都会让所有努力毁于一旦，不仅房屋被淹，村民的生命安全也会受到严重威胁。就在小王一筹莫展地眼看着水位一点点上升时，只见远处红旗飘飘，原来是解放军到了，他们接到上级任务，奉命前来加固堤坝。老冯大喜，这不正是他退伍之前的连队嘛！

夜幕降临，雨还是滴答滴答下个不停，几天下来，大家早已筋疲力尽，可老天怎会给你睡觉休息的时间?

一道闪电划过天空，随之而来的一阵雷声惊醒了刚睡着的小王，电闪雷鸣之后，暴雨像发疯了一样下了起来。站在窗边的小王不禁担忧起了还未完工的堤坝，心想这暴雨会不会使之前的努力功亏一篑，但他顶不住疲惫，又迷迷糊糊地睡着了。

再次醒来已是五点，小王看向窗外，雨丝毫没有减弱的迹象。小王来不及吃一口早饭，便去找老冯和前来支援的解放军同志商量加固堤坝的事。他冒雨跑到老冯家，看见解放军同志和老冯坐在一起。老冯见小王来了，急忙起身。

“来得正好，正准备去找你呢。快坐，解放军同志有事要和我们商量。”

“连长同志，怎么了?”

“昨天晚上那雨估计你也知道了，今天早上我派了两个战士去查看那堤坝，还好，破坏得并不严重。我接到上级发来的通知，这雨会越下越大，我们没有多少时间了，所以这堤坝今天必须完工，任务量不小，找你来是想让你发动一下群众，让他们在保证安全的情况下帮我们一起来加固堤坝。”

小王也意识到了严重性，便道：“好，我这就去。”

连长同志得到答复后，随即带着战士们前往堤坝。小王在广播里喊道：“村里的老少爷们，解放军同志们需要我们的帮助，请大家在绝对保证自己的安全下自愿前往筑堤，快!”暴雨中，解放军战士们正装满一个又一个沙袋，然后将它们垒在堤坝上。不一会儿，连长看向村子的方向，村民们正匆匆赶来，有的拿着铁锹，有的扛着镐头，加入了解放军战士的队伍中。雨越下越大，但战士和村民们斗志昂扬，仿佛要和老天决斗。有了村民们的加入，加固堤坝的速度快了许多，今天完成已不在话下。将近下午五点，大家终于完成了堤坝的加固。村民们的脸上洋溢着笑容，小王长舒了一口气。

雨还是一直在下，小王抬头看了看天，心中的堤坝已然筑起，又何惧这风吹浪打呢?

---

在人民群众最需要的时候，总会有解放军的身影，在抗洪期间，我们同样看到，受灾地区的群众为官兵送水送饭，被这样的军民鱼水情深深打动。天灾固然无法避免，但我们可以通过努力，把损失降到最低。正是受到这种不可战胜的军民鱼水情的感染，我们创作了这篇文章，以表达对赴灾区救援的官兵以及工作在一线的基层干部的敬仰之情。

创作我来说，扫码看看吧!

# 追　光

张　锐

## 一

火热的太阳在天空中释放出它无穷的魅力，穿过云层照射到大坝上的每一块土地，还有在坝上来回巡逻的人。

姚部长最近心情不太好，滚烫的柏油路将崭新的皮鞋烤得有些膨大。新鲜的沙土粘在泛光的皮鞋上也是一道风景，可主人的步子却格外轻快。

作为市区抗洪防汛部的部长，姚部长经常下来视察工作，他脸上从没有挂着任何的焦虑担忧。相反，他常笑着鼓励志愿者们，乐呵呵的，其间不经意瞄一眼水位，结束后便离开。“搞些形式主义。”小刘如是想。

小刘报名那天，正巧姚部长前来巡视。当听到小刘说想上前线时，整个帐篷里的所有人都惊呆了，一向和蔼的姚部长冲了上去，狠狠批了他一顿，说他年轻不知天高地厚。

小刘与姚部长在帐篷里争执不下，巡逻的人纷纷驻足，双方都争出了火气。这时一道身影如风而至，看了看小刘，便对着姚部长说：“把孩子交给我，我来劝他。”

姚部长无奈，松了口气，转身走了。

## 二

小刘在纪姐的安排下参与了防汛的工作，跟着志愿者们巡堤警戒。换班后，他还常去帮忙搬运东西，统计社会捐赠物资，接待前来报名的志愿者们。纪姐最终也没答应他上前线。

小刘心里多少有些坎。他行事就如同他的名字，刘初心，留守初心，初心不改，方得始终。不过他还是听了纪姐的话。纪姐大概三十来岁，是防汛志愿者们的队长，是共产党员，为人友善，待人接物都让人如沐春风。她的威信很高，干事都冲在一线，大家都听她的。

小刘在纪姐的安排下干了半个月，对纪姐愈发敬重，同时愈发看不起每天来“逛”一圈的姚部长。

## 三

父母这些天出差在外，忽地给他打了个电话：“别靠湖太近，半个月前有两名抗洪战士牺牲，这两天又有一个人受了重伤。”小刘愣了愣。

这两天水位上涨，小刘天不亮就赶到了现场，很多志愿者都已经出去巡逻了。今天志愿者报名处来了几个特别的人，领头的告诉帮忙登记的小刘，他们是从西安开车过来的，开了1300多千米，都是退伍老兵，问小刘这里还招不招志愿者，如果可以，后面还有20多人正在待命……

望着黑黝黝的老兵，小刘再次愣了愣，下意识道：“请登记一下姓名……”

老兵迟疑了一下：“我姓郑……”

忽然有人喊道：“有人帮忙卸下货吗？”

两人相觑一眼，跑了过去。

## 四

卸了半个小时，还有一大半的货物，小刘渐渐和老郑熟络了，这时却来了个不速之客。

姚部长给老郑递了根烟，笑眯眯地看看小刘，和大家打完招呼，转过身去——形式走完了。可下一刻姚部长放下了包，扛起两箱水乐呵呵地朝帐篷小跑过去，腰腿配合度犹如老司机脚下的油门与离合器，看得小刘目瞪口呆。

搬到尾声大家都已汗流浃背。天蒙蒙亮，三人便坐在堤岸边拉话，唯有小刘对先前的事耿耿于怀。

姚部长似乎记着这事，叹了口气：“年轻时都有满腔热血，想冲在前线，实际上年轻人应该沉淀、积累，做好力所能及的事。”

小刘撇了撇嘴。

老郑似乎看出了小刘的心声，缓缓说道："你看到过洪水汹涌，横在你面前的场景吗？山崩海啸，十几米的水墙朝你扑来，你敢说在那场景下不会腿软?"

"1998年特大洪水暴发，战士们用身体堵洪水口，手若没拉稳，立马就被冲入洪水中，遗体都找不回来……我当时就被吓住了，老班长问我们谁愿意去，要去的准备好遗书，我第一个迈出了步子……"老郑笑了笑说，"我也怕，但哪怕再来一次我依然会第一个迈步。你也得明白一个道理，围住河水的堤不能少了任何一包沙袋，水面的沙袋会被冲走，水下的沙袋却一定不能消失。"

"真的很幸运，我们国家有冲锋在前的勇士，也不缺少后面坚定支持的人民，青年们都想奉献自己的光与热，每一场战斗因为有他们才能打胜，他们都是当之无愧的英雄!"

姚部长似乎也被感染了，"你叫刘初心，是个好名字。真巧！纪队长的名字叫纪使命，都是好娃娃啊!"姚部长笑了起来，"你们还挺像，纪队长在刘家坝抗洪六天六夜，刚结束又马上赶到大张圩抗洪，拉车装沙撞掉了一颗牙齿，夜里总是疼痛难忍，她却依然坚持每天按时到岗。她说这是她承诺的：'洪水不退我不退！大干三十天，再苦再累的活交给我来干！我是一名共产党员，承诺了，就要做到!'你和她一样，都在青春年华里绽放出了绚丽的光彩……"

黎明咬破夜的唇，将那一抹儿血留于天际……

## 五

在抗洪战士们殊死搏斗、防汛志愿者们艰苦奋战近二十天后，终于安全了!所有人都长舒了一口气。

小刘有些开心，也有些不舍，和志愿者们一起战斗的感觉真好，他也开始明白什么是英雄。堤岸边，小刘伫立着，看着纪姐走了过来。

"今天姚部长没法来送你们了。"没想到纪姐第一句是这。

"怎么了?"小刘问道。

"他儿子今天出院，抗洪一开始他就鼓励儿子上了战场，抗洪时险些被洪水冲走……他也是好样的，就像他的名字那样，姚砥砺，砥砺前行……"

小刘突然想到了什么，他转过头大声向着将要开车离开的老郑喊道："老郑，你名字还没登记呢!"

"郑前行!"声音逐渐飞向了远方……

刘初心崇尚冲锋在一线的英雄，想要到抗洪一线去，在共产党员纪姐的安排下参与了防汛的志愿工作，最终了解到英雄的意义。我也向往英雄，在参与了各种志愿活动后，才发现每个人与社会的发展都密切相关，人们都在不同的岗位上扮演着不同的角色，他们身上都承担了各种各样的责任，每个人发着属于自己的光与热，每个人都是英雄。我在本文中引入四个角色，代表四种群体，代表不同的崇高精神，融合在一起，突出展现新时代英雄的主题。

创作我来说，扫码看看吧！

# 微　光

唐圆圆

“老师，您长大想干什么呀?”

“老师已经长大啦!”望着窗外晨光熹微，小唐老师笑了，小声说了一句孩子们听不清的话。孩子们很快便转移了话题，开始兴冲冲地和小伙伴们交流起来。“警察多威风!”小男孩大声地说道，“我要带枪，抓坏人!”“医生才是最好的呢!”小女孩辩驳，“我要治病救人，你看新闻，新冠肺炎疫情多严重呀，我以后要当医生，让病人不会疼痛!”望着孩子们充满希冀而单纯的笑脸，小唐老师不禁想起了记忆中的那个倩影、那段年岁。

“小糖糖，你长大了想做什么呀?”那是一个温柔的女声，活泼而明媚。她是一个城里来支教的大姐姐。回望四周，同学们也在热火朝天地讨论着，黑板上写着四个大字：我的理想。记忆中的那个小糖糖坐在教室的角落，沉闷地低着头，与教室中热火朝天的氛围格格不入。听到老师的问话，小糖糖涨红了小脸：“我……我不想读书了。”面前年轻美丽的女子一怔：“为什么?”腼腆的女孩轻声回答：“爸爸妈妈都出去打工了，家里只有我和奶奶，我想回家帮奶奶干活。”记忆中永远微笑的姐姐在那一刻出奇的严肃，极其认真地对小萝卜头糖糖说了一段当时的她并不能完全理解的话：“爸爸妈妈在外面打工，一定是希望你在家好好读书的对不对?他们过年回到家，看见你学习成绩有进步，才会开心的呀!你看你想回家干活，但是大城市，现在都是机器做家务、干农活啦，你要好好学习，考上好的大学，才能知道怎么借助机械工具干活，干得又快又好呀。”听到老师的话，小糖糖懵懵懂懂地点了点头，惊异于外界神奇的“机器”，幼小的心里种下了一颗种子：好好学习，考上大学，去外面的世界看一看。

姐姐要离开了，她走的那天小糖糖抱着她，哭得十分伤心。是这个姐姐，纠正了她蹩脚的发音，教会了她说简单的英文，给她绘制了一幅瑰丽的外界画卷。那天，小糖糖依偎在她怀里，认真地说："我长大也想像您一样，当老师，教学生说普通话、学英文，让他们好好学习，去外面的世界看看。"

时光荏苒，小糖糖变成了小唐，又考上大学，拿到了教师资格证，变成了小唐老师。当有学校需要支教时，小唐第一个递交了申请书。似乎是冥冥之中自有天意一般，她梦想开启的地方，正是她即将支教的地方。申请很快便被通过了。回乡前，小唐和仍在外地打工的父母通了电话，告诉他们自己即将回到家乡做一名支教老师。电话那头，父母手足无措地问她是不是做错了什么，为何考了大学还是被"安排"回小山村教书；电话这头，是小唐细心的解释：家乡的小学太缺老师了，她想回去，教教孩子们普通话，教教孩子们说英文，给他们说说她这些年见到的外面的世界。父母似乎理解了她的决定，又似乎并不理解，最终只说出了一句："你长大了，你自己决定吧。"

慢慢地深入山林，脚下的柏油路变成了黄土路，宽阔的人行横道变成了乡间小路。在国歌声中，小唐老师再一次踏入这所小学，恍若隔世：自己从一个小娃娃变成了一名人民教师；教室里，是明亮的灯、崭新的桌椅——这是国家财政支

持的结果。不变的是自己的位置，仍在一间教室之中。为节省资金，一张环形桌，一间教室，就是老师们的办公地点了。办公桌旁已经坐了几名老师，有熟悉的面孔，也有与自己一样年轻的脸庞。校长热情地对这些老师逐一进行介绍，把堆满了前任支教老师备课资料的书桌安排给了小唐。尚未开始备课，办公室的门就嘎吱一声被推开了。原来是几名调皮的小学生，听说来了一名支教的大姐姐后，迫不及待地想来看看。孩子们发觉自己被新来的老师发现了，小小地惊呼一声，却红着脸推门走近了小唐老师，羞涩地递给她“欢迎礼物”——那是他们自己折的千纸鹤，上面写满了祝福。这些十岁上下天真烂漫的孩子，用最简单的方式表达着自己对新老师的喜欢与对新知识的渴盼。小唐老师笑着收下了所有的祝愿，这是她与孩子们心灵相接的第一步。

正式授课的时间到了，面对新来的老师，孩子们显得有些拘谨。小唐老师笑着说：“这节课我们上讨论课，大家畅所欲言，就谈谈自己的理想吧！”语毕，她转身，一行娟秀的正楷飘上了黑板：我的理想。果然，老师与同学之间的距离在热火朝天的讨论声中被拉近了。这些孩子说想当警察，那些孩子说想当医生，还有的孩子大着胆子来问她：“老师，您长大了想干什么呀?”

小唐老师笑了：“老师已经长大啦！”接着，在热火朝天的讨论氛围中，她小声地说了一句：“我想当老师，教山村的孩子们说普通话、学英文，让他们也能看一看外面的世界。”

---

有许多山区留守儿童，他们的父母都外出打工，没有在孩子们最需要陪伴的时候出现，所以我们支教团队要给他们更多的关爱，积极地引导他们，不只是带给他们知识、教会他们学习的方法，更重要的是带给他们思想，让他们有走出大山的冲劲。我们更希望他们能够受到感染和鼓励，抓住改变命运的机会，努力学习，将来能够回报社会，让爱和梦想一直传递。

创作我来说，扫码看看吧！

---

# 班　规

唐圆圆

“伸出手指，开始检查！”

话音一落，教室里就发生了一阵小小的骚动。同学们有的神态自若地把手背伸到桌面上；有的赶紧掏出指甲剪，开始“啪嗒啪嗒”地剪指甲；还有的东张西望，发现借不到指甲剪，立即把手缩到一边，开始偷偷摸摸地扣手指甲。原来这是新来的唐老师为同学们定下的班规之一：为了大家的卫生，每周检查一次手指甲。

“嘿嘿，老师，我一会就去找同学借指甲剪。”林同学有些不好意思地笑着挠了挠头。

唐老师点点头。

“老师！我的指甲剪了！很干净！”李同学有些期待表扬地把手张开，在半空中挥了挥。

唐老师竖起了大拇指。

“老师，我忘记剪了。”杨同学低着头小声地说着话。

“你为什么指甲缝也黑黑的?”唐老师问了话。

“回家干农活，今天做完就来学校了。”小杨还是低着头不敢看老师。

唐老师一阵心酸：“再忙也要注意卫生，下课找同学借指甲剪，剪完后，去洗洗手。”

课后几个同学去洗手，却因为先后顺序引发了争论。

“我先来的，我还没洗完，你不许插队！”小同学摆出一副插队无理的表情。

“你打肥皂，用不到水龙头!”另一位小同学不甘示弱，一副不允许你占用资源的样子。

两人在洗手池边声音越来越大，旁边的女孩子大吼一句：“你们忘啦！班规里说要懂礼貌！要谦让！不要吵！用旁边这个!”

这么一打岔，两个小男孩停止了拌嘴，想到唐老师定下的班规，嘻嘻哈哈地洗完手又哥俩好起来。上课铃一响，两人赶紧回到教室打开了书本。

同学们总说上唐老师的课最有意思，因为教的方法他们一学就懂了。比如在教汉语拼音时，“zhi、chi、shi、ri 一定要舌头微卷，我们再来一遍，”唐老师敲敲黑板，“ie、üe 一定要注意咧嘴和噘嘴，把手放到嘴边，仔细感受它们的不同。”同学们有样学样地把手放到嘴边，马上就能感受到枯燥的拼音也能这么有趣。慢慢地，同学们十分期待上唐老师的课，课堂气氛十分活跃。但是有的同学基础很差，学习吃力，这时候唐老师的班规——“共同进步”就派上用场了。

她将同学们分成几个学习小组，这个同学有不懂的问题，就能够马上提问身边的同学。

“这道题好难，我不会。”一个同学小声说着。

“有什么不懂的可以来问我!”学习小组长的自豪溢于言表。

“我也会这一题，我也可以教你。”

整个教室的学习氛围十分浓厚，大家好像生怕自己不学习，一不留神就落后了。

六七月的天气总是像孩子的脸一样说变就变，天空淅淅沥沥地下起小雨。好在最近经常有雨，同学们都带了伞。没伞的同学，也都想了办法，要么和同学一起打伞去食堂；要么找老师借手机，打电话叫家长来接送；要么就借老师的伞，一个雨伞下三个小伙伴挤着往宿舍跑去。

唐老师在食堂帮忙打饭，看到自己的学生手上拿着两个餐盘，好奇地问道：“你帮谁打饭呢?”

小东同学咧嘴一笑：“给我舍友打饭，她和别人回宿舍拿伞了，帮她打好，等她来了直接就能吃了!”

“老师！我们一直都在遵守规定，团结友爱，互帮互助哦。”小暖从小东后面把小脑袋凑过来说道。

往后的教学正值桃李成熟之时，同学们除了互相交流学习，还互相分享零食，其乐融融。

由于该小学在高山地区，气候较为寒冷，一场夏天的暴雨，让唐老师冻感冒了。孩子们非常贴心，知道老师嗓子沙哑，课上乖乖地听课，连竞争最激烈，甚至会喊着“选我！选我！”的课堂互动环节，都只是静悄悄的，但又不甘心地把手举得高高的，示意老师选他们之中的谁来回答问题。课前课后他们又总是围着老师嘘寒问暖。

“老师，您要注意休息，注意身体。”

“老师您多穿点。”

“老师是不是因为把伞借给我，您才生病了?”

“老师我去给您接热水。”

“老师……”

许多张小嘴围着老师关心地问个不停，把唐老师平日里对他们的关怀备至学得有模有样，又把班规——“尊敬师长、关心同学”落到了实处。

---

山区里的孩子淳朴天真，就像是一块块璞玉，等待教师去精雕细琢。教师不仅要教授孩子们知识，更重要的是教授他们品德，教给他们思想。文中的班规，是我在支教学校规定的基础上，更加细化和强调了为什么要这么做和该怎么做这两方面，希望学生们在讲卫生、懂礼貌、团结互助、共同进步中快乐地成长。相信只要有一个明确的正确的指引，孩子们就会去朝着那个方向前进，终有一天会成长为国家需要的栋梁之材。

创作我来说，扫码看看吧！

---

# 那个夏天

孟祥堃　杨婉艺　陈婉丽

白露时节将近，北方残存的暑气也逐渐稀薄了，不多时日就是丰收的秋分了。天气温和而舒适，人人都在享受夏日酷暑远去而隆冬凛冽未至的时光。小虎却想念那个夏天，那个刚刚远去的夏天。

小虎想起那个很热的上午。村口的大黄狗趴在槐树下恹恹地吐着舌头，爹娘都在地里干活。他不必去上学，但也不被准许和小伙伴去村边的铁底河摸鱼，只好时不时去吓唬家里还不能打鸣的小公鸡。不能出去玩的日子过得如黑白色一般黯淡。小虎突然很想去上学，学校虽然也没什么，但起码有小伙伴能待在一起。哪怕是发呆，也比一个人发呆要快乐些。“虎子！虎子！”听到有人喊自己，小虎一个激灵，是村头前几天偷偷摸鱼被他爹发现打了屁股的二胖，是小虎平时经常一起玩耍的伙伴。“二胖，你弄啥来?”“虎子，咱村来个大哥哥哩，说是给咱上课哩!”“真的? 啥时候啊?”“就明个儿哩!”听了二胖的话，小虎突然觉得眼前的色彩丰富起来了，不能打鸣的小公鸡也瞅着顺眼了许多，晚上多吃了半个馒头，躺在床上好长时间没有入睡，满脑子都是明天去上学的事情。

高高的个子，有些黝黑的肤色，鼻梁上架着一副黑框眼镜，脸上带着淡淡的微笑，和丫蛋儿她家哥哥差不多大的模样。“这就是我们的新老师?”小虎有些好奇。“我姓武，平时你们可以叫我武老师，私下也可以叫我阿常哥哥。”“五老师”，好奇怪的姓啊。“今天是第一天和大家见面，因为想了解一下你们平时的学习程度，我们先做一个小测试，难度不大的，大家很快就可以完成。”“啊?!”小虎和同学们发出不情愿的感叹，谁会想到一位新老师刚见面就考试呢。还好测试题目并不是很难，不一会便完成了。随后阿常哥哥便拿出了一沓彩纸："大家平时喜欢做手工吗？我带了一些卡纸，接下来的时间我们做手工吧！"手工课自然也是上过的，但比起语文课和数学课上的次数可是少得很。孩子们的眼中都泛出希冀的光。不一会，纸飞机、五角星、小风车、会吐舌头的纸狐狸便在阿常哥哥的帮助下，在小虎和小伙伴们的手中完成了。

接下来的几天，武老师带着孩子们上了丰富多彩的课程。常规课程是数学课。小虎佩服极了，令人费解的方程组在武老师的手里变得那么简单。他还会折那么多种类的折纸！小虎由衷地喜欢上了这位亦师亦友的大哥哥，在他的手里总有一些神奇的事情发生。武老师还带着他们上了期待许久的体育课。踢足球、拍篮球、和班里的小伙伴一起进行滚轮胎比赛，他跑得最快，是第一名，拿到了奖状，还和武老师一起合了影。尽管天气闷热闷热的，自己也晒得黝黑黝黑，可小虎就是很开心。周围的小伙伴也是一样，尽管一身的汗水，可他们笑得那么开心。

天气有些阴沉，身边泛出泥土的气息和草香味。武老师说："明天就要和大家说再见了，我只是一名还在读书的大学生，所以不能一直这样教大家知识了，这段时间我也很开心与大家成为朋友，所以之后大家可以通过这个电话号码与我联系。"老师要走了吗？小虎突然觉得心里有点空落落的。最后一天，武老师和他们分享了很多故事，有自己的，也有别的同学的。小虎和小伙伴在老师的电脑上看到了美丽的大学校园、鳞次栉比的高楼大厦、灯火辉煌的城市夜色，还有有趣的各种实验。小虎突然在心中萌发出一种斗志：今天他在电脑上看到的，总有一天他也要亲眼见到，那些华美的建筑，总有一天自己的家乡大石村也会有的。

时间过得很快，转眼间落日的余晖便洒满大石村的田野，与即将成熟的粮食交相辉映。二胖和丫蛋儿看着武老师离开的身影落下了眼泪。小虎咬了咬牙，追了上去："老师，俺也想考和你一样的大学，你觉得俺能行吗？"武老师顿了顿，回过头，笑容在夕阳下泛出金色的光："好好努力，你一定能实现自己的梦想！"

小虎看着村口那只依然恹恹吐着舌头的大黄狗，爹娘正忙着准备这几天秋收，自己坐在家门口，二胖和丫蛋儿靠在村头的槐树，他突然觉得天气不那么热了，大石村的天空似乎比平时更澄澈些。他低下头，在方程组的"="后面坚定地写下一个答案。

脱贫攻坚，教育先行。2020年是脱贫攻坚战的决胜之年，我们立下目标在这一年消除绝对贫困，坚持义务教育，着力推进教育公平。作为从祖国偏远边陲和落后地区走出来的大学生，我们能做的、我们要做的，不仅仅是带给家乡的孩子们知识，更多的应该是以我们这一代人对世界的看法和对外界的认知来引起小孩子们的向往，并激发其内生动力。

创作我来说，扫码看看吧！

# 泉乡村里有大山

刘宝厚

高楼林立的城市，灯红酒绿，斑斓喧嚣，催人奋进却也让人孤独和压抑。平静的小山村，叫醒人们的则是第一声嘹亮的鸡啼。城市给人个性和张扬，而乡村的气息让人心情宁静。大山的家乡，泉乡村，就是这样一个普通小山村。在这里，人人的脸上都是平静的，心中充满了对美好的期盼，生活里洋溢着满满的幸福。偶尔有人会因为一些家中的烦心事而暂时忧愁，却总能在和邻居的闲话家常之中把那份忧转为如释重负的喜。

在这里，没有为了面子而进行的攀比，人们不会为了比较谁家房子更高更大而把房子拆了又盖、盖了又拆，而是会照顾到邻里的采光，把屋顶放在同一水平线上。普通的小村子里也因此出现了未经商量却令人惊奇的整齐划一。

湖面的平静会被一滴雨珠而打破，画出一圈圈涟漪。重大变故袭来、疫情的打击让泉乡村陷入了恐惧。村民们不由得纷纷回忆起非典时期的紧张。疫情虽如猛虎，村民们并没有放弃抵抗，更没有只顾自家，而是积极团结起来，有钱捐钱，有物捐物。共产党员们积极报名查守村口，为村民安全做保障。全村动员，对所在的街道消毒，分发消毒液，保障每个村民的安全，为家中缺少食物的邻居送去自己家中的粮食。大山把自己家省出的口罩送给了隔壁李奶奶，王婶也把自己家的鸡蛋都送给了家里余粮不足的张婶。一场疫情，让人们处在了危险的边缘，但是也激发出了村民的团结和友爱，心中所想，皆是为公。

可怕的疫情也让大山感到害怕，但村民的和善却让大山心中憋着一股子劲儿。想起村民为了消毒不顾危险在全村走动，想起党员不惧严寒在村口站岗，大山感到惭愧，自己一个大学生怎么就发挥不出作用呢？

大山主动找到村主任王叔："叔，俺也想一起给咱们村站岗，俺爹娘也同意咧。"王叔瞪大眼瞅了瞅，佯装生气道："你个小孩瞎掺和啥，赶紧回家好好待着，要是出点事，以后还怎么上学？你还是等以后疫情过去，学出名堂来了，再给咱村做贡献吧。"被拒绝的大山虽然知道王叔是为了自己好，却越发感觉自己像个绣花枕头，天天被邻居夸听话学习好，怎么村里有事了，就帮不上忙了呢！自己本应是别人眼中优秀的大学生，却不能够发挥出能力来守护村民的安全，越想越惭愧。

该怎么用学到的知识回报家乡，怎么体现自己的作用呢？这不仅仅是良心的拷问，也是大山对自我价值的追寻。终于，当大山看到听到很多村民在为孩子的成绩发愁时，他找到了回报家乡的方法。既然无法在一线抗击疫情，那么就默默为村民们做好保障。于是，到了暑假时，疫情缓解，大山终于有了施展抱负的机会。他决定为村中的小学生们开一个补习班，自己出资出力为村里的孩子们营造一个良好的学习环境，既能实现自己的价值，又能让自己村里的小孩安全地学习。

一个人，举办一个十几个学生的补习班，可行吗？大山决定了这件事，却也为如何实践而发愁。桌子哪里来？椅子哪里来？天气太热怎么办？孩子受伤了怎么办？资金来源怎么办？有人质疑自己能不能办好怎么办？自己能坚持下来吗？一系列的问题不禁让大山感到困难重重，愁得半夜睡不着觉，只能和月亮说话来排解忧愁。可是月亮不会说话呀，大山只能独自盘算着怎么办这个补习班。好在有父母的鼓励和支持，问题一个一个得到解决。

时光的车轮并不会因大山的烦恼而停止转动。终于，在几天的走访后，大山的"事业"迎来了巨大转机。经联系后，大山获得开饭店的刘叔的帮助，他愿意免费提供一些桌椅，而大山的父母也愿将家中的空调搬到教学的小屋里，热心的张叔也给大山提供了一间空屋子，这下可给大山解决了几个大难题。一分努力一分收获，大山的努力没有白费，终于在村民的帮助和支持下，在暑假里成功地完成了半个月的补习，完成了对村民们的交代。学习之余，大山和村里的小孩打成一片，为他们做了一个新的榜样，让大山终于感到如释重负，找到了实现自己价值的方式。

在辅导班结束的那晚，大山在日记中写道：有追求总要面对失败和挫折，在失败后得到的成功总是最精彩的，所以哪怕自己追求的理想在奋斗的途中遭遇挫折，也不要轻易放弃，重新站起来，坚定一个信念，告诉自己，付出的努力总会有美好的未来在等待。

曾经的白衣少年，终究会成长为风度翩翩的君子，手持长剑，行走于天涯。经过这次历练，我终于也如同白衣少年，实现成为谦谦君子的蜕变。半个月的支教历程，真切地锻炼了我的组织能力、沟通能力和抗压能力。我无数次喊着实现自身价值的口号，然而却总是无从下手。这一次，我明白了如何去做、如何实现自身价值观。

创作我来说，扫码看看吧！

# 王南北的“新车”

王　亮

王南北出生在一个小县城的乡下，听过王南北名字的人都知道他是个想要走南闯北的人。

小时候的王南北经常跟同学打架，当然了，王南北不是随便欺负人的坏孩子，经常是为了替哥们出气才动的手，有一股冲劲。

王南北从小就梦想着有一辆属于自己的自行车，他是在电视上看过那种赛车手比赛的视频后才有的这种想法。和很多农村孩子一样，王南北家里就是种地的，年年收成还得看老天爷的安排。当年村里合作社分地的时候由于王南北年龄小就没有分到地，一家人所有收入只靠着两个人的地，所以家里情况不是很好。王南北想要拥有一辆新车的愿望一直没能实现。王南北一直也没跟父亲开口，他知道父亲靠微薄的收入支撑一个家庭已经很费力了。

王南北家里没有出过读书人，父亲、祖父都是种地的，曾祖父当年在合作社喂牲口，亲戚中只有他祖母娘家的一个侄子上大学了，听说在外面大有作为。王南北学习的动力很足，脑子也算很好使，从小就背负着一大家子人的期望。果然没过几年，王南北就以优异的成绩被一所重点大学录取了。上学走的那天，他那过年都不舍得放烟花的父亲硬是放了三箱烟花，一家人开心极了。对于一个农村孩子来说，考上重点大学应该是最幸福的一件事了吧。

临走时王南北对着村口大喊：“我王南北一定要走南闯北，闯出个名堂来！”

王南北是和父亲一起坐火车去的大学，一路上父亲说了很多，王南北听父亲说得最多的一句话就是：“你是我的骄傲。”

一转眼，王南北一学期的大学生活就结束了。

王南北又回到了家乡，本来打算在寒假期间去做一些活动，没想到2020年的一场疫情搅乱了所有人的计划。

寒假过后没有开学，王南北上了一学期的网课。他偶尔也趁着课余时间参与一些力所能及的志愿服务，但是绝大部分时间还是待在家里。时间过得真快，这一恍，暑假就到了。

王南北帮家里人干农活，也学着在网上卖货，转眼间就过去了大半个月。

当夜色蔓延的时候，王南北时常躺在床上想：以后要怎么走，目标是什么，自己当初是为了什么而努力走出农村。“啪！”一只蚊子应声而倒。他突然想到自己多年前渴望的自行车。“自行车，我不是希望自己有辆自行车吗?”王南北疑惑地喃喃自语。他像往常一样漫无目的地打开手机，突然QQ弹出一条关于开展大学生暑期三下乡活动的通知。至此，王南北在这个夏天散漫的心似乎有了方向。

“同学们，我再说一遍，一个有理数减去一个有理数就等于加上这个有理数的相反数，一定要注意这个地方，符号不要再搞反了。”王南北指着黑板上的一道有理数加减混合运算，大声说着这句话。“来，大家接着看这道题。”

王南北也没想到自己真的成了老师，按照学校对于大学生暑期三下乡活动的要求，他真的找到了当地的一所学校，学校也愿意在暑期给有需求的孩子上课，所以王南北就正儿八经地当上了乡村小学的数学老师。给农村的孩子上数学课可不是一件容易的差事，这些孩子们基础薄弱，学习习惯不好，学习动力也不足。

这些孩子大多数是老人带大的，他们的父母外出打工，一年才能回家一两次。每当他们父母回家的时候，孩子们第一件事是问父母带了什么新玩具或者零食等，这就导致了他们不知道为什么而学习。王南北想，还好当年的自己知道要好好学习，父母也没有外出打工，自己心中好歹有辆自行车啊。

王南北去学校教书骑的是辆两轮电动车，是家里几年前买的，换了一次电瓶，跑起来还行。

王南北已经适应教书的生活了，每天传授给学生新知识，被一声声“老师”所包围，感受着当老师的快乐。有的时候，王南北还会教学生们唱歌，唱的都是一些简单易学的，如《团结就是力量》《歌唱祖国》等。这些歌曲都是王南北大学军训期间经常唱的，在这里用到了。日子一天天过去，王南北每天来往于自己的两个家，他已经适应被称为老师了。夏日的阳光是璀璨的，一样璀璨的还有王南北老师脸上的笑容。

炎炎夏日，当全国人民努力脱贫攻坚奔小康、战胜疫情的时候，在一个小村

子里的普通大学生王南北也在进行着他的努力。他给了乡村孩子一个短暂又珍贵的夏天，一起学习、一起成长。

被雨水洗刷过的夏夜扑朔迷离，几只知了趴在树上时有时无地哼着小曲。王南北坐在窗前翻看着学生们写的作文，突然看到一句“老师挺好的，我不舍得与老师分开了”，心头一颤，明白自己真正走进了孩子们的心中，自己也被他人迫切地需要了。“是啊，舍不得分别，我也是啊！”王南北在心中想着。一夜，无话……

王南北一直骑的电动车好像坏了，他把车推到修理铺，修车的师傅说是电瓶老化、供电不稳，得换。王南北咬咬牙，花了几百块钱换了新电瓶，他的车又继续“工作”了。

今天是王南北和学生们相处的最后一天，他特意穿了自己最好的衣服，一大早就忙着洗漱、刮胡子，对着镜子看了老大一会儿后，才满意地骑着车出发了。一路上，王南北哼着歌，奔向他的学生们。

东方吐出鱼肚白，朝阳把温暖洒向大地，王南北骑着他的“新车”，缓缓地消失在一片金黄的晨光里……

本文创作于2020年8月，彼时我正处于“三下乡”活动中——在一所乡村小学进行为期一个月的支教生活。本文讲述的是农村男孩王南北在疫情得到有效控制的暑假期间，在一所小学支教，而正是这次经历让王南北发生了转变，小时候心中的那辆新车如今已焕发了新意。文末王南北并没有拥有新车，却因为支教与孩子们共同成长，内心得到了升华，新车变为了新方向、新追求、新目标，青春在志愿服务中得以绽放光彩。

创作我来说，扫码看看吧！

# 思·乡村新局

行走的青春

# 头雁领飞

程文文　于小童　张玉龙

走进村里，一排排农家楼房整齐划一，一条条马路宽阔整洁，绿树红花错落点缀，水渠河流清澈见底，黄发垂髫怡然自乐，笑声莺莺，一幅整洁美丽、风光旖旎的新时代文明乡村美景图呈现在眼前。是不是很难想象这里曾是落后贫困的小山村？而这个乡村的“华丽蜕变”就是因为有一位“领头雁”，他是村党总支书记傅小悦。

“在城里多好，干吗回来，为什么没有选择留在城里而选择回到了家乡？”一位名叫李金贵的老人见到傅小悦乐乐呵呵地问道。

“城里有啥好的，哪有咱这环境好，以后咱这肯定比城里好。”他稍显尴尬地笑笑并回答。2009 年，高中毕业的傅小悦满怀赤诚地走入基层乡村。当时傅小悦年仅 20 岁，像他这样的年轻人，大都离开了农村去城市里打工，鲜少有去读大学的。

“你在村里干，有啥意思？跟我去城里打工，一个月随随便便三五千就到手了，干个四五年，房子车子就都到手了。”傅小悦的发小曾这样劝说。

“你还不懂我吗？大家都走了，村里这摊子事谁干？何况我已经在这里工作这么久了，对这片土地、村民已经有了很深的感情。”傅小悦说道。

虽然当时傅小悦只有高中学历，但已经算是村里的知识分子了，村委会的文件起草、整理之类的工作自然就落在了他的身上。除此之外，有点涉及“高科技”的问题村民都找他帮忙，比如电视机没声音了，他都热心帮忙解决这些“家长里短”。他凭着勤恳踏实的工作态度和乐于助人的精神，很快获得了村里人的一致认可，村民们亲切地称他小傅。

“以前我们的任务是脱贫攻坚，但现在重心是乡村振兴，乡村振兴靠的就是产业和人才。为什么乡村留不住高等人才？是因为年轻人没有理想吗？是因为年轻人不渴望有所作为吗？其实都不是，村里不健全的制度环境足以导致年轻人望而却步。”傅小悦不止一次地想到这个问题。

于是，他担任党总支书记后首先做的事情就是积极调整村“两委”班子，优化村干部的年龄、文化结构，吸引群众认可、有文化有能力的年轻人作为后备干部，探索实施“能人回归”工程、“素质提升”行动，提高基层党组织战斗力。他还坚持每周走访村民，解决实际困难。

傅绍济老人说：“因为女儿外嫁，老伴患病，日子过得比较艰苦，但是小傅经常到我家了解情况，为我申请光伏扶贫项目、安排公益岗位。这几年的日子好过了不少。”

有朋友问傅小悦：“10 年你都是怎么去改变这个村的?”

傅小悦谈道：“村民有自己的生活逻辑与独特的乡村文化，这不需要被颠覆，只需要在原有的基础上带领大家实现村美民富。”

其实，在工作伊始，小傅并不被看好，村里人担心“他年纪小，干事不踏实，帮不上忙”。但是傅小悦扎下根一干就是 10 年。上任之初，村里日常大小事

务，傅小悦忙得焦头烂额。最让他头疼的就是村里的路，一下雨就成了“水泥路”，泥泞不堪。村民们抱怨：“这路还能走吗?”这句质问如针般刺进了傅小悦的心里。俗话说：“要想富，先修路。”傅小悦立即着手道路修建，借助国家“村村通”政策，将雨中的“水泥路”变成了宽阔硬实的水泥马路。

他也曾立下工作目标：让村民们集中居住，形成农村社区；让村里每户都能开得起汽车；让村集体经济有所突破。“这 3 个目标，我打算用下一个 10 年实现。”傅小悦如是说。

起初村里没有什么集体产业，地处山区又难以招商引资，如何致富是村里发展的最大难题。傅小悦穿着一双解放鞋随时爬山下坡，深入群众，考察板栗种植和茶园。经过充分的调研，他根据村里特点，因地制宜，发展茶业、养蚕业和乡村旅游业，如今“山上种树、家中迎客、红绿结合”的发展模式基本形成。他的努力得到了大家的认可，也因此获得了“致富书记”的称号。

傅小悦总是谦虚地说：“我只是跟着全国劳动模范陈先志学习，找对了方向，再加上不停地努力而已。”他胸有成竹，信心满满，为全村描绘好了绚丽多彩的远景蓝图……

---

本篇微小说讲述了扎根在基层乡村的书记傅小悦的故事。从 2009 年一个高中毕业不被村民认可的年轻人，到带领大家实现村美民富的“领头雁”，他脚踏泥泞，俯首躬行，正在带领红色老区人民以“阵雁排空”之势，力拔穷根奔小康。作为青年大学生的我们，更要勇于投身于为人民为家乡服务的队伍中，要明白在悉心耕耘的乡村大地上也能埋下理想的种子，洒下青春的汗水，浇灌美丽的花朵，“男子千年志，吾生未有涯”。

创作我来说，扫码看看吧！

---

# 驻镇女书记的帮扶情

于小童　程文文　姜张英

“妈妈，什么时候可以穿新衣服啊？”六岁的糖糖很认真地问。

“新衣服要在……”一阵急促的手机铃声打断了江瑶和孩子的对话。

“江书记，新冠肺炎正蔓延扩散，你抓紧时间给村委开会，布置一下疫情防控工作。”

挂了电话，江瑶穿上外套起身就准备出门。屋里孩子急切地喊道：“妈妈，你能不能认真地回答我？到底什么时候能穿新衣服？”任凭孩子怎样呼喊，都没有留住江瑶。

月光下的村庄格外明亮，闪闪发光，正是家家户户团圆的日子啊，而江瑶却义无反顾地向着离家的方向走着。一阵寒风吹过，江瑶裹紧大衣，默默加快了自己的步伐。

“又到了党和人民考验我们的时候了，这次疫情的形势非常严峻，我们领导班子要拿出百分之百的精力投入，对咱村里所有人负责。谁愿意去村口值守，守住我们村的这一道防线？”江瑶看向在座的同志。

老党员王强志立刻站了起来：“我去，我再发动几个年轻干部，我们轮班制，我们会牢牢地守住村口。请书记放心地安排其他工作。”

江瑶会心地点了点头：“行，那这个任务就交给你了，可得严防死守，事交给你我放心。”

奋战在疫情一线的她，一手抓实疫情防控，一手抓紧复产复耕，“党群齐上阵，春耕生产忙”的动人景象正在全村上演。正是这十几年基层工作经验的积累，才让这位女书记在这样的突发事件面前能够有条不紊地开展疫情防控工作。

十几年前，江瑶下乡到基层工作，当时的她在处理村里事务时屡屡碰壁，为了改变大家的看法，她决定从群众最关心、最需要解决的难题入手。

“我刚到村子里时，镇村干部看我是个女孩子，并不对我抱太大希望。”江瑶说。一来是缺乏基层工作经验，二来是村里百姓不信服。但是无论村里的事务如何棘手，江瑶总是把一句话挂在嘴边：“我们就做老百姓真正需要我们做的事。”她是这样说的，也是这样做的。

最先来找江瑶解决问题的是村里的老人。“小江啊，家里的屋顶漏雨，你帮着解决一下好不好?”“我家电视坏了，小江你会修吗?”这些事情江瑶其实处理不了，但她全都应承了下来。

“你是一个村干部，现在每天管的都是这些鸡毛蒜皮的小事，不用什么事情都自己亲自上的，犯不着过去遭这罪!”

休息时间，江瑶与朋友进行着视频通话。朋友看到江瑶憔悴的面容时，忍不住心疼埋怨道。听着朋友心疼的话语，江瑶回答说：“村里百姓的事没有小事，只有解决了村民生活上的难题，我才有资格去做其他的事情。”朋友无奈地摇摇头，又嘱咐了几句，便挂了视频。

挂断与朋友的视频电话，江瑶回想起刚来村里任职时的场景。村民知道是个年轻的女干部，都唏嘘不已。“喏，就她。才 22 岁。”“真的假的，这么小，能干好吗?”听到这，江瑶在心里默默下了决心，一定要好好干!

任职的这些年，江瑶积极奔走，与种植大户共同谋划，探索模式，寻找客户，努力寻求适合本镇发展的产业之路。在江瑶心里，村里怎么发展产业、今后怎么布局、村民怎么增收都是要紧的事。技术引进来了，但是难题又来了。村里很多人不识字，又怎么让他们去接受新技能、发展新农业呢?于是，江瑶又踏上了为村民普及新型农业知识的道路，她挨家挨户地做村民工作，耐心讲解疑点难点。多年来，江瑶一直坚持发展成果惠及每一个村民，坚持富裕道路上不让一个乡亲掉队。通过一系列新型产业的发展，现在全镇基本实现了“住有所居、幼有所育、学有所教、劳有所得、病有所医、老有所养”的目标。

说到扶贫工作的进度，江瑶总能滔滔不绝，但是说起家庭时，她满脸都是愧疚。十几年来，她把大多数时间都留给了村民，对她自己的小家有着很多亏欠。从孩子上学至今，她只接送过两次，只能趁晚上空闲时间偶尔看望父母。在女儿高烧不退，哭喊着要找妈妈，迷迷糊糊抱着她的脖子不撒手的时候，因为外面传来了村民的呼救声，“不得了了，产业园里的大棚被积雪压垮了，里面还有人呐”，江瑶立刻将怀里迷糊的孩子递给了旁边的村民，冲进了倒塌的大棚里，直到将受伤的村民送往镇上的卫生站安置好后，才顾得上生病的女儿。

为了让贫困户脱贫，为了让人们过上幸福的生活，不论多难，江瑶从未想过退缩和放弃。为了“大家”的发展，她只能舍弃自己的“小家”。家庭和工作面前，江瑶永远都会习惯性地选择工作，因为她心里只有全镇这个“大家”。

她说:“现在村子就是家，村民就是家人，乡亲们的朴实和信任让我充满动力，带领全村人稳定脱贫走向致富之路，就是对家人最好的交代。”

---

这篇作品是我以“三下乡”实践地的书记为原型进行的创作。通过实地走访贫困村并面对面地与村书记交谈，我由衷地钦佩她在村里所作出的贡献。不论遇到何种困难，她都毅然决然地坚守在工作岗位。她的事迹体现了一名党员干部的担当，令我深有感触。我认为正是因为有这样“舍小家顾大家”的人的出现，才能激励更多的人加入为人民服务的队伍之中，对我们当代大学生而言，这也是一个很好的学习榜样。

创作我来说，扫码看看吧！

---

# 雏鹰展翅

张逸飞

当身旁同学们都在为找一份工作发愁时，手握两份录用通知的小叶却做了令大家惊讶的选择，他推掉了两家公司的邀请，毅然决定回到家乡。毕业手续一办完，22 岁的他就当上了村官，开始工作了。

小叶的家乡位居深山，这里因山致贫，经济十分落后。作为一名 95 后，小叶在高考时“跳出农门”，考上大学。村里的左亲右邻都来庆贺，赞叹小叶有出息，为村里争了光。毕竟，他是当地为数不多考上大学的人。小叶父母也对他有更高的期望，而小叶也永远忘不了考上大学临走时的那一刻：

“去吧，去吧，出去后就别回来了，外面的世界跟咱山沟里不一样，多去外面闯荡闯荡。”

“爸……”

多年来，家乡的难处被小叶看在心里，他总想做点什么。他在心中默默发誓：等着吧，我一定会回来，生我养我的地方。

四年后，小叶学成归乡，成了“逆行的人”。因为大山里保存着淳朴珍贵的乡村文化，他决定回到家乡。直播带货、举办美丽乡村文化节、发展现代农旅融合新业态……他和同样回到乡村的几个志同道合的年轻人把家乡经济文化活动做得红红火火。

尽管是被热情鼓舞着，小叶却并不是一时兴起。他知道，想要激活乡村经济，就要挖掘出能长久深入开展的产业。这不，家乡的茶叶、好山好水成了小叶眼里的宝。“要是能把乡村旅游做起来，大家的生活肯定会好起来。”基层工作，小中见大，有一个小小的想法，也要全情投入。为了能够和别的村镇合起来做旅游开发，他几乎跑断了腿；开始学习茶叶知识时，更是一头雾水，好在他学习能力比较强，又勤奋，很快就抓住了当地茶叶的卖点。然而，光有好主意就想做成好生意的想法还是太学生气了。

村里一位德高望重的长辈告诉他："小叶啊，凡事别太着急，多看、多学、多思考。"

小叶将长辈的叮嘱都记在了心里。想要尽快进入工作角色，最好的办法就是学习。他始终坚持把学习放在首位，并在自己的笔记本首页写下：脑勤，多动脑、多观察、多思考；嘴勤，多请教、多交流、多宣传；腿勤，多跑腿、多到户、多到一线；手勤，多做事、多动笔、多记笔记。小叶以此时时刻刻鞭策着自己。

小叶没有急于求成。雏鹰起飞，也要先试着挥挥翅膀，也要多看看别的鹰是如何翱翔的，小叶很耐心地等待着自己起飞的那一天。

村官很大，需要想着整个村子的经济布局；村官又很小，家长里短、鸡毛蒜皮的事都需要村官来处理。"小叶啊，来来来，你来评评理！"小叶的日常工作就是这样的，既需要想着如何带动乡镇经济发展，如何搞活一方特色经济；又需要围绕着基层人民的生活，及时为他们排忧解难。即使是邻里纠纷这样的小矛盾，对小叶这样的新手"调解员"而言，也不是轻松的活。刚从象牙塔里走出来的他，径直奔向这柴米油盐，对小叶来说，既陌生，也让他踏实，生活的本色才开始显露出来。

相比部署工作上的出谋划策，小叶发现，政策的推动更是一件难事。宣传任务就是想要在"铁饭碗"和"群众"之间搭一座桥梁。

"小叶，来了啊，今天又要去哪里啊？"

"哎，去岗上李大爷家，说一下党和政府现在关于农业扶持的政策。"

"呦呵，好好干。"

"好嘞！"

山区的交通条件差，小叶外出走访经常要徒步翻山涉水，炎炎夏日，汗如雨下，衣服从来都是湿漉漉的，算是尝到了基层工作的艰辛。但当群众开始明白利弊，积极配合工作时，又让他觉得一切都是值得的，自己这颗小螺丝钉总归是发挥了作用。

"噢，噢，原来是这样啊，让你跑来跑去的，来来来，坐下吃个苹果。"

"谢谢李大爷，我现在还得马上赶回村委去。"

"拿着吃，拿着吃。"

基层工作大部分时间都是平静甚至无趣的，没有商海的惊涛骇浪，也少有官场的钩心斗角。然而，知屋漏者在宇下，知政失者在草野，在基层工作的人，他获得的经验是充满实践智慧的，也是能被人民认可的。

“他们啊，大学生，有文化，还有一颗恒心，都打算扎根农村干一番事业，他们肯定在农村这块土地上大有可为。”这是当地村党支部书记对小叶等年轻人的肯定。

---

小叶是众多奋斗在一线的基层工作人员的缩影，他们磨炼自己的心智，让自己的双翼更加强壮有力，为能扛起大旗、独当一面、翱翔天空而积蓄力量。作为新时代的大学生，我们也要强健羽翼，在滔滔大浪中奔涌向前。

创作我来说，扫码看看吧！

---

# 创 业 园

薛紫彤

李禹踌躇地走进了村民委员会。

李禹，一位大三学生，在这个暑期过后，就要迈入大学的最后一学年，即将进入社会工作。父母为了让他多积累些工作经验，以后正式工作时不至于手忙脚乱，便托亲戚介绍他来村里的村委实习。

李禹坐在村委便民服务中心门口走廊的椅子上，四下环顾，没见着一个工作人员，只看见周围零零散散地坐着几个村里的大爷大妈。大爷大妈们用方言你一言我一语地聊着天，不时地发出淳朴的笑声。李禹在外读书多年，村里的老人不识得几个了。他望向大爷大妈的方向，都是些陌生的面孔，从他们的几乎全是方言的笑谈中只能依稀听清“农贸市场”“医保”“创业园”等几个字眼。“创业园”这三字倒是有所耳闻。听爸妈说村里这几年积极响应国家乡村振兴政策，大力发展产业，在村里西埔溪那带建了景观带还有农业创业园，很漂亮。别的镇上的人都慕名前来，但具体是什么样的，李禹还未曾亲眼见过。

今日是周一，村委有例会，想必大家还在开会吧。李禹心想。这时一个年轻的男子行色匆匆走进村委办公室，急忙上下楼梯，像是在翻找着什么东西。李禹仔细打量着他，这个男子看起来不过二十七八，皮肤黝黑，穿着朴素，头上戴着个农村下地常见的斗笠。正是七月，烈日炎炎，空气干燥得似乎一丝水分也没有。汗水浸透了男子的衣服，细看他的额头上还有细密的汗珠。

这时，会议恰好结束了。一群人熙熙攘攘地从会议室中走出来，李禹看到介绍他来实习的亲戚，亲戚朝他招了招手，正好叫住了拿着工具、脚步匆匆正欲往外走的那个男子。

“嘿，陈晓译，等一下，来来来，你过来一下，和你说件事。这小子啊，叫李禹，今年大三，是新来的实习生，要来我们这儿实习一阵子，他就先跟着你干吧！”

陈晓译朝他点头微笑致意：“行啊，正好我现在要去农业创业园那儿，你和我一起去吧！”李禹还来不及介绍自己，便被男子带着一起出了门。他们坐上陈晓译的电动车，行驶在村里的路上。村里的道路平整宽阔，道路两旁围了小花埔，种着漂亮的花草，农村小楼房的灰色外墙都刷上了白漆，绘制着精美的文明宣传画。

“村里这几年真的是变得越来越漂亮了，和我记忆里的完全不一样了。”太久没回家了，看到眼前的景象，李禹不由得感叹出了声，转而问陈晓译，“哥，我们这是要去农业创业园干什么啊？”陈晓译哈哈一笑，说：“下过地吗？我带你种凤梨去。”

车开到了西埔溪那一带，停了下来。映入眼帘的是一大片紫色的花埔和一条长长的步道，花埔和步道簇拥着一大片整齐的田地。李禹走近一看，地里的作物只露出绿色尖锐的短茎，但很容易辨认出是凤梨的茎。陈晓译解释道，这凤梨是昨天刚种下的，所以这几天要常来看护。陈晓译向李禹自我介绍，他其实是创业园的技术员，大学学农业的，也是这个村里的，大学毕业后他自愿回到家里工作，加入农业创业园，运用自己的专业知识帮助创业园种植最优的作物，并将科学的种植方法教给当地的农民。

李禹兴致勃勃，下到地里想要摸摸凤梨的茎，陈晓译忙说道：“你小心点，别把它折了。”

“为什么要种凤梨啊？怎么不种些别的？”李禹疑惑道。

陈晓译走到李禹身边，说：“之前创业园也尝试了好多种水果蔬菜的，有青椒，还有番茄什么的，结果都不太成功。那些作物都不适合这里的土壤，试了好多次终于决定种凤梨。”陈晓译的回答虽只三言两语，李禹也从中听出了当初多次尝试的不易。

二人边聊边在田埂间走着。陈晓译自顾自兴奋地说着：

“以后啊，这里还会种耀堂仙桃、四季芒果、木瓜、金橘、白柿、黑柿……”

“以后啊，我们这儿要建成一个趣味果园，大家自己采摘水果，这样既有自己动手的乐趣，采到满意的水果，果园又能获得可观的收入。”

“以后啊，这里一定会变得很热闹！”

外面还是炎热异常。走了挺远的路，李禹开始汗流浃背，可陈晓译似乎察觉不到炎热。李禹发现陈晓译整个人越讲越精神，眼中似有一道光芒。陈晓译笑着且十分珍视地看着眼前的一片片凤梨田，话语中满怀憧憬。

李禹也笑了：看来今后我有挺多活要干了。

---

多地乡村积极响应乡村振兴战略，脱贫致富已卓有成效，乡村风貌发生巨大改变。现今，很多大学生毕业后回乡创业，用自己的知识、技术为家乡发展添砖加瓦。本文是我基于“三下乡”时遇到的一些人，听到他们讲述的一些故事，有感而发，希望能让更多人了解乡村的发展现状，让更多人关注到美丽乡村建设。

创作我来说，扫码看看吧！

---

# 春　天

刘　瑾

明明是新的一年，但村里却泛着冷意。大学生黎鸣当村官已经有些日子了，但是他所期待的改变却并未在这个村子发生。当初作为大学生的单纯幻想现在看来有些不切实际。但这是自己热爱的家乡，他还记得自己那时的满腔热血。为了家乡振兴，他放弃了月入过万的安逸生活，回到家乡，想为家乡的发展作出自己的贡献。

只是一切都不如自己所料。七月份毕业后来到家乡，他发现村子已经零零散散不剩多少人，大多数年轻人都在外务工，像自己这样从城市往乡村跑的是极少见的。村子里大都是些老人和孩子。值得欣慰的是，这样的村子里还有一所小学在支撑着。那里的教师操着一口乡音，但正是这样有温度的声音，兢兢业业地传授着知识，为孩子们点亮知识的炬火。

还有一位医生，年纪不是很大。黎鸣记得医生的父亲也是位医生，那是位极和善的老先生。他还记得自己小时候皮得紧，总是上蹿下跳。有时候摔了跤，老先生会耐心地帮他上药，倒是自己从来都是一副不耐烦的样子，处理完从不道谢，撒丫子便又开始跑闹。想到这，他暗自感到不好意思。

村子实在太过于宁静，他感到自己的拳脚无法施展。他开始有些后悔在村子里度过的时光，除了一些鸡毛蒜皮的普通成年男性都可以做的类似换灯泡这样的小事，他几乎没做过什么其他的事情。他感到自己在这个平静得不起波澜的小村子里似乎并没有什么用。

一场突如其来的疫情打破了村子的平静。正值春节回乡，不少在外工作的人如潮水般涌进村子。尽管再三强调不能走街串巷，可还是有人不以为然。不同地区车牌号的车子就像不定时炸弹一样悄无声息地出现在村子里。黎鸣真实地感受

到“一个头两个大”。

后来，医生赶来帮忙，将原来措辞文艺的宣传语改成了白话，带着村委工作人员对违规进村人员进行提示警告。黎鸣还请医生办了一场讲座，召集村民来听，在医生的号召下，村民明白了疫情防控的重要性。村里的孩子们也开始有条不紊地上网课，村里的老师也学会了在网上直播上课。

他才明白，平静的生活来之不易。

这次疫情也给黎鸣带来了机遇。由于疫情，原来外出打工的年轻村民都回家了，暂时不能外出。趁此机会，他召集全体村民开了一场大会。这是他离自己计划最近的一步。

青年村民的回归让黎鸣暂时有了些信心，他还记得自己走街串巷了解情况时，问到的年老村民显得很局促，年龄的鸿沟让他们的沟通遇到了巨大难题。自己给年轻村民打电话时得到的答案却总是没时间、在工作。所以这或许是最好的一次机会。

他把自己早就做好的策划案拿出来，经过之前沟通不便的教训，他将策划案改了又改，终于变得简单易懂。回乡之前他就了解了村子产业的情况，虽然年轻力量薄弱，但是乡村产业还不至于销声匿迹，只是现在的规模已大不如前，只有周围地区的居民对村子的特色农产品还比较了解。但是现在这个年头，很多村民都选择通过网络购物，乡村农产品的销售渠道陷入瓶颈。黎鸣想到一个绝佳的办法——那就是自己也可以利用电商销售方式，扩大销售直径，提升销售价格。他之前了解过村子中的人也有做电商的，只是难题在于谁都不愿放弃原有的工作加入这样有风险的试验。

大会上的他愁容满面，汇报至此，他也觉得这只是种美好的假象，离实现还有太大的距离。

正值沉默之际，一位村民举起手发言。

“想法不错，实施起来确实比较有难度。首先是推广，其次是质量问题的监控，还有就是人才问题。难题确实有，但是我愿意回来。我母亲在村子中坚守这么多年，我自然也应该回来为村子做些事情。”站起来发言的人便是那位做电商行业的，他原来是小学教师的孩子，因为母亲的影响，愿意回来。

大会上，不少村民也纷纷表示自己外出是不得已，靠自己那一亩三分田生活实在不实际，自己的父母和孩子都在村子里生活，亲人分隔，实属不易，表示愿意把田地统一交给村委会管理，以发展种植业。

黎鸣瞬时感到一阵冲劲，他知道村民的不易，因此当他们决定以这种方式支持自己时，他感到心头的暖意。

正值三月，黎鸣想，村子的春天来了。

---

本作品基于我的真实经历创作而成。我目睹了自己家乡的发展兴旺与日渐空荡。即使村里铺上了水泥路，路灯竖在两旁，仍阻止不了越来越多的人离开。我深知只有家乡产业发展起来，才会有更多的人愿意回到家乡。这个作品也是我的期望，希望更多的青年人回到家乡，为家乡发展作出自己的贡献，让我们的家乡再次热闹繁荣起来。

创作我来说，扫码看看吧！

# 村　守

郑鑫宇　詹崎鹏　闫文龙

“东门贫，西门孝，二道梁子的杨老太打强盗……”清阔嘹亮的童谣在这宁静空寂的山村传播得如此遥远，久久回荡。

如果你从宽阔的乡村道路上迎面走来，忽略掉前面欢天喜地跑着的儿童以及他们每个人手心里攥着的糖，你就会看见跟在他们身后拄着根棍子亦步亦趋的杨老太。

杨老太，原名叫什么已经不太清楚，因为村里和她同龄的人都已经去世了。村里人都这样叫，所以其他人也跟着喊。杨老太是土生土长的二道梁子人，生在二道梁子，长在二道梁子，嫁在二道梁子。她这辈子去过最远的地方，可能就是每周一蹬十几公里三轮车去卖鸡蛋的小镇。不过杨老太却很知足，看见的东西多了，心也就高了，烦恼也就来了，这是这个七十多岁的老太太早就明白的道理。

不过今天杨老太可不是要去卖鸡蛋，而是朝着村里的扶贫办慢慢走去……

扶贫，这个词杨老太都听得耳朵快起茧子了。前任村主任“周强盗”之前就打着“扶贫”的幌子天天往自己家里跑，但是心里不就是惦记着自己门口用来养鸡的那块地？杨老太早听东门沟和西门沟的人说，“周强盗”借口村内旅游开发需要建停车场什么的骗他们签合同，结果等路修好了发现地已经不是自己的了。实在不签的就给他们“穿小鞋”，什么修路按人头多少来收费，怎么恶心人怎么来。

杨老太当时就想着自己门口那么大块地是不是也会遭人惦记，果不其然。最后一次“周强盗”带着合同来的时候，被杨老太硬生生用那根“拐杖”敲了出来。然后杨老太就趁着周一卖鸡蛋的时候往乡镇府的信箱里塞了封举报信。

当然，杨老太不识字，是提着半斤糖果去找西门沟的大学生写的，不过那人听说了“周强盗”的事情后怎么也不肯收。

后来就听说“周强盗”被抓进去了，村里还有人说看见了警车，后来又听说来了个大学生村官接“周强盗”的班……不过杨老太并不关心这些，她只关心自己的鸡，关心自己养鸡的那块地……

“不好意思，杨老太太，您家不养鸡的话完全符合建档立卡贫困户的标准，补助什么的都没有问题，而且现在政策要求美化农村环境，这门口的鸡还是不要再养了……”

杨老太转头就走，这是她这个月第十次听到这句话了。杨老太知道村里在搞旅游开发脱贫，整治农村人居环境也势在必行，自己的鸡到处飞有时候自己看着也觉得乱，但是那就是自己的命啊！不靠着这些鸡，难道只靠贫困户发的那点补贴过活吗?

“那门口宅基地改道路的合同我也不会签的。”杨老太只留下这句话和一个佝偻着的背影。

“书记，你说这杨老太怎么就这么死脑筋呢?”

“死脑筋？人家卖鸡蛋的钱比贫困补助还多，多盯着点他们的实际需要，别老想着自己的业绩！我再去想想有什么办法！”

杨老太把最后的糖果分给前面的孩子们后就回去了，佝偻的身影在夕阳下拉得老长老长。已建的路和未建的路分隔得如此分明：身后，是柏油万丈；身前，是土路斜阳。

杨老太最终还是签了合同，新来的大学生书记免费租给她一亩地大小的竹林，然后带人用三米高的网给围了起来，并留了个门，让她在这里养鸡。这样做既能集中管理，又不影响人居环境。

但是，杨老太却把鸡和地免费转包给了自己在东门沟的堂侄，然后去申请了建档立卡贫困户。代价呢，则是要求堂侄能在自己身故之后，帮忙照看自己的儿子并给他卖鸡蛋的一半收益。

对，杨老太有个儿子，四十八岁，高位截瘫。

“书记，杨老太的事，一亩竹林是解决了，可下一次呢？这条路，要修得可还长着呢！”

“那就逢山搬山，遇水架桥，路要这么修，我们也要这么走。要修的路长，我们要走的路更长！”

路修得长了，总会触动别人守护的东西。

杨老太就这样守着自己的鸡、自己的地、自己的儿子。

无数的“村守”就这样守护着自己在意的东西。可是只要去了解他们的守护和在意的东西，以“扶贫”保障他们的生存和选择，这条路一定会延续下去。

新来的大学生村官眼里亮堂、心中明白！

---

本作品通过杨老太个人的视角描述了在脱贫攻坚与乡村振兴过程中，村民的个人利益与国家政策出现的冲突与抵触，又是怎样得到了解决；同时也描述了脱贫攻坚中部分残疾人、孤寡老人没办法工作，对扶贫工作提出了更大的挑战。本作品旨在表现政策实施者在施政过程中的变通与思考、信心与决心。

创作我来说，扫码看看吧！

---

# 大张村的第一书记

姜张英　徐乐童　黄雪迎

2015 年的一个下午，王静抛下才半岁的女儿，作为县中医院对口支援大张村的扶贫干部，来到了距县城一个多小时车程的大张村，成为大张村第一书记。

才下大巴的王静，一看村里的情形，心里顿时就“凉了半截”。“贫穷”——这是王静对大张村的第一印象。当时的大张村一片荒芜，村民到处放牛养猪，臭气熏天，“红色文化”“绿色山水”两样宝藏还未被挖掘出来。而作为县里的重点贫困村之一，大张村 1000 多户村民中，建档立卡贫困户就有 211 户。

王静在走访村子的同时，村民们也在偷偷观察这个新来的第一书记。

“是个白净的城里姑娘！”“黄毛丫头，能干出什么事啊！”……

议论声模模糊糊地传进王静的耳朵里，她抿抿嘴，一句反驳的话也没说。

大张村地势陡峭，村民居住分散，为了摸清情况，王静挨家挨户走访了 37 个村民组。但显然村民们对她这个刚上任的书记并不信任。懒汉们嘻嘻哈哈地开着玩笑，一点也不把王静为他们筹划的脱贫法子放在心上，还劝她这个“黄毛丫头”早点回城里带孩子。村班子成员都为王静愤愤不平，王静却笑了笑，从她主动请缨来大张村扶贫的那天起，她就知道自己选了最硬的一根“硬骨头”。可不怕骨头硬，就怕没恒心！她相信，只要自己做得足够多，这片蒙尘的宝藏之地就能焕发新机，这里的百姓也能真正过上好日子。

从此，王静上门走访贫困户走得更勤了。

转眼王静到大张村已经 10 多天了。一天夜里 11 点，突降特大暴雨，一道惊雷将王静从睡梦中惊醒。看着屋外电闪雷鸣、狂风大作，王静马上反应过来：

“不好，台风影响，可能会引发山洪！”雨磅礴而下，山洪裹挟着泥土树木倾泻而来，山脚下 40 多户村民的生命财产受到了严重威胁。

想及此，王静二话没说，穿好衣服，奔出家门，叫醒 5 名村班子成员，一起扎进了齐腰深的洪水中。雨越下越大，王静浑身都湿透了，豆大的雨点模糊了王静的视线。她没有工夫考虑那么多，她的心里只想着快一点、再快一点，就能叫醒更多的村民。挨家挨户地拍门，一声又一声地呼叫。王静和班子成员的努力没有白费，村民们从睡梦中被唤醒，连忙转移人员、财物，避免了更大的损失。

雨停了，王静累得一屁股坐在了泥土里，白净的脸上满是泥污。

那天之后，王静发现村民们好像变了。他们好像真正认识了这个第一书记，并且开始接纳她、信任她了。他们有什么事就跑来找王静，还有乡亲给她捎来青菜、鸡蛋、茶叶。曾经的懒汉们也悄悄来帮忙修复被洪水毁坏的村委会办公室。看着村民们一张张淳朴憨厚的脸，王静更加懂得了“父老乡亲”的含义，明白了怎样更加用心、用情、用力对待“亲人”、办好“家事”。扎根这片土地，值得！

从那以后，王静几乎每天都坚持入户走访，动员群众易地搬迁，帮助调解矛盾纠纷，代收养老保险，代办小额扶贫贷款，等等。

“在这过程中，也有过很多不被理解的委屈，也有不被认可的心酸。后来我明白了，只要你全心全意为大家着想，真心实意为村里多干实事、好事，最终都会得到群众的拥护与支持。”

2017 年，两年任期到了，但眼看村里的脱贫工作正是需要持续推进的关键时期，她不加思索，主动要求续任两年。

“大张村一天不脱贫，我一天不撤岗！”这个曾立下“军令状”的第一书记王静，不再是那个白净的城里姑娘，如今的她，皮肤黝黑，更显干练。

“书记办事暖人心，我们打心里信她！”

---

大张村第一书记的故事由真人真事改编。第一书记扎根基层，用心用爱融入群众，用情用诚做好扶贫工作。在基层，还有千千万万这样的好书记，用青春和热血，践行着奉献与帮扶，不愧时代的号召与使命！他们的故事感动着我们“三下乡”团队的每一个人，我们唯有用笔、用故事才能记录下这些扶贫攻坚路上的好书记，让这样美好的故事留在我们的心中，留在我们的记忆之中。

创作我来说，扫码看看吧！

---

# 二叔和村支书

王紫翔

又是一个平凡的日子，二叔像往常一样，起了个大早。昨天他和媳妇吵了一架，他想要给侄子筹学费，却遭到了媳妇的反对，一气之下打了媳妇一巴掌。打完他就后悔了，媳妇跟他吃苦受累这么多年，本想今年盖一间新房，告别贫困户的身份。可就在这节骨眼上，大哥查出了肺癌。自己拿出家里的全部存款给大哥治病，已经让本不富裕的家庭捉襟见肘了，如今又要去借钱给侄子读大学，媳妇不愿意，再正常不过了。

带着一肚子的思绪，二叔找到了村支书。村支书对于二叔一家，也是耗尽了心思。对其他的贫困家庭，如果是有劳动能力的，村支书就给介绍县里工业园的工作；如果是孤寡老人，村支书就为他们申请低保来保障生活。在给二叔媳妇找了一个保洁员的工作后，他们的家境有所改善，但这次突发事件，却打了所有人一个措手不及。面对村支书，二叔不知道如何开口。

二叔这边犯了难，村支书这里也不好受。本来眼瞅着就要“消灭”村里最后一家贫困户了，竟然摊上了这种事。不巧的是村里又遇上了暴雨天气，大片的稻田倒伏。本是水稻灌浆的好时节，却成了农民的歉收年。想到这些，村支书就整晚整晚的睡不着觉，嘴角都起了一圈燎泡。面对着二叔，村支书想了半天才说出一句：“你先不要着急，钱方面我来想想办法，可孩子必须要上学，你先回家，我去县里教育局问问情况。”二叔听到这里，只好略显失落地离开了村支书家。

村支书的儿子很不解，问道："爸，人家家里出了这事，谁也没有办法，村里闹这种天气也不是一次两次的了，去年我们家那五亩地的稻子不就全倒了吗？这不也过来了吗？你看你咋就着急上火成这样？"村支书顿时瞪大了眼睛，吼道："你懂啥，我是村支书，投票选上的，上要对得起党组织的信任，下要维护好老百姓的利益。二叔家和村里出了这么多事情，你说我能不急吗？你这么多年的书都读哪里去了！"说完后他急匆匆地出门了。

二叔知道自己不是一个聪明人，很早就放弃了上学，大半辈子都在田里度过。赶上光景好的年头，卖完谷子后的钱，除去收割机、化肥、育秧盘的花销，剩下的倒也勉强够用。倒是前几年县城里房地产行业兴起，二叔跟着做泥匠的大哥做小工，工钱不多，但加上村里的低保，生活也就慢慢好了起来。

可谁料到这关头，原本身强体壮的大哥竟然一夕之间进了医院，还是肺癌！侄子高考分数出来后，大哥也完成了几轮治疗后出了院，准备亲自筹办儿子的升学宴。没有谁阻止，大家都知道，与其在医院里拖时间，还不如随了大哥的心愿。升学宴那天，乡亲们给的份子钱格外得多。等到晚上，在厨房里帮忙一整天的二叔，面对着锅碗瓢盆，失声痛哭。四周一片寂静，只有灶台下被烟尘熏得发黑的灶王爷静静地看着他。

一个星期之后，大哥又进了医院，医药费就像无底洞，慢慢吞噬着二叔一家这些年来辛苦攒下的积蓄。大哥最终还是选择了提前出院，大家都知道为什么。那天，二叔哭了一整晚，第二天一早就下地干活了。正擦汗时，一只手拍了拍他的肩膀，伴随着厚重有力的一句："喂，二叔。"二叔一回头，是村支书。村支书缓缓说道："我和一些买粮食的说好了，等村里人把稻子收割好就卖给他们，价钱比平常高一些。还有就是让你侄子明天和我去县里办一下助学贷款，学费这一块不用担心了。对了，还有你大哥这件事，我让我儿子和你侄子联系了，整理材料发到众筹平台了，现在差不多筹了十万。应该够支撑一段日子了……"二叔听着听着，眼眶变得通红。

傍晚，村里人都围着运送粮食的大卡车，看着一袋袋运上车的粮食开心地笑了。二叔站在村支书身边。突然，村支书问了一句："今年能脱贫吧？"二叔愣了愣，挠了挠头，傻呵呵地笑道："可以。"

太阳渐渐落了下去，可二叔知道，它明天还会升起。

这个故事是根据真实案例改编的。文中的村支书就是我的父亲，作为他的儿子，我从他身上看到了一个共产党员和一个基层工作者的认真和负责。以前我总以为村支书这种基层工作者最是清闲了，可是父亲却让我知道原来村里有这么多琐碎却重要的小事。父亲虽然忙碌却时刻精神饱满，我也明白只有共产党能领导中国走向富强的原因，那就是共产党人时刻把人民放在心上，在共同富裕的道路上不落下任何一个人，这是一种值得我终生学习的高尚情操。

创作我来说，扫码看看吧！

# 徽　章

张业寒

“咚咚咚……”

街道上传出了清脆的敲门声，紧接着就是一声嘹亮的叫喊：“王大娘，在家没啊？”

小何微微打量了一下周围：房子很新，街道也很干净。路面铺的是新砖，靠近房屋的地方有用篱笆围出的一块小花圃。

书记站在门前，衣着朴素：一件纯白衬衫，一条黑色长裤，以及一双普普通通的皮鞋。他的右臂夹着一个文件夹，蓝色的，看上去有些厚。

不一会儿，脚步声响了起来，随即门被打开，一位大娘探出头来：“噢呦，我听声音就晓得是你，快快，进来坐，进来坐。”她一把抓住陈书记的手，把他拉进屋子，小何也跟着走了进去。

一进屋，小何就感觉到很明亮：客厅宽阔敞亮，四面都是白色的墙壁，窗户很大很干净，地上也贴着崭新的瓷砖……

“来，坐坐坐，坐沙发上，”大娘指了指电视机前摆放着的长沙发，“我去给你们倒茶。”

“不麻烦大娘了，”陈书记笑着挥了挥手，“我们就坐一会儿，了解一下近况。最近你生活可还好啊？”

“好，咋能不好啊！”大娘激动地拍了拍腿，一屁股坐在了沙发上，“吃有吃的，喝也有喝的，房子也大，不漏水，好得很嘞！”

“钱方面可还有什么难处啊？”

“哦呦，都是托你们的福，以前的土房子拆掉啰，搬过来还找得到事情做，就在那个社区打扫卫生，每个月都有钱拿嘞!”

“那太好了，”书记高兴地点头，“那收入就稳定了。”他打开文件夹，从胸前的口袋里抽出一支笔，然后低头记了些什么。

一瞬间，小何的视野中好像有什么东西在闪动，但是时间太短，没看清楚是什么。

“是喽，以前就是怕搬迁，别人都搬走喽，我都不干，现在过来了才晓得这个搬迁是真的好……”

在来的路上，小何听书记说起过这家的情况：这家只有王大娘和女儿两个人，之前由于女儿卧病在床致贫，收入全靠大娘种地……后来政府组织易地搬迁扶贫，大娘家是最后一个搬走的贫困户，也是村里最后一户脱贫的人家。

“以前那个苦的时候，都吃榆树皮，咬一口嚼着都嘎吱嘎吱响，”王大娘晃了晃头，“那个东西吃起来苦啊……”

“大娘，为什么你之前一直不肯搬来呢?”小何向前倾了倾身子问道。

“以前啊，靠种地吃饭，没地不行。他们都喊我搬，我讲我不信这一套，搬过去不饿死才怪嘛?”王大娘双手一摊，随后又向着书记合上，“都是陈书记好啊，天天过来跟我讲这个事，把我讲信了，那才搬的。”

“哈哈，”书记笑着点头说，“大娘啊，你当初真的是倔脾气，最开始找你的时候，你门都不给人进，我一天去一回，扛着米拎着油走几里的泥巴路，才算是把门敲开了。”

“哎哟，还是感谢陈书记，天天过来看我帮我，你真的是比我的亲人还亲哟!”王大娘有些激动，起身用双手捂住书记的手，一边说一边颤抖……

小何点了点头，突然又感觉有明晃晃的东西一闪而过。这次的时间长些，貌似是书记胸前戴的什么东西，红红的，像某种徽章。

两人又和大娘聊了几句，然后便起身告别。

回到办公地，书记邀请小何也进去坐坐，说要给他一些村里的扶贫文件以供“三下乡”实践参考。办公室是一间用砖和水泥砌成的平房。内部设施很简陋，几张书桌，一些木椅，以及几张床。陈书记解释说扶贫工作很需要时间，扶贫干部们就都住在这里，在办公的地方安床铺。

小何盯着书桌，上面摆着各种文件，中间还放着一支毛笔和一些写满了字的纸……渐渐地，他陷入了深思。

“陈书记，能问你一个问题吗?”

“噢? 没关系，随便问。”

“为何你愿意一直留在基层进行扶贫工作呢?”

书记愣了一下，回过神来笑了笑，指了指胸前的某样东西。

这次小何终于看清了，那是红黄色相间的党徽，上面是飘扬着的党旗，下面泛着金黄色的金属光泽，像一轮太阳，中间写上了五个大字：“为人民服务”。

“全面小康，一个都不能少。”书记摸了摸胸前的徽章，缓慢而坚定地说。

---

本篇微小说改编自真实的“三下乡”实践经历。我跟随扶贫干部实地进行调研，对扶贫工作的艰辛有了深刻的认识。扶贫工作者们是奋斗在一线的攻坚战士，是助力国家全面脱贫工作的践行者。他们身上排除万难、舍己为人的精神深深地打动了我。

创作我来说，扫码看看吧！

---

# 回家路上的惊喜

付天朔

“这还是我印象中的老家吗?”

回城市的路上，小付一边感叹一边沉思。

小付小时候在离县城几十公里的农村长大，后来去县城上了中学，又去省城上了大学，想来也有六七年没有回家了。暑假，在家闲来无事，看着自己拿到不久的驾照，“不如……”小付心里有了个主意，“回老家看看?”

“老家”对小付而言，真是既熟悉又陌生的名词。小付想起了小时候和小伙伴一起追逐的田野，那时村里刚有第一台联合收割机，他对这个“大家伙”颇感兴趣，不自觉就入了迷。“那次因为太入迷差一点掉进水沟子里了……”小付笑笑自己，“说起来还挺怀念那时候的时光。”

可是还没进村，小付就惊呆了。

下了国道，小付愣是找不到村口，只能从车上下来，边走边观察。“就是这里啊，那条路呢?”小付想起了那条颠簸的小路，小时候每次坐着妈妈的自行车去县城，都要忍受路的折磨。可眼前只有宽阔的公路，路边有一座樱桃园，人们在紧张地筹备着什么。小付在向路边的一个阿姨打听中得出，这就是老家的村口，人们在准备樱桃节的活动。“我们村什么时候有樱桃树了?”小付带着怀疑，凭借模糊的记忆，走进了印象中的老家。

一进村里，“精准脱贫，不落一人”的标语映入小付的眼帘。“这宣传还可以哦。”小付继续走，看到了他记忆中的田野：“水沟子怎么不见了，这怎么浇地啊?”站在曾经的田畔，忽然，一阵轰鸣声传入他的耳朵。“这是……无人机!”

受小时候看到的收割机的影响，小付报考了重点大学的机械工程专业，无人机是他再熟悉不过的东西了。“这应该是教授介绍的国内自主研发的那款吧，好像是用来喷洒农药的。”在他的脑海中，人们应该背着喷雾器打药才对啊。更让小付纳闷的是，他还见到了好多没见到的机器，那机器仅车轮就和他一般高，他围着机器转了好几圈，愣是不知道是干什么的。“这可真开了眼界，我回去可要研究研究。”小付揉了揉脑门，继续往村里走。

“大妈！”看到了小时候抱过自己的大妈，小付热情地打招呼。“呦，这是我大侄子啊，走，去大妈的单位歇会儿！”“不了，大妈在哪里工作呢？”小付印象中大妈就是个农村主妇，怎么还进单位了？“我在村东的鞋厂里当会计，多亏了来村扶贫的老师教我技术，才找到这份稳定的工作。”小付有点恍惚，记忆中大妈只做农活，再就是照顾自己的小妹妹，怎么还成了会计？“鞋厂里还有别的工人吗？”“有，缝纫工、注塑工什么都有，我们做的鞋好多都供给了网点，有的还出口卖给外国人呢！收入也比种地好多了，我闺女天天都能吃上肉了。”小付突然有些羡慕，自己小时候吃一顿肉还要高兴几天呢。

告别了大妈，小付不忘看望疼爱自己的奶奶。记得奶奶家里房子又老又破，但是奶奶做的榆钱疙瘩永远那么好吃。可是，眼前的房屋真的是奶奶家吗？其实

小付通过今天的经历对眼前的景象已经见怪不怪了，但他还是不由得驻足，倒是晒太阳的奶奶一眼认出了他：“这是俺大孙子？快过来坐，俺都快认不出你了。”“奶奶，咱家啥时候盖了新房呀？”小付表达了自己的疑惑。“这不村里给办了建档立卡户，国家给了补助，你叔叔打工也挣了点钱，收拾收拾房子准备给你哥哥娶媳妇。”哥哥当年是村里少有的大学生，如今怎么又回了村里？正疑惑，叔叔回家了。在和叔叔的交谈中小付了解到，哥哥准备回家做智慧农场，最近正在选址，忙。叔叔也不再外出打工，学了维修热水器的技术，准备自己创业。如今家家户户都安了天然气热水器，干净又方便。家里的耕地租给了承包商，每年还能获得一笔不小的收入。“就是看不见以前最心心念念的粮食了。”小付知道如今的一体化收割，粮食收割完即可出售，不再像过去一样要自己拉回家晒了。叔叔虽然这么说，但小付分明看见了叔叔脸上的笑容。

小付陷入了沉思，小时候人们都说好好学习将来去大城市工作，可小付越来越想回来了。

---

在暑期“三下乡”活动中，我回到了自己的老家，和文中的小付有着相似的感慨和茫然。诚然，我的老家刚刚摘掉贫困县的帽子，和美丽的现代乡村还存在差距，可这几年的变化被我真真切切地看在眼里，一条条路越来越宽阔平坦，一座座房子越来越整齐美观。在党的领导下，我的老家正在迅猛地发展，如今已形成农业、樱桃辣椒药材种植业、鞋加工制造业多种产业协同发展的模式，农民转型成为手工业人、服务业人。我对家乡的那份爱和眷恋更是与日俱增。

创作我来说，扫码看看吧！

---

# 羁　绊

段肃云

## 第 1 天

我今年 25 岁，这是我工作的第 3 年，上个月单位里分配了下乡工作的名额，我第一个主动申请加入驻村工作队。老早就听说过去西部、去农村、去一些偏远的地方做实事，我也想去那些地方，去干些什么。就这样，我带着电影里面英雄拯救世界的背景音乐、初出茅庐的自信和一个不太大的行李箱，踏上了一片新土地。

## 第 7 天

来这里的每一天，我都是坐在办公桌前整理文书。别说土地了，我连办公室的门都没踏出几步。今天不一样，村里要开宣讲会，李叔让我做这次新政策解读宣讲会的主讲人，我准备了好几天，洋洋洒洒写了几千字的稿件，熬夜做出了我觉得最完美的 PPT 来迎接这次初见面。可是宣讲会上这些陌生的面孔对我的内容似乎没什么兴趣，在提问阶段也一片寂静，我一下子泄气了，欣赏着这份无人在意的 PPT，意识到我的存在也略显虚无。

## 第 12 天

经历过宣讲会的打击后，我继续过着平平淡淡的办公室生活，没有想象中拯救世界的戏码，我甚至连贫困户的名字也想不起来几个。我仿佛只是基层和上层的联系传送带。

打破这种平静的，是一次争吵。

村里之前易地搬迁的政策实施下来了，但张大叔不愿意搬，还和前去做工作的小何吵起来了。得知后我赶去张大叔家，还来不及开口，就被一扫帚打在脑门儿上，张大叔的字字句句砸向我，说最讨厌的就是我们这些城里来的，什么都不懂，自以为是。我气不过回应道："你们这些粗人才是什么都不懂，一点素质没有！"

火焰瞬间被点燃，慌张中小何拉着我，穿过嘈杂的人群落荒而逃。

### 第 13 天

昨天一阵混战，晚上翻来覆去没睡好，我心里紧巴巴地担心恐惧着。来到办公室，看着高高低低的文件，我不免更丧气了。小何却和没事儿人一样，走到我面前说道："昨天被吓到了吧？"

"你别太往心里去，都是误会。我今天早上听隔壁的王阿姨说才知道，张大叔这个家是和他妻子辛辛苦苦盖的，住了好多年了。前几年他妻子因病去世了，他不肯搬走，一直守着。这份工作还得慢慢来。"

听完这番话，我不禁感到愧疚，之前对张大叔的评价太过小家子气了，不了解事情就横冲直撞，确实做得不妥。

我循着记忆来到张大叔门前，准备道个歉。这会儿正值饭点，我发现桌上摆着几小碗饭菜，却不见人影。这是我第一次真正走入村民的家中，不大的房子一点烟火气也没有。从厨房出来的张大叔和我碰个正着，他一看我，脸上的表情立马垮下来，我连忙上前表示了歉意。张大叔没说什么，也不招呼我，径直走向饭桌。我本觉得尴尬，正想道别走了，他突然说道："我最小的儿子也就跟你一般大。"

奇怪，我和张大叔竟开始有一搭没一搭地聊了起来。我这才知道他妻子前几年得了重病，家里实在负担不起，不得已放弃了治疗，妻子就埋在这房子的背后。现在他自己还能干点，日子凑凑合合也就过了。没想到政府突然说要修房子，让他搬走，他实在是难以接受，所以昨天气头上不小心没了分寸……

我们断断续续间竟聊到了晚上，这特别的相遇让我睡了个这些天来最安稳的觉。

## 第 21 天

上次之后我开始明白，自认为的完美的 PPT 和大段的文稿到头来都抵不过一次对话，只有这样才能让那些文件上陌生的名字拥有鲜活的形象。

下周有一次职业技术培训会，今天我不再只是利用村里的广播，而是挨家挨户通知，也算是完成一次再见面。一天下来，总共走了 8 家，有人对我的来访觉得突兀，但也有叔叔阿姨十分热情。不同于第一次宣讲会上呆滞的脸，当我走进他们的生活时才发现这些面孔鲜活了起来。也是这次我才知道有些人家附近的广播有问题，也有人耳背，听不到广播的通知。我默默记下，答应他们下次会到家通知。走走停停，一天很累，但我终于开始有了踏在这片土地上的真实感。

## 第 52 天

接近 2 个月了，我已经林林总总去过不少人的家中，听过邻里街坊好多故事。我在心里默默记下他们的情况，遇到新通知，就忙不迭地通知他们。

这个村子像在我脑海中自动生成了一张地图，通过无数根线将我和一个个村民联系在一起。抛开贫困户的身份，他们也是普通人，有家庭琐事，有兴趣爱好，也有很多人聪明能干，能解决好多我无从下手的问题。

## 第 83 天

李叔前几天说要带着我一起去和准备进乡入驻的企业做交流。我暗自欣喜，在脑子里盘算着产业进村了，大家的收入又多了一份保障。

交流时，我只是个小小的参与者，甚至连话也没插上几句。看到李叔和几个陌生的领导为了村民利益反复商量权衡时，我感觉他们每个人的背后都像披着超人的披风。我突然觉得或许自己从来无法担当什么拯救者的角色，也无法做单打独斗的英雄，是这么多人冲在我的前面，还有这么多人站在我后面，才让我这节短短的传送带得以发挥作用。

等到合作敲定了，我脑子里又涌现出那张地图，默默想着回去要先去跟谁分享这个好消息。

文章的灵感来自和一位年轻扶贫干部的对话。听他讲述了自己成为扶贫干部以来的心路历程后，我感受颇深。其实，我们总认为扶贫是一种帮扶的“姿态”，总认为自己担任着拯救者的角色，向他们递出一双无所不能的手。但事实上，我们都是普通人，是这个村、这个省、这个国家庞大系统中的每个数字“1”，共同联合起来才能迈向目标。

创作我来说，扫码看看吧！

# 老　于

全乐尧

空气里到处弥漫着稻谷的香味，各家孩童在田埂上肆意奔跑，给死气沉沉的田野带来一点叫作生机的东西。田间散落着一堆堆稻草，老于手里的镰刀机械式地抬起，落下。割累了，弓着身子，两手时不时抚摸着腰，浑浊的老眼无神地望向远方。田野里只剩下光秃秃的土地和几只起落的不知名的鸟儿，以及村里升起的几缕炊烟。

“爸，我考上了！我考上了！”大儿子挥舞着手中的大学录取通知书，从破旧的老房子里冲出来。

老于从泥田里上来，眉宇时而舒展时而紧皱，一屁股坐在田埂上，一只泥手在胸前的上衣口袋摸索着，哆哆嗦嗦摸出一根烟，点上了，猛吸一口，吐出长长的烟圈。

“儿子，学费多少？”久久地，老于冒出来一句话。

“爸，5200 元。”

老于顿时有点懵。只见老长的烟灰半死不活地吊在他夹着的半支残烟上，他就那么呆呆地看着远处那掉落得只剩下零星几片叶子的枯枝。

外面的天气很热，风一吹，身后半掩着的木门吱吱呀呀地响。老于抬起手，深深吸了一口，伸出了根发黄的手指掐灭了烟头，转身走进了屋子。“跟你舅舅借点吧！”话音随着那从他胸腔里打了个转的烟儿，袅袅地飘散开来，风一过，便似断了线的风筝一般远去了。

儿子拖着沉重的步伐，耷拉着脑袋，跟着老于回到家里。他看看自己破旧的家，想想读大学的费用，实在太难了。屋里的泥地坪坑坑洼洼，难找着几处平坦的地儿，墙上那老旧的“遮羞布”四处都是破洞，顶上没有一块砖瓦，正午的太阳透过竹片的缝隙投下狰狞的斑影，墙边七零八落地堆满了农具和一些桑叶树枝，一张八仙桌、几条长板凳，一只看着总让人担心掉下来的灯泡，屋子里就只有这些。

“爸，我还是放弃吧。”儿子发出微弱的声音，语气中夹杂着不甘。

“儿子，你说什么?”老于从藤椅上蹦起，儿子哽咽的声音像是刺痛了老于的每根神经，“大学肯定是要读的，困难也只是暂时的。”

想不到大字不识一个的老于说出了这么伟大的话语。儿子无话，望着父亲泛着血丝的眼睛，眼里闪过了一丝不可动摇的坚定……

几年过去了，村委在村庄的北面规划出一片新区，一排排的楼房拔地而起，小河流水绕区而走，假山凉亭遥相呼应。老于饭后时常去新区走走，回家后就坐在门前的青石板台阶上抽烟。

“咚咚咚”“咚咚咚”，那老旧的木门传来了几下清脆的响声。

“谁?”老于扯着嗓子喊了一句，极不情愿地从藤椅上爬起，撇了撇嘴，嘀咕了几句，晃晃悠悠地把门推开。

老于揉了揉半眯着的眼睛，映入眼帘的是一个中年男人，衬衫被汗水浸湿，额头上冒着豆粒大的汗珠。男人刚跨过门槛，第一脚便是个踉跄，屋里很破。老于嘴角抽了抽，难掩脸上的尴尬，看那男人四处打量着，便把到了嘴边的话咽了回去。男人转过身子，打量了眼老于，佝偻的脊背，泛黄的白衬衣，被烟蒂烫出好几个洞的裤子，因长期劳作而有点变形的手指，脸上布满深浅不一的皱纹，浑浊的老眼里只剩下灰暗。

“于伯，想不想住进新村规划的楼房里啊?”那男人还是开口了。

老于满脸涨得通红，埋下头，抬起眼皮，支支吾吾地说：“想肯定想啊，你看看俺家，俺和老伴一年到头也就赚那么点钱，儿子才刚刚工作……咱也造不起啊!”

烦人的闷热好似把空气也给凝住了。

“爸!”儿子不知什么时候出现在两人面前。

老于忽然挺了挺佝偻的脊背，眼睛里有个火苗跳动了一下又熄灭了，瞬间舒展的额头又紧皱起来。

“爸，现在政策好了，钱不够可以贷款，我也有工作可以慢慢还。”儿子似乎看透了老于的心思。

老于张了张嘴，犹犹豫豫地想说些什么。

“于伯，您家里的情况村里都了解，可以提供补助，这房子太破旧了，也该换换了。”站在一旁的男人突然开口。

“好！好！好！”老于激动的声音从胸膛里喊出来，回荡在小屋里，飘向了田野和远方。

……

老于依旧穿着那件他经常穿的泛了黄的白色衬衣，走在绿荫下的水泥路上，抬着头哼着小曲，眼里闪着光亮。

---

汇丰村新农村建设期间实现了贫穷落后到全面小康的一个巨大飞跃，其中有政策的扶持、村干部的奋斗，也有村民自身的努力。农民生活的日新月异让我感慨万千。本作品的创作基于汇丰村的发展历程，讲述了汇丰村普通村民老于一家从因为贫穷交不起学费到住进新楼房的故事，表现了汇丰村近十几年来所发生的巨大变革，颂扬了新农村建设开展以来汇丰村所取得的巨大成就。

创作我来说，扫码看看吧！

# 老张的高邮湖

钟婉婷

“天上太阳月亮，高邮鸭蛋双黄”的歌谣从满脸稚嫩的孩子们嘴里一字一句喊出，连绵成片的河湖港汊随处可见一群群高邮麻鸭戏水嬉闹、觅食鱼虾蚬蚌的身影。在黄昏徐徐的晚风里，老张坐在咿咿呀呀的摇椅上深情地望向那片生机盎然的湖泊，陪伴着他的是一碗清淡的白粥和一颗腌制得恰到好处、红得发亮的咸蛋。

将近年关，街上来来往往的人丝毫不惧寒冷，充满了迎接新年的热情。“老张新年好啊！这么早去厂里，没给员工放假啊?”路过的朋友揶揄老张，他也不恼，乐呵呵地回应好友:“新年好！新年好！早给大家放假咯，我再去高邮湖转一圈就回家过年。”

老张是地地道道的高邮人，从小便与咸鸭蛋结缘。几十年的相伴，他与咸鸭蛋之间形成了不可分割的关系，像是中间有重重叠叠的丝线，解不清也不愿理。在他还是小张的时候，他的童年就以清晨时和高邮湖边那成群结队的高邮麻鸭相伴开始，以黄昏后家中热气腾腾的白粥和碗边一颗颗圆润白净的鸭蛋为一天的结束。老张幼时每天的工作就是穿梭于鸭群中收集鸭蛋拿回去给家中等候的奶奶腌制，再将奶奶手工制作好的咸鸭蛋送往左邻右舍和集市上售卖。长大以后，老张返乡开办了咸鸭蛋工厂，十几年一路风雨走来到了今天，也算是到了平稳发展的阶段。

世事难料，一场疫情突袭而至，打乱了所有人迎接新年的脚步。老张迎接新年的计划也被搅乱，本来宽敞宁静的工厂办公室里此时挤满了戴着口罩、紧皱眉头、忧心忡忡的男男女女。

"老张，你也知道咱们这小镇上就业机会太少了，现在疫情搞得我丈夫在外面打工的机会也没有了，家里老人小孩身体也不好，你看这工资我能预支吗?"厂里的分拣工阿娟此话一出，在场几位家中亲人在外务工的员工们都感同身受，纷纷叹气。

"老张，现在乡下全都封了，养殖户没法送野生鸭蛋来，咱们鸭蛋厂节后怎么开工，订单怎么处理?"助理小王抱着满满的订单合同一脸焦虑。

无数双满怀期盼的眼睛盯着早已精神高度疲惫的老张，老张的妻子也站在一旁对他说："老张，不是我说你，现在各行各业都不景气，何苦一定要坚持用野生麻鸭蛋的货源，明明可以用普通家养鸭的蛋代替，价格更低，和野生鸭蛋的区别也不大。现在厂里的传统腌制方法消耗量大周期又长，哪有食品添加剂来得方便迅速?"老张此刻浮现在脑海的，却是奶奶痴痴地坐在门外望向那片已不再热闹的高邮湖畔时瘦削又孤寂的背影，他心里很不是滋味。他一点一点记下大家的想法和建议："你们的难处我都记下了，先都回家去好好自我隔离，我会想办法解决的。"

回到家中，老张将家中所剩无几的口罩和消毒酒精等物品送去奶奶家，顺带拎上一盒厂里的双黄咸鸭蛋。奶奶十分珍惜地用黝黑的手指小心翼翼地顺着包装盒上所绘高邮湖的轮廓一点点划过，轻轻地指着旁边栩栩如生的高邮麻鸭问老张："你还记得你小时候帮我去湖里捡鸭蛋吗?为了拿到最好最大的鸭蛋回来，好几次被鸭妈妈发现追着咬你。"老张也难得轻松地回忆起小时候被高邮湖边鸭子追着跑的经历，笑着笑着便沉默了，默默坐在奶奶身边。奶奶轻轻拍了拍他的头："别怕，离开家的时候你说你要保护好这片湖和这里的人，我可一直记着呐。""奶奶!"老张郑重地拉过那双常年浸泡在黄泥里干瘦的手再一次承诺，"我一定会让这片湖恢复生气的，一定!"

疫情得到控制后，老张招募了大量因为疫情原因无法外出务工的乡镇居民，让他们到厂里上班。在动员复工复产的全体大会上，他对所有的员工说："我们是真正的高邮人。'未认高邮人，先知高邮蛋'，这是异乡人提到高邮的第一反应，咸鸭蛋就是我们高邮人出门在外的名片，是我们'腌蛋以高邮为佳，颜色红而油多'的骄傲，也是我们这一辈人打开童年记忆的舌尖上的密码。我对高邮咸鸭蛋的虔诚之心，从我幼时小心翼翼地将在黄泥中腌制的咸鸭蛋洗净露出洁净的青白外壳的时候，从我将摆放得整整齐齐的鸭蛋送给邻居时邻居露出喜悦的笑容的时候，就已经深深植根我心里了。也正是因为这样，我不能让高邮咸鸭蛋这块招牌毁在我的手上，高邮湖和高邮的鸭蛋是我要花一生的时间和精力去守护的，大家的幸福生活更是我想看到的。面对疫情，我们不能放松对咸鸭蛋品质的要求，排除万难也要用咱们传统的腌制方法和野生蛋源。我也知道今年生活都不容易，但我保证每月按时发工资给大家，让高邮湖再次振兴起来的担子我们来扛！”

冰雪消融后春天逐渐走来，镇上人们的眉头逐渐舒展，脸上的阴霾被越来越浓的笑意取代，新生的高邮湖绿意盎然、生机勃勃，白粥的清香和高邮咸鸭蛋的咸香飘了过来，老张躺在摇椅上舒心地摇啊摇……

---

在本次“三下乡”活动中，我采访了高邮市某蛋品厂的厂长，了解到了他和高邮鸭蛋之间的故事——为了扶持家乡的特色产业和乡村振兴，他创办了蛋品厂，走了不少弯路，在疫情期间也遇到了不小的困难，但一直坚持原始的腌制方法，我深受感动。我以厂长自身的实际经历为基础进行适当的艺术加工，表现出疫情之下高邮人民坚守对家乡的热爱，在响应疫情防控的同时为积极推进复工复产和乡村振兴所做出的努力。

创作我来说，扫码看看吧！

# 另一个世界

查欣君

风动，卷帘轻摆，掀起梨花木上微皱的白纸。案桌上，一点墨色晕染纸上，书塾里孩童正吟诵着书经。屋外，一个身着粗布衣裳的男孩斜倚在墙上，侧耳倾听着从窗子里传出的朗朗书声，时不时嘴里也哼念着几句经文……

正值丰收时节，远处田地里，到处是收割庄稼的百姓，镰刀挥舞间倒下一片稻谷。稻田里，一名农妇直了直腰，环顾四周：

“班业！下田了！”

“班业！班业?”

“这孩子不帮着干活，又去哪儿野去了?”

这时，一个正在捆稻草的小男孩喊道：

“班婶儿，我之前看到班业往书塾方向去了。”

“书塾？我就知道，我就知道，唉！”

语罢，农妇赶忙丢下镰刀，向书塾方向跑去。远远的，只见一个小小身影趴在墙边，努力够着窗沿，看得她好气又好笑。她走过去，一巴掌拍醒沉醉在书声中的班业，冷着脸将他提回了家。

屋内，女人生气地指着班业说道：

“说过多少次，家里没钱给你找先生，你这孩子，怎么就不听话呢！”

“家里没人读过书，你也不是读书的料子。”

“你看看隔壁阿牛，人家今天帮他爹娘运了不少稻子回去，你怎么不学学人家呢！”

面对母亲的教训，班业缩在一旁默不作声。

良久，角落里只传来一句“以后不会了”。

是夜，班业躺在草席上望着窗外满天繁星，满心郁气，脑海里回想着母亲的话语、书塾里先生戒尺敲打桌子的声音，恨世界不公，却又无能为力改变现状。夜色渐深，微风吹来一缕稻香，班业缓缓睡去……迷糊间，他仿佛听到一个温柔的声音在耳边萦绕：“孩子，向月亮许个愿吧，月亮会替你实现的。”

“我不想在这里了，如果可以，我……我想去另一个可以让我读书的世界。”

时钟嘀嗒、嘀嗒……

“叮零零”，放学的铃声响起，小谷匆忙从学校飞奔回家，到家刚放下书包，就碰到母亲从田间回来。

妈妈脱下草帽看到站在门边的儿子，喜道：

“小谷回来了啊！今天在学校怎么样啊？”

“妈妈，您别担心我。今天活重不重？要不要我去田里帮忙？”

“不用你操心，你就在家好好学习，争取考个好大学。”

“是！”

入夜，月色微凉，偶有几只田蛙在丛间聒噪。低矮的楼房里，最后一盏灯也熄灭了，万籁俱寂。

突然，一阵低吟声传来。

“这谷子的收成越来越不好了，今年咱家这米还不够一年吃的，唉！”

“再熬熬吧，等小谷出来了也就好了。”

黑暗里，浅谈声随着夜色渗进各个房间里、角落里。

嘀嗒、嘀嗒……

当天边第一抹鱼肚白色露出时，班业醒了，醒在一片稻田里。他心下诧异，抬头环顾四周，只见远方林立着高低错落的屋舍，奇形怪状，不似熟悉的家乡。

“难道昨晚那声音是真的？”

班业欣喜着，看到远方走来一个身着异装但与他神似的男孩。他惊讶，想走过去探问，却发觉自己竟不能触碰到他，内心一阵失望。出于好奇，班业选择跟在这男孩身后。班业跟着男孩走过一个又一个田埂，在一个个小巷子里穿梭着。他看到干净的白墙、锃亮的瓦片、熙熙攘攘的街边冒着热气的早点……伸出手触摸光洁的墙面，不似草房般松垮，亦不似土房般脏污。

“可以摸到！”班业暗喜，他的愿望成真了！这里是另一个地方，是一个他从未见过的世界。

“小谷，快来快来，今天老师要点评我们的作业呢！”

一声呼唤打断班业的思路，他看到那男孩向同伴挥了挥手，道：

“等等我，这就来了。”

班业跟进去，看着偌大的屋子里工整地摆放着四四方方的桌椅，约莫二十张，白墙上还挂着红色的绸子，上面写着八个大字——“人人平等，奋求上进”。孩子们一窝蜂地跑进来坐好，跟进来一个笑容和善的女人，手里还拿着一本书。班业听她在桌前说话，意识到这里是一个书院。听着孩子们琅琅的读书声，他仿佛又回到自己躲在书塾外偷听先生讲话的时候。

班业不知道如何回家，他到处观望着，看着平房变成了高楼，看着灰白的小道变得更宽阔，看着人们脸上绽放越来越多的笑容。从城市到乡镇，皆发生了不可思议的巨变，短短几十年班业仿佛经历了数百年。

时光飞逝，班业一直跟在小谷身边，他看着小谷上完小学、中学，后来考上大学，选择农学院。那天小谷和爸妈争执了一番。

“你不能选择农学，我们辛苦供你读书并不是让你最后还是和我们一样种田的。”

“妈，农学并不是种田，而且就算是务农也没有什么丢人的。”

“妈，您相信我。”

“妈，我们生活在这个时代里，不能只是一味享受好处，更应该做开拓者，这样我们才能生活得越来越美好。”

“妈妈，支持我吧。”

……

“既然这是你的选择，那就做出一番成绩给我们看吧。”

“我保证。”

之后，班业跟着小谷走遍大江南北，忙碌在科研一线。一年又一年，小谷终于在某一天发现了一粒种子，那是一粒改变世界的种子，成功做到了亩产翻倍。

后来的后来，小谷从一线退出，迈向三尺讲台。他爱和孩子们讲故事，爱听他们天马行空的想象。他说：请记住今天你的内心所想，因为这些都是点亮未来的烛光。只是有时候，小谷的目光也会停留在空气中的某一处，凝视良久。

又是一个寂静的夜里，班业像寻常一样看着小谷在灯下研究谷物。突然，一缕稻香袭来，班业的意识渐渐昏沉，他知道自己该回去了，模糊间，似是看到小谷微笑着朝他看来。

“无论何种境遇，坚定自己，一切美好都会不期而遇。”

嘀嗒、嘀嗒……

风动，枝叶轻晃，班业睁开眼，周围是熟悉的房间，窗外月亮依旧高悬。这次，班业决定了，他还是想成为自己。天亮了，班业准备去田间帮忙，打开门，发现母亲坐在桌前，桌子上放着几本书。

母亲缓缓道：

“这是书塾先生送来的，让你好好习读。”

母亲顿了顿，又道：

“以后你不用去田里了，去先生那里当个书童吧，也算是报答先生之恩。”

晨间的风吹来花的芬芳，班业哭了又笑了。

---

在暑期“三下乡”的实践中，看到家乡周围翻天覆地的变化，我很是震撼，同时还了解到有很多地区的教育资源是远远不够的。即使有国家补贴，有些家庭的孩子也仅仅完成义务教育，对未来并没有规划。脱贫攻坚、乡村振兴并不只是靠国家社会的支持，而更要人们自己的自立自强，用有利条件创造出属于自己的天地。立于当下，把握住自己所能够拥有的，美好的未来才指日可待。

创作我来说，扫码看看吧！

# 梦迟归路赊

张欣然

我叫梦迟，今年 8 岁。

爸爸妈妈都在城里打工，在家的时间很少，我是在奶奶身边长大的。我和表姐一起住在乡下奶奶的家中，由奶奶照顾我们。我瘦瘦小小，不爱说话，奶奶是我最依恋的人，我想和奶奶一直在一起。

今年自从换上短袖衫，雨就没怎么停过，难得有不下雨的日子。一到阴雨天，奶奶身上的小毛病就会折磨她。每天烧好饭菜之后，奶奶就会躺在家里，卧在床上，这样似乎可以缓解身上的疼痛。奶奶躺在床上的时候，我就坐在窗边的桌子旁，听着雨声写着作业，时不时回头看奶奶一眼。

奶奶难受的这些日子都是下雨天，我也没有出去找小伙伴玩。不想写作业的时候，我就透过家里老旧的窗户看着天，心想，这雨什么时候才能停？这样奶奶就可以好受些了。可我等来的不是晴天，而是表姐每天带回来的坏消息。

“李奶奶家已经被淹到家门口了！”

“今天许伯伯家的鸡都不见了，说是被冲走了！”

“村委会一直在讨论要怎么办，梦迟，你说我们家会不会被淹？要是被淹了，我们怎么办啊？”

听到这些，我不知所措，我看向了奶奶。奶奶抚摸着我和表姐的手说：“会没事的，淹不到我们家的。我昨天打电话给健子了，不行的话，他就来把我们接到市里去。”奶奶口中的健子就是我的爸爸、表姐的舅舅、奶奶的儿子。

村委会的人拿着一个大喇叭，让我们收拾东西，把我们接到市里的安置点。我和表姐匆匆忙忙收拾东西，家里没有行李箱，奶奶只好用装种子或是化肥的大麻袋给我们装被子、装衣服，我和表姐的书包不大，里面也塞满了我们的所有作业。我们提着大包小包，坐上了前往安置点的车，我趴在车窗上，奶奶坐在我旁边。妈妈给我买的那条半身裙已经被雨水打湿，那是我唯一也是最爱的裙子。我们就要去市里的安置点了，爸爸妈妈也在市里工作，会不会来看我们呢？我见到爸爸妈妈的时候，一定要穿着妈妈给我买的那条裙子。

在安置点的日子似乎没有那么难熬，天偶尔也会放晴。天气好的时候，我会和奶奶一起，坐在安置点操场旁的阴凉处，听着爷爷奶奶们拉家常。我也会和小伙伴们一起玩耍，掰着手指头数着日子，就希望在洪水退去前爸爸妈妈能来看我一次。但是，我没有等到爸爸妈妈的到来，等到的仅仅是爸爸妈妈打来的一两通电话，我很不开心。

奶奶年纪大，有一天晚上睡觉时受凉了，第二天起来后嗓子就发炎，吃不了饭。我看在眼里，心里很不是滋味。中午志愿者大姐姐给我们送来盒饭，奶奶的那一份她动都没动。我刚拿起筷子，心想着奶奶，又马上放下了。奶奶让我吃饭，我小声说："奶奶不吃，我也不吃了。"接着就默默地流泪。奶奶上午刚看完病回来，见我不吃饭，很是生气，抬起手来要打我。在那一刻，我心中的委屈全部爆发出来：在安置点并不快乐的生活、到现在没来见过我们的爸妈、奶奶生病不舒服、没有人理解我内心的感受……我哭得更大声了。

在一个安置室的其他奶奶纷纷来拉住要继续打我的奶奶。

"哎呀，梦迟奶奶，别生气了，你自己还在生病呢！"

"孩子还小，不懂事，慢慢来嘛！"

"梦迟，快点过来，给奶奶道歉，再不来道歉奶奶不要你了！"

别的小伙伴不知道说些什么，默默坐在我的旁边，陪着我一起；保安大伯伯特地出门，为我买来了这些天一直想吃的芒果干，塞到我的手里，让我擦干眼泪不要哭了。在众人的安慰下，我擦干眼泪，向奶奶道歉，并小声说了句："奶奶，我想回家。"奶奶没听清，问我："什么？"我没有回答，只是默默垂下了眼帘。

志愿者大姐姐拉着我的手："梦迟，今天我就结束志愿服务了，明天就不能见到你们了。还有几天水位就降到警戒线下了，你们大概就能回家了。回家后要好好听奶奶的话，爸爸妈妈也会回来看你的，我不知道你的名字是不是出自'梦迟归路赊'这一句，但我相信，一切都会过去，一切都会好起来的。"我不明白大姐姐说的"梦迟归路赊"是什么意思，但是我知道，天快要放晴了，雨下得越来越小了，我们快要回家了。

离开安置点的那天是个大晴天，爸爸妈妈也放下了手头的工作，专门来接我们回家。踏出安置点的那一刻，我抬头望向了天空，白云在天上飘浮，一副岁月静好的模样。梦迟归路赊？我歪了歪头，似乎有点懂那天大姐姐说的话是什么意思了。

---

梦迟是我在安置点遇到的一个小姑娘，她瘦瘦小小，有着一头不整齐的短发和看人时怯生生的眼神。因父母进城务工，她从小与奶奶和表姐生活。抗洪救灾期间，她们被安置到我所服务的安置点。文末是我期待的一个美好的结局，真实情况是在水位下降至安全水位后她和家人坐上大巴车回家了。在这次汛情中，我发现乡村留守老人和儿童的帮扶问题不容忽视，需要社会给予更多的关注。

创作我来说，扫码看看吧！

---

# 贫困打不倒顽强的他

吴子龙

夕阳的余晖洒满这片荒凉的土地，砖头、木块、水泥等建筑材料零零散散地堆在这片金色薄纱上，一个男人坐在木头上，猛吸着草叶卷成的烟袋。在他身后有一个人，身着蓝色衬衣，双手背在身后，眉头紧锁，似是和他商讨着什么。

这已经是马大哥搬迁的第四个年头了，虽说比当初在山里面的生活好了许多，但日子还是过得捉襟见肘。最近，国家又出台了新的政策，要给这些闽宁镇移民村民进行危房改造，全村上下积极响应，忙得热火朝天，马大哥一家也不例外。他带着三个孩子忙里忙外，好不热闹。可惜时间一长，难免手头紧，家里的存款越来越少，而且离住建局的审批款拨付还有一段时间，面临这种两难的情况，他铤而走险借了高利贷，巨额的债务让这本不景气的家庭雪上加霜。

此时，负责闽宁镇脱贫的丁主任了解到马大哥家的状况，担心不已，赶到了马大哥家。

丁主任刚进门还来不及坐下，便焦急地说："马哥呀，你有啥困难不要一个人扛着，没有钱你和我们说，政府肯定会帮你的！怎么能去触碰高利贷呢？要不我们在扶贫产业给你找个活，一个月能有三四千块钱，然后剩下的咱们再慢慢想办法，我们大家伙肯定帮你一起渡过难关。"

马大哥此时愁云满面，耷拉着脑袋说："小丁，你们这个心意我领了，但是这三四千块钱哪能够呀？这仨娃还要上学，以后需要用钱的地方也多。趁我现在还干得动，我想出去到市里去找个活，好好再干个几年。"

"那娃娃怎么办，你打算一个人带三个娃出去？"丁主任问。

"我想向政府申请个低保，现在娃娃们都能住到学校里，镇上政策也好，有小饭桌能吃口饭，还要麻烦你们帮我多多照看。”马大哥眼里泛着泪花。

丁主任立马答应了：“低保这事没问题，我向村里申报，娃娃这边你也放心，我们会替你照顾好的，你在那边也要注意安全”。

马大哥紧紧地握住丁主任的手说：“谢谢您，您能来看我，我就很高兴了，也麻烦您替我谢谢大家伙，这么替我操心。”

就这样，马大哥背上行李，一个人背井离乡去外面打拼。外面的世界格外精彩，但是对于没有文化和手艺的马大哥来说尤其残酷。还好他有一身力气，在工地搬过钢筋扛过水泥，烈日下汗水似雨点滴落，寒冬里双手冻得毫无知觉也要坚持工作。曾有无数个夜晚，他都面临崩溃，但是他不能退缩，他的孩子还在家里等着他。只要一想到那三个孩子，马大哥总能重新振作精神，再大的辛劳和苦累都能烟消云散。

丁主任过年入户走访时提着米面去看望马大哥。马大哥的脸晒得黝黑，额头的皱纹也多了几道，几根白发也悄悄爬上头顶，可是看着这渐渐走向美好的生活不由得眼里闪烁着希望的光芒。他们就这样坐在土炕上聊了起来。

“马哥啊，今年你出去打工感觉咋样?”

“今年活多，一年干下来我也赚了十来万了，从来都不敢想自己能赚这么多钱，账我也已经还掉一大半了，再干个一年账也就能还清了！”

“干活赚钱的时候也要好好照顾自己呀，别累坏了身体，你要是累倒了，你让这三个娃娃咋办?”

“虽然我欠了这么多账心里急，但是我有奔头，一想到这三个娃我心里就有股劲，我苦点累点没什么，那三个娃还没长大，不能让他们跟我一起受苦，等今年年底账还完了，我们的日子也就好过了，这些困难咬咬牙就过去了。”

丁主任深受感动，看着这些移民村民能够有这样的韧劲，对生活充满希望的炙热之心，心里更加坚定了自己当初的决定，将自己最好的年华奉献给脱贫事业，虽然辛苦，但这一定是这一生最无憾的决定!

---

在党和国家的正确领导下，在政府各部门的积极落实下，在村民的努力奋斗下，当年的干沙滩已变成了如今的金沙滩，村民也一步一步从贫困的沼泽中爬出来。这种不服输的韧劲和脚踏实地的精神值得每个人学习。另外，在国家脱贫攻坚任务中涌现了许多像丁主任这样的年轻人，他们奉献着自己最好的年华，到国家最贫困的地方发光发热，把青春献给了祖国，他们是吾辈青年的楷模，是我们学习的榜样!

创作我来说，扫码看看吧!

---

# 书中的映山红

江娅宁

暮色沉沉，村头喇叭里循环播报略带乡音的“戴好口罩，减少出门”，老高蹲坐在家门口，透过口罩传出一声声叹息。爆竹声中除去了流连的岁月，接踵而至的却是疫情的严控。此时此刻，牵动着老高内心的，不仅是疫情，还有山上孱弱的油茶和手中早已失尽颜色的映山红。

这位扎根乡土的老人见证了家乡的变迁。扶贫工作带动他们家种起了油茶，养起了龙虾，摘掉戴了几十年的贫困“帽子”。然而，突袭的疫情使原本平静的生活掀起波澜——本该春季种植的油茶树苗因疫情原因无法从湖北的基地送来，订购的虾苗也因疫情封留在了海南。这一系列意外让老高的儿子急得团团转，而老高——这个本来颐养天年的庄稼人，再一次感受到了生活的艰难与不易。

夜色渐至，四下寂寥无人，老高轻轻摘下口罩，推开门在小街上转悠，指尖上烟头的火光星星点点，缥缈的烟雾将老高的思绪牵回了上午。几日的烦心事令老高睡不好觉，在庭院中伴着小黄狗打着瞌睡。一阵急促的敲门声将老高拉回现实，门口站着一位不到三十却有着超出同龄人的成熟与稳重的青年人——五年前大学毕业便来这儿参加扶贫工作的书记王峻潮。年轻的书记隔着口罩与老高攀谈片刻，便点明来这儿的意图：“我知道今年龙虾苗运输过来有些问题，便想问问你们愿不愿意在坑塘里自己繁育?”老高听到后心中自是一阵欣喜，片刻后又一阵犹豫，但不愿躲避青年人真挚的眼光，便回道：“没有这样干过，赔了咋办?要不还是等我儿子回来你们再谈吧。”说罢，老高看到青年人眼光渐渐黯淡。嘱咐完疫情的注意事项，书记便匆匆离去。然而，一朵早已败了颜色的映山红从书记手中的书中飘然落下，老高赶忙捡起，犹豫间，青年人早已消失在街角，花儿便留在了老高的手中。倏然间，他呆呆地立在原地，而思绪却飘回到五年前的那个人间四月天。

彼时，孙女还小，总是爱吃彩色的水果糖，一老一少便瞒过家人携手上街偷尝一方甜腻。少女用软糯的声音和几枚硬币交换来几颗七彩的糖果。老高含笑撕去彩纸，彩纸拥抱阳光幻化出好看的颜色，带着老高来到记忆深处。那是一场焦灼的谈判。王峻潮还是刚刚下乡的大学生，凭着满腔热血投入扶贫工作，动员农民栽油茶。然而村民们却木着脸，袖着手，似听非听，白给的油茶苗仍没人要，村民们冷漠的态度甚至令老高都有些恼火。但青年人有力的声音如清风般撞入老高的心房："你们不栽，我帮你们栽，我一定会让你们富起来！"那时，漫山的映山红如女孩的红裙般随风摇曳，人们总能看到年轻的书记忙碌于树苗间。在尝到甜头后，本来站在地头上一脸冷漠的村民，自觉地加入其中。时光的脚步踏遍山野，他来时所走的路，皆已种上树苗，他来时所遇之人，也已不再贫穷。有一次孙女耍脾气躲进山中，老高焦急地找到她时，远远地看见女孩眼角闪烁着泪光，嘴角却带着微笑，在夕阳下与安慰她的书记哥哥交换两朵映山红，一朵戴在耳边，一朵则夹进书里……

一道温暖的光线夺去了烟头的点点红光，也将老高的思绪拉回了现实的夜幕下。办公室内的王峻潮伏案工作，时不时接起电话，或面露难色，或愁容消散。休息时，年轻的书记便打开书，只是书里少了那朵映山红，一丝落寞沉入眼底，而后淡淡的笑意又浸满眼眸……

人间四月，疫情渐散，映山红如期盛放，与天边皎月低头交换一句情话。花瓣在油茶树苗间流连，或轻落在水面，和小龙虾嬉戏玩闹——疫情期间，王峻潮与各位村民进行有效沟通后，在严控疫情的同时解决了幼苗种植和小龙虾培育问题，村庄经济在疫情期间得以平稳发展。这日，老高带着一筐小龙虾来到书记办公室中，两人聊到欢处，老高忽忆起什么，拿出那朵失了色彩的映山红，不好意思地说道："王书记，这花是过年的时候你到我家时落下的，一直忘了还你，不好意思了！"王峻潮看到了，便展示起手中的书，书的扉页夹着一朵娇艳的映山红："那朵花承载了太多的困难，就让这新的花朵陪伴我度过今后的岁月吧！"说罢二人相视一笑，灿烂过天边的晚霞。

春日的傍晚总是暖暖的，娇羞的太阳伴着云朵遮了半边脸，在天边绘出好看的彩霞。村头的喇叭播放悠扬的旋律，花瓣悄悄落在小狗鼻尖，和它窸窣密语着路上的趣事。你看，书中的那朵映山红，正看着他的主人书写着他的扶贫故事，静谧，绚烂，美好……

作品改编自真实事迹，有一定的虚构性。全文以一位普通村民的视角以及他的所见所感串联起驻村书记王峻潮在疫情之下扶贫工作中所作的贡献以及整个红花村疫情前后的状况转变。写作以小见大，以映山红为线索，连接村民与干部在扶贫抗疫过程中的心理变化。整部作品以质朴的写作手法，表达当代大学生对扶贫干部的敬佩与尊重。

创作我来说，扫码看看吧！

# 水 果 摊

祝新宇

这天周末，天色微亮，美兰就已经在路边支起了水果摊。

今年风调雨顺，家里果园的水果长势喜人。水果摊支在一条国道旁，虽说是国道，但来来往往的车辆不是很多。好在靠近景区出口，周末的客流量还是可以的。

美兰刚收拾好摊子，就来了一对准备去景区游玩的老夫妇。

“这苹果怎么卖呀?”老先生问道。

“八块钱一斤!”美兰答道。

“咋这么贵呀，比超市里头的都贵!”老太太说道。

“这是自家种的，比超市里头的好吃哩!”美兰笑着答道。

“那好吧，给我来两斤。”老先生说道。

“好嘞!给您，欢迎下次光临哈!”美兰把水果递给了顾客，顾客用支付宝付了款。美兰听着支付宝的付款提示音，心里乐呵呵的。

那老太太临走时说了句:“小姑娘你一个人摆摊子啊，你家先生呢?”

“我先生啊，他今天有事，就我一个人出来摆摊子了。”美兰说道。

“哦哦，这样啊，那小姑娘你要注意防暑哦，这个天气很热的，千万不能中暑了!”

“嗯嗯，好的，谢谢您的关心，您慢走!”美兰说道。

美兰望着远去的老夫妻二人，眼中流露出了羡慕的目光。

太阳东升，人渐渐多了起来，不少爸妈带着孩子出来游玩，美兰的小摊子也有越来越多的人光顾。

到了中午，结束了一上午的繁忙，美兰终于得空歇了会儿。

这时来了一家三口，美兰望着这一家三口，出了神。她想起自己之前也会和老公带着孩子一起出来玩，可是上次带孩子出来玩，已经是五六年前了。她还记得下着滂沱大雨的那天，丈夫不小心从塔吊上摔了下来，她赶到工地的时候，丈夫的身体已经冰冷了。她多少个夜晚都躲在屋外痛哭，自己年纪轻轻就成了寡妇，儿子也早早没了父亲。丈夫走后，整个大家庭的担子都落在了她一个人身上，儿子正在上小学，幸好平时公公婆婆能帮着她照顾孩子，但是公公有严重的糖尿病，长期的治疗也是一笔不小的开支，她天天为了生计发愁，自己微薄的薪水根本不够全家用。好在村里知道情况后，及时帮他们申请了低保。恰逢“精准扶贫”开展，村里把东边荒废的果园免费租给她用十年，这才让家里的情况好了些。

村支书和妇联的同志经常关心他们家，不时给他们添置一些生活用品，让她在这冰冷的世间寻得了温暖。最近几年正逢网购火热，村里及时联系了网上团购公司，帮助他们家的果园拓宽市场。

美兰回过神来，听见孩子正在讲话。

那孩子说道：“爸爸，我想吃水果。”

“好呀，爸爸妈妈这就给你买。老板，这西瓜怎么卖呀?”

“小朋友想吃，阿姨就送给你吧!”

“这太不好意思了。”

“没事，来，拿着吧。”

“还不快谢谢阿姨!”孩子父亲说道。“谢谢阿姨!”那孩子笑着说。

望着他们一家三口远去的背影，美兰脸上也泛起了淡淡的微笑。

下午的路上，除了熙熙攘攘的车辆，还有一阵阵的热浪。下午出游的人也少了一些，美兰的水果摊门可罗雀，她打了会盹。

美兰做了个梦，梦到了老公，梦到一家三口出去玩，三个人开开心心地坐在公园的草地上野餐。

她梦到老公在和孩子一起洗澡，她给他们递衣服，孩子在水池子里扑腾扑腾地跳，把水花溅得到处都是，她和丈夫跟孩子一起玩水。

她梦到丈夫带她来到村口的槐树下，就像那年丈夫跟她表白的那个盛夏的傍晚一样，丈夫还是穿着那件素净的白衬衫，对她说：“美兰，你受苦了。美兰，生活要向前看呀!”

美兰使劲地点了点头，用手抚摸着丈夫少年般明净的面庞，说道：“家里交给我，现在国家政策好了，村里知道我们困难，都在帮着我们，我会照顾好儿子和爸妈的。”

她说着说着就醒了，殊不知，醒来的时候，眼眶已经湿了。美兰擦了擦眼角的泪水。已经是黄昏时分了，美兰收拾收拾，准备回家给孩子烧饭了。

美兰推着三轮车走在乡间的小路上，望着远处的夕阳，不自觉地停了下来。她看着远方，仿佛看到了星星。她心里默念：你在那里好好的，这一切有我呢。

美兰又推起了三轮车，朝着家的方向走去。

日暮下，一个女人的背影，坚强且笃定。

---

文章创作灵感来源于本次“三下乡”活动。走访了当地水果摊主后，我就萌生了创作这篇作品的想法。美兰代表的是一群人，是那群家中遭遇飞来横祸而导致生计困难，但在国家精准扶贫政策的实施下，当地居委会帮助他们走出贫困过上正常生活的那些人。我相信，随着国家政策的持续实施，以及人们的辛勤努力，大家一定能够过上幸福安康的生活！

创作我来说，扫码看看吧！

# 人情与规则

赵　伟

老吴子已经五十多岁了，家中儿女也已各自成家，他也抱上孙子，成了爷爷了。他从二十多岁起就在村里一生产队当队长，一当就是三十多年。他见证了村子的时代变迁，看到了家家户户从贫穷到温饱最后共同奔向小康，他的一生已经和这个乡村联系在一起。所以，老吴子常常在闲暇之余在村里转悠，村里有什么事都会积极参与。这次疫情，老吴子就在村口的值班点里值班。

小夏是村里的 90 后，小时候学习不行，没有考上高中，就选择了去当兵。部队里纪律是少不了的，小夏在这样的环境里养成了重视规则的习惯。经过部队里几年的锤炼，他不仅强健了体魄，人也变得更加稳重，肯吃苦。小夏回到家后，想要找份工作，思来想去还是到村委会申请担任一个助理。虽然这助理的职位算不上干部，工资也没有多少，但小夏还是干得很认真，每次开会都会认真记笔记，每次值班也都会准时到达，保质保量地完成工作。

因为附近发现人员感染新冠肺炎，村委会立即决定封锁村子各个入口，暂时禁止人员进出，并派人员到村口值班。

因为封锁得很突然，老吴子还有一些东西在对面的镇子上，镇子和村子就一河之隔，通过一座桥连接。老吴子急需这些东西，就想直接过去。到了桥上看到就一个小夏在值班，老吴子心里有点烦躁，这小伙子死板得很，这次不知道给不给过去。

小夏看到老吴子也有点惊讶：这还没到他值班呢，怎么来了？不会要过桥？没有允许不能过桥啊，有点麻烦。

“吴叔，你怎么来了？还没到你值班啊。”

“小夏啊，我来不是值班的，我有点东西在对面，很近的，我开车很快就拿回来，你先让我过去。”

“叔，你也知道对面刚有个人感染了，现在我们村都封了，不给进出，这要是出去了带点病毒回来，全村人都得遭殃啊。”

“你当我不知道吗？感染的人离这远得很，我就到对面不远的地方去拿一下东西，东西再不拿回来就不能用了，我这去一会就能感染了？”老吴子有点不耐烦了。

“吴叔，这规矩是规矩，你也是值班的怎么能先违背这个规矩呢？人人都像你一样，有点东西拿就出去，那还成什么样子，你那点东西比全村人还重要？”说着，他还一把手扶住了栅栏。

“你小子怎么这么死板？我就过去拿一下东西，怎么多出这么多事？你等着，我找大队干部来！”说完，老吴子就调转车头到村委会去了。村委会里只有一个唐会计，唐会计也有五十多岁了，一直在村里办事。听到老吴子说明情况之后，唐会计就和他一起来看看。

小夏看到老吴子带着唐会计一起来了，竟有些生气。“唐会计，昨天刚封的村，现在疫情这么严重，吴叔偏要出村，这不是给大家找麻烦吗？”

“哎，小夏，别这么说，老吴已经是老同志了，怎么做都有分寸，他过去也不远，不会有什么问题的！”

老吴子大声说道：“我当党员这么多年，出过什么岔子？我就去前面拿一下东西怎么了？你这孩子怎么死脑筋，不讲人情啊？前面要有病毒，那前面那些人怎么办啊？”

小夏依然坚决说道：“反正现在封村，你们怎么也要等到解封才能过，这是村里的决定。”

“你小子……”

“哎呀，老吴，别生气，就过几天再拿也可以嘛。”唐会计在一旁生怕两人吵起来。

“我这就给书记打电话！”老吴子哆哆嗦嗦地掏出手机，“喂，书记……”

……

“你把电话给小夏，我跟他说。”

“小夏，你做得对！我劝过老吴了，让他先回去，东西回头再说。”

挂了电话，老吴子气呼呼地调头走了。

小夏看着老吴子的背影陷入沉思……

这一老一少之间的争吵或许都在双方的心里留下了印记，但是他们以后还是会一起工作、一起谈笑，因为这也是乡村的人情。做基层工作，既要留住乡村的人情，也要确定乡村的规则，两者相结合才能推动乡村可持续发展。

创作我来说，扫码看看吧！

# 身　影

刘　璇

昨天上午十点左右，太阳已经像个火球一样悬在头顶，刘睿坐在副驾驶后座，手指紧紧抓住副驾驶座椅，大气儿都不敢出一个，生怕打扰了正在驾车的孙主任的扩音通话。

刘睿记不清电话那边的内容，只记得孙主任一直没停过的声音：

“嗯……这一块我们还没有彻底做好，你先如实上报，不要打肿脸充胖子，一定要如实汇报，之后怎么做我们等审批下来了再说。”

电话刚挂断，又响起来：“哪户人家……嗯，我知道，他就一个孤寡老人在家里……心脏不好，吃不进东西？你们送他去医院看了吗？不肯去？这样，你们先问老人家想吃什么，先想办法让老人家吃舒服了，再送他去医院检查，钱的事情我之后给你们报……嗯，好……有事再说。”

“喂……哪边？四中？哦……我等会儿从村里回来去那边看看……嗯，一定会抓紧落实。”

通话暂时歇了一会儿，孙主任笑道：“你们还没出社会，不知道我们的工作就是一整天一整天地接电话。”刘睿不知道怎么接茬儿，就跟着笑笑。孙主任话音刚落，又有一通电话进来：“……我昨天就打电话说了，他没动作？我待会儿再给他打一个……”

……

刘睿暑假回到家乡做脱贫攻坚的调研项目，去办事处做调研采访的时候，正赶上第二天省领导来督察相关工作，办事处负责脱贫攻坚的孙主任要先进村一趟，她正好跟着孙主任一起进村看看，也为接下来的实地考察做准备，一路上就看见孙主任不停地接电话、打电话。

还没见到孙主任的时候，刘睿心里非常忐忑，这是她第一次做采访，生怕有什么冒犯的地方自己还不知道，然而一见到孙主任，她紧绷的神经慢慢放松了下来——孙主任和她想象中的领导模样非常契合，但又不太一样，他大腹便便的，胖胖的脸却显出几分可爱，眼里满是笑意，说话温声和气，是个温柔的小胖。

孙主任挂断电话，和刘睿闲聊着："你大几了?"

"大三，开学就大四了。"

"大四，那该有 20 多岁了吧。"

"我 00 后，两千年开头生的。"

"嚯，那你读书读得还顺嘛，又早又顺。"

"五六岁上的小学。"

"五六岁……啧，我大四都 23 岁咯，00 后啊，我整整大了你 10 岁。"

接着，孙主任开始给刘睿介绍村里脱贫的情况。刘睿从侧面看见孙主任微扬的嘴角，顿时感觉亲切不少，就像在和自己的哥哥相处，还是个非常亲切的哥哥。

"我们村的产业做得比较突出，村里有一个坝区产业园，还有一个砖厂，再加上政府投入的其他产业，贫困户光是产业分红就达到了脱贫标准。我们现在去村里的坝区产业园，明天省领导要来督察，我们先提前看看。"

刘睿似懂非懂地点点头，但是有一点她是懂的，辛辛苦苦做了这么久的工作，如果最后审查出问题了，那之前的辛苦可以说是白费了大半。

"你是不知道，脱贫攻坚验收那会儿，一个早上我接了三百多个电话，就那种九点十五分一个电话，然后九点十七分、十八分那样子又是一个电话，嚯，我都不知道那天是怎么过来的!"

"刚开始脱贫攻坚那会儿，做基础设施建设，就总是有那么几个村民不配合，真的就是好说歹说，把利害关系都说了，他们就是不理解。就拿那个路灯来说，村里修路灯要占一户村民家一小方块的地盘，他就是不给修，我们真是好说歹说，这是政府给福利，不要他们掏钱，他们就是不让修，也不是说他们有什么坏心眼，就是不理解我们的工作。那有什么法子，只有慢慢做工作，看到别家好了，也就理解我们工作了，关键有些时候有些事是等不得的，呵……"孙主任苦笑着，转而笑容又明朗起来，"现在好了，村里的基建完成了，产业也步入正轨，村民们都非常理解我们的工作。其实我们村民人都挺好的，朴实、热络，走到哪儿都和你打招呼，还时不时给我们送些瓜果蔬菜什么的……"孙主任的嘴角合不拢地笑，“接下来的乡村振兴还得加把劲儿，叫村民们都过上好日子，这累得也值了！”

……

刘睿的家在一座大山脚下，山顶上草木葱茏、翔鸟自来自去；山脚下车水马龙、家家人来人往。从村子回来，她走在回家的路上，感受着身边的欢声笑语、熙熙攘攘，心里突然涌上一股从来没有过的冲动。偶然抬头，她在山腰漫起的薄雾里迷了神，仿佛在那里看到了无数个和孙主任一样忙碌的身影。

---

此故事是我“三下乡”社会实践期间经历的一个片段，因感到基层工作者的艰辛和不易，想到我们如今的幸福生活很大一部分是他们的汗水与无数个不眠夜换来的，内心受到极大的触动，遂记之。我希望通过这个故事，让更多没有机会接触基层工作的人们能够正确认识基层工作，正确认识基层工作者，并对基层工作者致以敬意和感谢。

创作我来说，扫码看看吧！

# 小张的变化

魏天祯

很难想象眼前这个身材短小精悍、皮肤黝黑粗糙的青年人在四五年前只是一个皮肤细腻的大学生。那时他还在大城市里，在风景优美、条件良好的高校里接受高等教育，汲取知识。他姓张，由于现在村里大多数是中老年人在家务农，大家都乐意叫他小张。

初到小山村时，小张还很内向、腼腆，不了解村子里的情况。如今的小张，经常受到村民邀请，到家里吃饭。他成了了解每家每户问题，受到村里人尊敬爱戴的村主任。发生这些转变的原因很简单：小张利用专业知识，把握市场商机，在村子里建造了许多大棚，绿化村子、改善村民居住环境，开发旅游项目，倡导旅游文化。小张让村里人能够赚到钱，生活变得富裕起来。看到在家里也能够挣钱，越来越多的年轻人回到了家乡发展。村子逐渐像多年前一样生机勃勃，人气十足。

那一年进行驻村干部选派，刚刚毕业的小张积极响应国家号召，毅然向机关党委提交了请战书，大有一种不达目的不罢休的决心。经过层层选拔、比较和研究，小张被选上了，工作地点是一个偏僻、落后的小山村。虽然小张自出生开始便一直在大城市生活，但是他二话没说，毫不犹豫地出发了。

来到小山村后，小张为了尽快掌握村子的经济状况、土地利用状况、村子里各个建筑的意义，甚至一周几乎没有好好吃过一顿饭。在了解了村里的大致情况后，他制订了一份与村子里之前完全不同的种植计划。在这份计划里，小张决定将部分土地改造为大棚，利用大棚种植反季节作物来提高经济收入。但是，想要建造大棚的话，首先需要村民放弃原本的收入来源，还要投入一定的资金，为没

有把握的事情冒险。不出所料，这份计划受到很大部分村民的反对。小张知道，要想改变村子经济落后的情况，必须要改变原有的种植模式，接下来便是一个月挨家挨户地造访、劝说。经过一个月的努力，有一部分村民同意建造大棚。这四五年，在小张的带领下，村子取得的进步十分明显：两条路、两口井、一个水渠、一个群众活动中心、一个舞台、数十个塑料大棚……村民都说：这是小张带领我们取得的功绩，是小张让我们富裕了起来，多谢政府给我们派来了个大好人。

四年扶贫工作时间到了，机关党委正筹划派人接替小张的工作，小张却拒绝了，他强烈要求组织让自己再干三年。他认为自己手头有些工作还没干完，对老乡的承诺没有兑现，不能言而无信，必须经他手干完再走。这大大出乎许多人的意料。组织上答应了他的请求。

有些人跟小张开玩笑说：“小张，你是不是看上了谁家的姑娘？我们这儿的美女是不是让你走不了啊？”小张笑笑说：“这里有比美女更吸引我的地方。四年的农村生活弥补了我人生中的许多缺憾：打磨掉了我身上的娇气、傲气，补上了我没有农村生活的这块缺憾；改变了我的性格和人生，改变了我过去对农村和农民的偏见，知道了生活的不易和人生的珍贵，使我的性格注入了更多的感情元素，找到了人生的价值；强健了我的体魄、纯洁了我的灵魂，并且与这里的老乡结下了深厚的友谊。我是真心不想走、舍不得走，是老乡的真诚勾走了我，是这片土地勾走了我的魂。”

是的啊，小张被这个地方勾走了魂魄。小张临时的住所，虽然简陋但很整洁，锅碗铲勺、油盐酱醋一应俱全，各类种植蘑菇、蔬菜以及养鸡养猪的书籍堆了半个床，帮扶的有关资料塞满了十几个档案盒子，摆满了桌子，墙上挂满了村子内的道路、水渠规划图……这与如今的大多数青年人完全不同。

经过这几年的时间，小张变了，变了好多。他改变的不仅仅是农村的面貌，更重要的是，他改变了自己。他收获的不仅是乡亲们的赞誉，更重要的是，他收获了自己内心的安宁，他变成一个坚定、执着、有烟火味、有泥土味、接地气、有血性、有原则的男子汉了。到底是什么改变了小张？不仅仅是环境，更重要的是他的初心，未曾忘却的初心。

---

如今我国乡村振兴正在大力推进，人民生活变得更加美好幸福，这些伟大的成果离不开我国实施的正确策略方针以及一位位“小张”“老张”的努力，是他们为那些发展落后的地区带去了发展的机会与希望。

创作我来说，扫码看看吧！

---

# 信念的力量

杨棋文

这已经是苏阳第二次来到这里了，钟大爷家又发生了很多变化。

上一次来时她初中刚毕业，那时候的她，不过是想开阔自己的眼界、丰富自己的见识，而这次，全然不同。

“2020 年是我们国家实现全面脱贫的关键年，新冠肺炎疫情突袭而至，举国共患难，脱贫攻坚之路必然困难重重，但我国脱贫计划正常推进，关键点在哪里呢?”苏阳突然有了一个想法，“我想钟大爷家的饺子了。”

刚出火车站，苏阳一眼就看到了前来迎接的李书记，大西北的天空晴朗无比，坐在车上望着油菜花地一望无际，偶尔能看到牧羊人在路边放羊，也能看到已经收割的麦子晾在门前，眼前的一切都在告诉着她一件事——这里有她想要的一切答案。

“老钟，你看谁来了啊?”刚到钟家院，李书记就大声喊道。门里走出一位老伯，正是钟大爷，八十多岁的年纪，依然步履沉稳，神色尚佳，还是苏阳记忆中的钟大爷！他气色一点都没变，布满皱纹的脸上的笑容更加开朗了，照旧嘴里还是吸着一根烟。简单寒暄几句后，苏阳放下行李，与李书记一同前往村委办公室。

“2020 年是脱贫攻坚的关键年，政府对我们的帮助与扶持力度都很大，上面尤其给我们强调脱贫不能落下一个，要挨家挨户地扫除贫困，有问题大胆提，有需求尽管说……”村委办公室张主任在描述今年国家对脱贫的大力推进时显得有些激动，“感觉这次的脱贫攻坚战将大获全胜。”最让苏阳感到吃惊的地方在于基层干部们对政策的积极程度，提到脱贫攻坚，他们都很兴奋且表示一定会完成国家交给他们的任务，他们的团结与热情似一种无形的力量深深地震撼到了苏阳，这种发自基层的声音散发在东湾村的每一块土地，更广、更响、更悠远……

和上次一样，苏阳依然住在钟大爷家。时隔四年，钟大爷的家大变样，用上了各种家电，接入了网络，用起了电脑，曾经的土平房也重新翻修成砖瓦房，家里一下子变得明朗无比，宽敞、舒适……这都是四年前不曾有的，如今的住处除了照片，很难找到以前的痕迹，唯一不变的可能就是家的感觉还在吧！钟大爷和钟大娘身体仍然健康，对待苏阳依然热情无比，饺子还是那个味儿，她还是吃了很多很多。饭后，苏阳便开始咨询钟大爷关于扶贫政策与脱贫历程的故事。

“30 年前啊，我们村只有土房子，家里兄弟姐妹多，吃不饱穿不暖，家里唯一的收入就是种地的收入，遇上天灾全家人受累，但到后来啊……”钟大爷先陷入了一段沉思，眨了眨眼睛，嘴唇微收，继续说道，“后来咱们地方出台了新的扶贫政策，精准到户，积极鼓励村里的青壮年到县城里、市里打工，修了学堂来教育我们的子女。正因为有了学校，我的儿子们如今都已经能在市里、甚至在省会独自打拼、自力更生了，家里劳动人口一多，经济状况就明显改善了许多。现在就剩我们这些老家伙还住在这儿，儿女们啊都已经在外面工作了。帮扶我们的干部们也让我印象深刻，他们很有耐心，认真仔细地解决了我们遇到的一切困难，不论是资金上还是人脉上，他们是真正为人民服务的好干部！”

的确，即使是与四年前相比，钟大爷家的变化也天差地别，如今这二位老人，虽然还会做一些农活、养一些家禽，但也只是清闲生活中的消遣而已，他们对现在的生活十分满意，也很感激政府的政策。

如果说还有什么是苏阳探寻答案一定要调查的地方，那就是这个村里新修的小学。

学校体育器材那儿还有一群小孩在玩，教学楼虽然不大，但很新，很有学习的氛围。苏阳上前去问了一位小朋友关于他对学校的看法，他非常乐意地说道：“就像家一样。”这样的回答还是让苏阳颇为吃惊的，小孩的父母在外打工，小孩平时由爷爷奶奶照顾，一直与同学和老师相处在一起，但在学校里他能找到亲人陪伴在身旁的感觉，他从未感到孤单！

天色渐晚，看着落日余晖，苏阳觉得心里暖暖的，她知道，她已经找到了她想要的答案。

在写这篇微小说的时候，我的脑海里满满的都是感慨，类似钟大爷家的情况很多年前我就有所了解，虽然没有完整目睹他们的脱贫历程，但有幸目睹了脱贫攻坚的成果。在我所有的采访中，不同的人都给了我一个相同的感觉，那就是信念，在他们心里都有他们所坚信的东西，而且是同一个东西，那就是坚信在中国共产党的领导下，我们必将走向共同富裕。

创作我来说，扫码看看吧！

# 走出苇荡

杨璨然　钱信君

雨英，透着一股青涩的女孩，活在自然而又落后的小村庄里，一片青色的蒲苇荡旁。

总有人笑意朦胧地说：小英，这苇荡可大了呢，传说苇荡后面有片神秘的花海，大家都没到过。于是她就满不在乎地应下了什么，攥把小镰刀，撑只小船，这么冲了进来。放眼望去，却只有那青色的一片，凝固在视野里。

今天镇上的高中开学，可雨英不去。虽然读书时成绩不错，但家里贫困，九年义务教育一读完，雨英就迫不及待地工作，以补贴家用。读大学干什么呢？毕了业也还是为别人打工，村里人都这样说。许多村干部来劝女孩继续读书。第一书记，一个在北京读大学后回来的姐姐也来过，金丝边的眼镜，沾满泥的鞋。

"就算见了天安门，不还得回来！"女孩嗤之以鼻。

## 苇　　荡

雨英十分相信自己撑船的技术，打小在水乡生活的孩子总有这份自信。埋下头，下刀后才发觉镰刀钝得可怕，一阵疯狂地割取后，再抬头，已没了方向。她怔怔地，脑袋让满手蒲苇的甜香弄懵了。

水荡太大，连呼喊声都会被湮没在风里，蒲苇哗哗的笑声如残忍的催命钟声，她自己将要踏出的路，仿佛随时会在未来某瞬间被青色的梢头关闭。身旁的蒲苇一人多高，俯着头讥讽她的莽撞。雨英前进也不是，后退也不是，正确的方向在哪儿呢？

生活在蒲苇荡附近的孩子，打小无非就是学着割蒲苇、编席子，长大后继续重复相同的工作，不同的是人高大了，工艺精湛了，为后代把路铺好了，直至老死。进入熟悉的水荡，割取每株蒲苇，这道传统的指令根植在脑海，自己从未质疑过这一行为是否正常、对一个十五岁的孩子是否公平。长辈们总告诉她，割蒲苇、编草席可以让自己生活下去，把小镇经济的发展扛在孩子的肩膀上。她乖巧地听从每一个善意却近乎催眠性的建议。雨英认真地想了想自己还会做些什么，但沮丧地发现，除去割蒲苇编草席外，她一无所长。

从未有人告诉她会有这种情况出现，在这一大片苇荡面前，她迄今为止做过的所有工作，都在这一刻被否定。征服不了眼前这片苇荡，就意味着死亡。苇荡与生命最真切的联系终于展现在雨英面前。

原来生命的价值不完全是收获，还要有能力去收获。

## 迈　步

雨英发现自己一直在原地打转。云雾叆叇，她仿佛看到将来的自己——始终没能走出去、在苇荡里终老，浑浊的瞳眸里是始终未曾接受过高等教育的茫然，最后身躯也陷进青绿色的淤泥中，化作一棵青色的蒲苇。

她发现自己无法忍受在苇荡里终老，却又没有能力逃离这里。她开始想念，想念老师上课时绘声绘色的讲述，想念悠悠古史、浩浩世界都在眼前纵情展开的新鲜感，想念能用所学为妈妈解决生活问题的自豪，而现在的她，低头抬头却全是青色，这无边、无趣、无可奈何的青色！天安门那么好，她竟然不想去看一看；书记姐姐读过那么多书，她却看不上她；自己是那么无知渺小，还不愿继续念书学习！

看着环绕自己的无际无涯的蒲苇，她甚至为其他所有和她一样生长在苇荡旁的孩子们惋惜，他们不曾见过天安门，甚至还不知道外面的好就愚昧地轻视它。她想起书记姐姐之前的劝诫，读书是为了走出去，再回来，改变这里。雨英开始有点理解书记姐姐为什么还会回到这个闭塞的村子了，她是为了村子的发展回来的，更是为了自己、为了许许多多和自己一样不知读书意义的孩子们回来的，眼睛透过金丝边眼镜充满期望地望向每个孩子，沾满泥的鞋踏破村民的门槛，她只是为了让这里的孩子们能走出去看一看。如果大家都能像书记姐姐那样带着学到的知识再回来发展这片苇荡，该有多么好！

## 远　方

雨英想去学校了，她想快快划出这片苇荡，她依旧向前伸出手——突然她的指尖摸索不到更前面的蒲苇存在。她挣扎过这最后一棵蒲苇，眼前的世界豁然开朗，春暖花开。

阳光下一片灿烂的花海朝着地平线方向伸展。

远处，蒲苇虽密，但终可逾越。

---

我创作这篇文章是有感于在实践地走访时遇到的一个小姑娘。在她的认知里，读高中大学不如早早出来工作赚钱，直到一次在熟悉的苇荡中迷路，她才惊觉自己除了会编织芦苇，其他一无所长，终于决定拾起书本，重返学校。受此启发，我以“扶贫扶智扶志”为出发点，将苇荡赋予脱贫攻坚中所遇到困难的象征意义，表达只有像女孩一样从“要我脱贫”变为“我要脱贫”，并将脱贫攻坚精神代代传承。

创作我来说，扫码看看吧！

---

# 走进黄土地

孙雨晴　陈佳佳

“是这家吗?”

“嗯，书记，走这边，别绊着了!”

这几天王书记和扶贫办的小赵一直忙活着去每家走访，今天，趁着点点星光，来到了最后一站——陈伟家，王营村贫困名单上的最后一户人家。

陈伟是王营村一个普通村民，十几年前妻子去世后，一人带着儿子生活。这几年，儿子外出打拼，留他一个人在这个小村里，守着分得的土地过活。老陈没什么文化，跟外界联系少，能否做通工作，王书记心里也没底，只能跟老陈先唠点家长里短，再一步步来。

“老陈，我们来啦!”小赵开门就吆喝着，“最近过得怎么样啊，我们办公室新来的主任来看您啦。”

“还能咋样? 还行吧，就那样。”

“我们不是一直想带着整个村子脱贫奔小康嘛，先来您这了解了解生活上有什么困难。”

“叔，您好，我是新来的小王。”

“都先进来坐吧，我这正放着孙悟空呢!”

室内昏暗的灯光，灰扑扑的家具，一台老式小彩电，正放着1986版的《西游记》，它应该是这个家里唯一娱乐的东西了。

“这1986版的《西游记》可真是经典啊，都这么多年了，还在放。”王书记先感叹一句，“这么多年，咱这生活也是，感觉天天都在变，都在发展，东西更新的都可快了，现在小孩都喜欢看那什么佩奇，都不看咱这了，唉……”

“我看着也是啊，时代不同了嘛。”

“前几天队里广播你听说了没，说咱这村里想搞新农业，带着大家一起奔小康。”小赵插了一句，“老陈啊，咱这新农业你了解过吗?”

“我们没事的时候也唠过这个，这个跟咱能弄到一块吗？都没接触过这些，新东西，也不了解。能搞起来吗?”

……

“我们了解你们的想法了，我们开会的时候会好好考虑的，那我们回啦，您也早点休息。”

从陈伟家出来，王书记就沉默了，指尖忽明忽暗的香烟，吞吐着他复杂的思绪。

王书记之前在大学任教，为了响应学校扶贫开发的号召，离开了工作多年的“象牙塔”，前往了学校的定点扶贫村担任王营村扶贫工作队队长兼书记。

在满满的不舍中，王书记毅然收拾好自己的行李，踏上了前往王营村的路。他清楚地知道自己选择的是一条什么样的道路：遥远、偏僻、贫穷，不能在年迈的父母前尽孝、不能尽责地照顾妻女。但是，这条路的尽头是光明，是百姓的好日子，这条路，与王营村三千户村民的幸福相连。

经过长途跋涉，王书记终于到达了王营村。一进村，递茶水、拿行李，村民们准备的欢迎仪式在王书记心里注入了一针强心剂，消除了他初来的陌生与隔阂，也抚慰了一路舟车劳顿的身体。王书记顿觉轻松，憧憬着踏进了这接下来几年生活的地方，并再次下定决心，自己一定要作出贡献，带领百姓脱贫致富！安顿下来，王书记简单收拾后就开始研究桌上那一摞厚厚的交接文件。

果然，当地的实际情况远比想象中的棘手。

书面资料毕竟有限，不能真实地反映村里的情况。为了尽快熟悉村民村情，更好地投入扶贫工作，王书记决定走家串户，与村民面对面交谈，去了解群众的真实情况，去了解群众关心和迫切需要解决的问题。

“这是最后一家了，书记。”小赵先打破了沉默，“我们先回村委会吗?”

“嗯，先把这些整理出来，刚刚老陈让我有了点新的想法，走。”

白炽灯下，王书记跟小赵还在整理这些天来挨家挨户走访的成果，每一家的情况与困难都详细记在了扶贫日记上。“小赵，你有没有觉得，或许，我们这个扶贫计划要不要暂缓几天?”

“啊？书记，你不是好不容易说服大家通过这个的吗？咋又不急了?”

来上任之前，王书记整理了王营村的资料，又联系了前任书记，并与学校里的同事进行了交流，觉得发展新型农业与电商是一条比较可行的道路，于是在来的时候带了一份草拟的计划，希望能尽快帮助到王营村的村民们。

“是啊，但我觉得乡亲们对这个发展的计划还没有什么准备，”王书记顿了一下，“我本以为定好未来的路，走下去就能有光明，但是经过这次走访，我觉得自己还是空谈了，有点着急，村民其实文化程度说不上高，对这些新鲜的互联网、新农业都不怎么能接受。”

“这时候开展新农业好像还不是最好的时候，你看这样，我们先对村民进行一个新型农业与互联网的简单科普，先保证村民对政策的了解度，然后用广播每天为村民传递最新消息，帮助村民一步步与新农业接轨，让大家了解新型农业，然后再改善一下之前的计划，带大家更好地奔小康！”

今天村委会的灯亮了很久很久，王书记也讲了很久，他的理想，他的愿景，他知道他来的意义，他在努力实现他的意义。

王书记深入群众，了解群众，积极为扶贫工作作出自己的贡献。热心服务群众，他义不容辞；助力脱贫攻坚，他尽职尽责，因为他觉得，扶贫书记这四个字后面满满都是使命与责任，是支持他不断前行的不竭动力。正是因为有许许多多像王书记这样的奉献者，我相信我们一定能够全面实现小康。

创作我来说，扫码看看吧！

# 书记的泪光

孙骏骐

“老鲍，路上搞缓点！”

“老孙，还不回去吗？家属估计都烧锅了吧。”

“我再整理一会文件，你先回去吧。”

“那我先走了，你也搞快点回家吃饭吧。”

“好嘞，明天见。”

夕阳西下，天边还剩下最后一抹血红色，书记在和村干事互相道别。

已经到了下班的时间，村里的其他干事都已经匆匆忙忙回家吃饭，陪伴家人了，一向工作比较认真的鲍阿姨也正在准备动身。

孙书记依然安安稳稳地坐在椅子上，整理着手里的文件，一点要回家的样子都没有。夕阳的余晖照在他的脸上，尽显沧桑。

在村委会的办公室里，孙书记脸上一点没有放松的神情，手里拿着的全是有关贫困百姓的文件，上面有着每一户人员的签名，字迹各不相同，大多数比较潦草，甚至可以用歪歪扭扭形容。书记正在将它们归类排序，遇到下班的同事说了几句再见的话就继续埋头工作了。

村委会的房子外有左右两处花坛，花坛上零星种着几棵小树，倒也有些别致，外围虚掩的大门基本都不关闭，随时欢迎村民们的前来。房子里面，墙的底部几十厘米的高度都是阴湿的痕迹，不久前的洪水已然褪去，但它把曾经来势汹汹的痕迹留在了这里。看样子，洪水对这个小村庄的伤害不小。

书记忙完了手头的工作，正好看到村里刚回来的大学生小刘，就招呼他进门来，饶有兴致地跟他聊了起来，滔滔不绝，仿佛多年未见的老友一般。

热爱工作的书记对工作的讲述更是有声有色的，村里每家每户的故事，各种家长里短，他都了然于胸。

“杂事多啊，”孙书记感叹道，“村里头的事情一时半会讲不清，家家有本难念的经，三天两头就有人来找我处理纠纷，有时候晚上都睡不着觉，想个点子都能想一夜。那会刚到这村里的时候，村里欠了一屁股债，以前种的粮食连债都还不起，干了好多年的发展建设才把债务还清，你看现在家家有田种，这都干了十几年了。”

小刘一边听着孙书记谈论自己的工作经历，一边打量着他的脸庞，虽然只有四五十岁的年纪，但是岁月已经在他的脸上刻下了许多沟壑，让他比这个年纪的“正常人”看起来更老。紫外线的常年照射，使他更像一位经常劳作的农民。当他笑起来时，眼角会出现明显的鱼尾纹。这样的面庞，却更能让人肃然起敬。

他们在办公室待得闷了，便走出房门去散散步。书记一边介绍村里这些年的变化，一边带小刘参观一下村里的现状。他说，村里所有的贫困户现在都已经成功脱贫，这真是个令人欣慰的消息。村民们看到书记来了，都非常高兴，拉着他们叙家长里短，虽然脱贫后的日子也仅仅是管住了温饱，但生活有了保障，他们都已经心满意足。

回到村委会后，小刘问起这墙壁下面的痕迹时，书记的眼眶中似乎有泪花在闪烁。

暴风雨来的那天，阴沉沉的，颇有黑云压城城欲摧之感，在场的所有人都能感受到一种无形的压抑，仿佛能够预知灾难的来临。雨越下越大，越来越密，虽然下班后所有人都已经回家，但他们悬着的心迟迟放不下来。果不其然，上级通知很快就下来了：洪水灾害已经很严重，农田被淹，房屋被冲毁，需要人手立即奔赴抗洪战场，帮助村民们安置下来。

回到家的书记一接到这个消息，毫不犹豫地放下了饭碗，不顾妻儿的劝阻，穿着雨衣顶着滂沱大雨就冲出了家门，到了前线看到了平日熟悉的同事，大家都相视一笑，开始了为期两天两夜无休息的战斗……

可就在救灾工作完成后，同事们却发现书记眼中噙满泪水，纷纷赶过来慰问，书记才缓缓开口："小张，能不能派人把我的父母亲给救出来，他们还困在房子里。"小张应声而去，只留下其他人一脸惊愕地站在那里。

说到这里，书记泪流满面，小刘的心也阵阵绞痛。

---

这篇文章是基于我在暑期去"三下乡"的真实经历改编而成的，基层工作人员热爱他们的工作，兢兢业业。我写这篇文章的目的，就是为了反映当前基层干部的工作现状，发掘他们闪光的特质，表达自己的敬佩之心。

创作我来说，扫码看看吧！

---

# 学·初心激荡

行走的青春

# 老鹳鸟

沈 奥

窗外狂风大作，暴雨说来就来了，大雨猛烈地敲打着屋顶、冲击着玻璃。

屋内一片寂静，张书记正聚精会神地伏案整理着工作笔记。想着近两年村里又引进了几家不错的企业，张书记忍不住嘴角上扬，照这个形势发展下去，今年村里的总产值又可以创一个新高了。忽然，一阵不合时宜的声音响起，张书记低头看了看正在“闹革命”的肚子，这才意识到夜已很深了。猛然起身，张书记一阵头晕目眩，许久才缓过神来。一定又是时间坐长了，张书记肯定地自我诊断着。

回家简单吃了点东西，张书记就急匆匆出门了，冒着雨深一脚浅一脚地去了村里的老江家。老江是老鹳村的村民，2000 年他承包了村里的 30 多亩荒山，种植银杏、桂花、枣子。树苗前期投入大，没什么产出，老江一度困难得揭不开锅。张书记主动登门，帮老江做了担保，将老江的合作社支撑了下去。张书记对全村各家各户的情况了如指掌，他知晓老江家今年的收成不如往年，便赶往老江家想给他打打气。对于张书记的到来，老江并不感意外，家里合作社的情况除了自己，最了解的就是张书记了。老江率先开口了：“书记，不用替我担心，当年那么困难我都可以坚持下来，这个算不了什么。”张书记的心事被看穿，爽朗地笑起来了：“是啊，咱们啥样的困难没经历过。”“书记，你记得不？水泥厂停产关闭那年，村里可是负债了 1000 多万呢，你自己向亲友借款，发动工人们集资，最后水泥厂重新点火开工，最后不仅还清了债务，还有结余呢。村里人都跟着书记您享福啦！你看那么大的困难都过来了，如今我这点小事情还要劳烦书记亲自跑一趟，我这心里真是过意不去啊！”张书记看老江心态还挺好，如释重负般呼了一口气，把手伸到脖子后摩挲，嘿嘿地笑了起来。

张书记在老鹳村当了25年的村支书，老鹳村是一个有名的穷村，人均耕地不到三分。改革开放春风吹到老鹳村时，张书记成为村里第一个“吃螃蟹的人”，创办了第一个村属企业——老鹳水泥厂。后来他又在村里办起建材厂、碎石厂、三磷灰厂等企业。2010年以来，市里要求全面关停“五小”企业，老鹳村的多家企业也名列其中。张书记提出，发展要讲科学，光拼资源、污染环境的蠢事不能再做了。他先后引进一批生态友好型企业，并规划发展大型物流园、商业中心和高新科技园区。在张书记的带领下，老鹳村实现总产值2.3亿元，集体收入连续10年逾百万元。张书记将一个贫穷的城中村发展成为远近闻名的“亿元村”。

然而，村子发展了，烦恼却接踵而至，从事建筑工作多年的哥哥，三番五次找到弟弟张书记，请求在村里安排一些建设工程。张书记一口拒绝：“别再找我，我是村支书，村里的活一点也不能给你。”张书记的哥哥气得已经近10年不与张书记来往。

房子上的雨水汇成雨帘，顺流而下。张书记回到家已是深夜了，又是一阵头晕目眩……

洁白的病房里充斥着消毒水的味道，吊瓶“滴答”作响。张书记生病入院的头一天还在办公室工作，同事们看到张书记已经是很瘦很瘦的样子，脸色苍白，说话有气无力。周围人很担心张书记的身体，张书记却还不以为意，依旧拿着他那随身携带的笔记本东奔西跑着。哪知此时的张书记已经是肝癌晚期了。大雨已经连续下了几天，仿佛在哭泣，哗啦啦，哗啦啦。张书记望着窗外听着雨声出神着，这个时候他是多想见一个人啊，可是那个人一直没有出现。

两天后，张书记把两个儿子叫到床前说：“我没给你们留下什么，你们不要怪我，无论什么时候，我的手伸出来都是清白的。做人要堂堂正正，宁可吃点亏，也不能让老百姓戳脊梁骨。”说完这些话，张书记这只带领党员群众飞了25年的老鹳鸟收起了翅膀，不幸离世。亲人们整理张书记的遗物时发现，除了一麻布袋荣誉证书和工作笔记，就仅有一张存有3000元的水电缴费卡……

张书记去世后，他想见的那个人，他的哥哥终于出现了。哥哥大哭，长跪不起！大德如泉，一生唯奉献，洁行似月，万古有光明。这个时候哥哥终于能理解弟弟了。

本文根据真人真事改编而成。张书记鞠躬尽瘁、尽职尽责、勤政务实、死而后已的先进事迹感染着我，也激励着我；“时代楷模”“优秀共产党员”的张书记形象在我脑海里一直浮现，鼓舞着我努力学习，争做先进。张书记虽然走了，但他的人生价值依然发光发亮，他用清廉如水和一心为民的精神让生命在党徽中闪光！他的精神永远照亮着我们前行的路。

创作我来说，扫码看看吧！

# 心怀家国　家风犹存

孙嘉怡

坐在父亲赶的牛车上，李敏和其他儿童团员们进入了集贤镇。这是 11 岁的李敏作为安邦河区抗日救国儿童团团员抗日斗争的一项重要任务——推动抗日宣传，让群众看到希望。

接到散发抗日传单的任务后，她在萝卜窖里点上獾子油灯夜以继日地赶印传单，印好后到双鸭山地区的集贤镇、沙岗、福利屯、苏家甸等地散发。到了镇里，李敏从西到东走了一个来回，仔细地观察，天寒地冻，西北风嗖嗖地刮着，路上行人稀少，时机不错，她便和张云峰两人一组，一人刷糨糊，一人贴传单。贴到十字路口北侧时，突然见到两个日本兵顺胡同拐了出来，两人马上装成闲逛的样子东张西望，可不知是贴的地方不合适，还是因为糨糊冻了，传单没贴住，没等她回身就从墙上掉下来了。她刚想捡起来，一转头看到从北大营那头过来好几个当兵的，李敏立刻蹲了下去，宽大的棉袄盖住了地上的传单，一动不动地蹲了半天，直到他们走远才站了起来再贴。可刚贴完，从南头又来了几个兵，她只好赶紧离开那里，跑到了东边的粮栈。这么又耽搁又躲藏，李敏便和张云峰走散了。没有了伙伴，没有糨糊，没法再贴了。“怎么办呢？还有好些传单呢，干脆散传单吧。”机灵的李敏沿路散开了，遇到有的店铺和住家大门有缝，就把传单从门缝塞进去，就这样，从粮栈到买卖街散了一路。

第二天，集贤镇轰动了：“昨天夜里抗日军进城了，城里到处贴满了传单……”“抗日军兴许已经攻占了全城……”听到议论，李敏和儿童团员们特别开心，没想到竟做了这样一件惊天动地、抗日救国的大事！

“我的父亲母亲都是共产党员，后来日军开始追捕共产党员，1938 年的时候父亲牺牲了，于是我就下定决心，我要快快长大，参入共产党、参加抗日为我父亲报仇！”在这样的信念之下，李敏成为东北抗日联军中最年轻的女战士。

有一次，部队组建了背粮小队到山外背粮。集合时，李敏拎着面袋子站到了队伍里。

“小李子，你不用去了，你背不动。”负责人张处长说。

“张处长，昨晚的动员会上你不是说，除了伤病员都有背粮的义务吗？你说了，多一个人就多一份力量。”小李敏争辩成功。

背粮小队顺河踏冰前进，走到了山弯处开始爬山，到了山顶就地休息。天黑后接到信号的小队迅速下山，那夜没有月亮，大家只能借着雪地的反光艰难地行走在山边的林子里，走了一个多小时才来到一处河套边的柳树丛中，看到了已经卸在那里的粮食，这是地方组织冲破生死线送过来的。

大家分别往背篼里装粮食，李敏先给马司务长抻口袋，等他装完，再往自己的面袋子里装了 40 来斤小米。看了李敏的米袋子，马司务长说装太多了，只给留下一半。

在回营的路上，李敏感到十分光荣和自豪，高兴得想唱歌。虽然背得不多，但也为抗日尽了一份力，她觉得自己长大了，这才像一名真正的战士。

李敏又一次跟小孙女陈晨讲起过去，脑海中忍不住重现当年抗战的经历。

“我记得应该是 1939 年，那次和日军遭遇，整个部队就剩我一个人了！我跑了几天，还差点误入日军的营地里。”

“啊！这么危险！奶奶，你跑那么多天不会饿吗？”小孙女瞪大眼睛问着。

李敏笑着摸了摸孙女的头：“在野外啊，有什么吃什么，我靠着吃一只死老鼠活着回到了自己的队伍，一直战斗到黑龙江边。”

从此陈晨对奶奶更加崇拜了，也对奶奶当年抗日联军的故事更加好奇，天天围着李敏问当时的情况。

“我们的队伍有 3 万人，1941 年的时候甚至有 70 万关东军在围攻我们，逼迫着我们一步步地退向深山，但最后啊我们幸运地渡过了黑龙江，到了苏联的一个小村庄里。”每次讲到这儿，李敏总是觉得很难过，“等到抗战胜利的时候，只剩 700 多人啦！不过，正是每个人的努力，才造就了当时的那支英勇的部队！”听到这儿的陈晨更觉得无比骄傲：“我要把这些故事讲给我的小伙伴听，让他们知道我奶奶超级厉害，她可是东北抗日联军的英雄！”

后来，李敏和丈夫陈雷把家改造成了宣传抗联精神的爱国主义教育展示基地，这更让陈晨切身铭记了这不屈的东北抗联精神——“爷爷奶奶两人到处寻找抗联的遗迹，将东北抗联不朽的革命精神铭刻在石碑上，我希望你作为我的孙女，能够懂得、铭记和融入，而最重要的是传承。”李敏经常抚摸着碑刻和陈晨说，“没有共产党啊就没有今天，我希望你能继承宣传抗联精神的事业，做人得铭记历史，只有精神有了归属，生命才能更有意义！”

陈晨的父亲也常常和女儿讲述奶奶李敏的故事。“奶奶为了弘扬东北抗联精神真是付出了好多心血啊！不过我也真是有些担心她的身体，我劝她不要走那么远，你猜猜你奶奶是怎么跟我说的？人家说：‘我是用这种方式祭奠亲人和战友，我要让更多人记住这段历史，我甚至还想让世界都记住这段峥嵘的英雄岁月呢！’她一听我劝她还有点不耐烦：‘你不用管我，我身体好着呢！那可是 14 年的孤军坚守啊，能将传奇部队的英勇事迹弘扬给大家，我高兴还来不及呢，怎么会感觉到累呢？’奶奶有这种精神，咱们俩可也不能落下啊！”

“那是当然！虽然咱家没有写在墙上的大字，也没有朗朗上口的家规家训，但这抗联精神肯定能一代代地传承下去！”陈晨坚定地说。

---

东北抗日联军表现出的可歌可泣、英勇无畏的品质风貌，是中华民族争取独立、宁死不屈精神的集中体现，彰显了中华民族蓬勃的生命力和强大的凝聚力。他们鞠躬尽瘁的精神和源远流长的家国情怀让我深深动容。历史不能忘却，精神永远传承，东北抗日联军丰富的精神内涵必将永久镌刻在我们的心中，鼓舞我们青年一代在新的历史征程中奋勇前进。

创作我来说，扫码看看吧！

# 尺 寸

## 侯旭东

下午，一辆小车在大门口停稳。三个相较而言穿着体面的人依次下车，径直走入了工地，绕工地转了一圈，以一种我听不懂的方言互相交流一会。为首那个戴着眼镜高高瘦瘦的青年男人走进门卫室，用一口奇怪的普通话叫走了正在和工头聊天的焊接负责人。工头跟了出去，我也赶忙跟着一块来到了一个框架搭好的庞大露天厂房内。

整个工地是一个正在施工的污水处理厂，分布着大大小小的十几个厂房，分别进行着污水处理的各个环节。我们来到的这间厂房是对污水进行初步处理的车间，车间中央横摆着四个混凝土浇筑好的平台，上面安装着某种机器。机器与正对的管口之间空出了一臂长的距离，大家一起过来“围观”的“症结所在”就是这里。

“这边我们机器完整安装后只是延伸一小段距离，没有现在这么长。”高个子男人指着安装了主体的机器说道。

“我们是严格按照图纸尺寸来的。”被叫过来的那个焊接负责人脸色微红地回复着。

高瘦男子拿出手机，给我们看他们的装配图纸和机器总装完成的尺寸，的确比完工的成品要短得多。

焊接负责人一会看看他的图纸，一会沉默想着，一会又开口与之交流，脸色变得更红了，竭尽全力去证明不是自己的问题。

时间以一种奇怪的方式延续。

“我们去看看图纸吧！”焊接负责人最后说。

大家又快步回到了门卫室。

这是一个四平方米左右临时搭建的板房，里面放着一台老旧电视、一个上下双人床和一张桌子。门卫是附近的村民，晚上在这里值班，白天等工头到了就下班回家。桌子上摞着三本厚厚的蓝色图纸。小小的房间挤了四个人，大家都紧围着图纸，盯着焊接负责人不断翻动着的图纸。

“在三十多页吧!”工头开口了。

他是一个年近五十的中年男人，常年被烈日灼晒，皮肤有一种特别的焦黄色。说是工头，实际上他只是负责混凝土工和砖工这些传统农民工的活计，和自己的人一块工作，顺便负责统筹安排。这个图纸他是熟悉的。不同于这块工地上别的负责人，他单独负责这一小块，干完就走。工头从开工便一直待在这里，因为在家那边揽不到活，所以来到了急需用人的政府施工单位。这个污水处理厂工地位于一个比较偏远的小镇，工头所带的农民工又都是同村与邻村的人，离这块施工地有着较长一段距离。农民工都是早上被工头开车载过来，晚上才载回去。他在这里待的时间长，自然对所有东西都比较熟悉。工头与我比较亲近，也是在这里唯一我能叫得出名字的人。当我工作时，他会时不时递给我一些在旁边野地里面摘的水果，比如苹果和一些酸酸甜甜的葡萄。

果不其然，这个机器配合管道的尺寸就在三十多页，焊接负责人开始解释分析了："这是机器，那是我们负责的管道，按这个尺寸的确中间有一段距离。"

高瘦男子再次打开手机，对比了一会，机器和管道中间还有一串东西，是他的图纸出了问题。

工头凑了过去，指着某个微小原件图说这个是什么流量计，高瘦男子看懂了："对，这块有个电磁流量计！"管道负责人也附和："看吧，管道没问题吧。"

"得去设计院要设计详细点的图纸，这个有可能有问题……"高瘦男子对着手机图纸自顾自说道，带着自己的人开车离去。

我趴过去看了看图纸，它是如此复杂，看着就令我头疼，我也想过尽力去辨认，但失败了。

问题解决了，大家都松了一口气，各自又去忙各自的事情了。

回家路上我问工头，这些人是干什么的。因为我总是觉得突然来到的体面人总是一些"领导"，是来刁难的。工头笑了笑说，他们也是负责机器的工人。

---

在暑期社会实践的过程中，给我触动最深的便是这位工头，一位初中毕业的农民工，老实本分，在"简单工作"中的专业表现令我自愧不如——对图纸的熟悉、对工地的熟悉、对工地周围环境的敏感……这既是对自己小小岗位的负责，也是对整个工地的负责。他的职位虽小，却必不可缺；能力不大，却也称得上是工匠精神。

创作我来说，扫码看看吧！

---

# 齿　轮

栗　洋

“爸爸！”手机的屏幕上，一张大脸紧紧贴着。那是一个小男孩，一边笑着一边喊着那个和他很少相处的男人。而那个男孩旁边，是一个年轻的女人。她抱着小男孩，坐在那里，没有说话，脸上挂着一抹淡淡的微笑。这样的场面几乎是小科每天都能看到的。他捧着手机，忙碌了一天的身心似乎一瞬间得到了疏解。在每天例行的相互叮嘱以后，他挂断了视频，就像松弛的齿轮一样，一下子躺倒在了床上，沉沉地进入梦乡。

在梦中，小科再次回到了那个有家人、有温暖的小房间。家人不再是隔着屏幕，而是实打实地生活在一起。他看着儿子一天天长大，中考、高考、成家；看着妻子和自己一天天变老，升职、转岗、退休。一家人平静地生活在一起，不求富贵，只求平安幸福。在家人环绕的幸福里，小科笑了。在含着眼泪的笑中，他从梦中醒来。在梦里，他是主动轮，而在睁开眼后的世界中，他或许只是一个平平无奇的从动轮。

小科出生在一个山村，家庭情况普通，作为家里这一代的独苗，他几乎承载了全家人的希望。他也没有辜负期望，像是上了油的齿轮一般，尽力旋转，终于考上了一所还不错的大学。大学的时光，他和周围众多的同学们一样，也曾奋斗过，也曾怠惰过。涉世未深的他甚至一度认为作为一个大学生是不可能找不到满意的工作的，这也就导致了当时的他眼高手低。从学校毕业后，他奔波于各个招聘点，每天都将自己精心包装、仔细打扮，就是希望能够找到可以赏识他的伯乐。然而，他逐渐发现，竞争者往往都是更优秀的大学本科生、研究生等。和那些人比起来，作为一个普通大学毕业生的小科似乎完全没有优势。在接连的打击下，他的定位越来越低，合适的工作仍然远在天边，这现实令他一度颓废，不再想去努力。幸运的是，在一个朋友的介绍下，小科终于成功进了一家小企业。换作还在学校里心高气盛时的他，估计怎么也不会想到自己只能“运转”于这样的地方吧。

企业的生活虽然挺累，但很充实。在进入公司以后，前辈们对他帮助很多，他也与同事们建立了良好的关系。在繁忙的工作中，大家相互鼓励，彼此开玩笑，但没有一个人选择怠惰退缩。工资虽然并不高，但能让自己的生活好一些，顺便照顾父母也不是问题。可是这样安定的日子却也不长，结婚、房贷……座座大山接连压下，小科几乎喘不过气来。而今年那场疫情，更是令他再也不能乱花钱，再也不敢放松。原本的各种追求全都统一起来，化作了同一种东西，那就是“钱”。在公司，他很少再与同事们相互打闹了，偶尔嘴巴抬起也只能是苦笑。这种心情下，小科只能如生锈的齿轮一样，运行在岗位上。

然而，生锈齿轮的运转阻塞只是暂时的，当铁锈被除去、润滑油流入齿轮的缝隙时，它们便可以用更流畅的姿态运作在岗位上。几个月前，小科得知了公司打算投资新项目的消息，在了解了项目内容后，他狠下了心，将这些年攒下来的钱投了进去，同时毛遂自荐当了该项目的负责人。数年的企业工作经历正像一张砂纸，将他这个有些锈迹的齿轮打磨光净，让他在众多的齿轮中脱颖而出，最终如愿以偿。在他的转动下，整个项目的运转已经逐步平稳。虽然现在生活还是很累，但小科的心情已经好了许多。

在时间的打磨下，小科逐渐从一个初出茅庐的新人，成长为新人口中的前辈；从一个初入社会的“小孩”，成长为丈夫、父亲。这些年来的经历，也成为他人生的财富。他也许永远也不会忘记当初刚出校门的意气风发，也不会忘记找不到工作时的颓废；不会忘记初入公司的悠闲自在，也不会忘记压力下的麻木。无论是困境中的失落，还是初尝目标甜果的欣喜，都化为了他成长的基石。或许，作为社会的一分子，他没有了小时候各种远大的志向，能奋斗的，只在眼前。但这个社会不正是由这样一个又一个的齿轮一起奋斗运作的吗？或许对于别人，他确实很平凡，但现在，已经有称呼他为爸爸的人了啊！这种心情下的他，又怎能平凡呢？

扣上了衬衣的最后一个扣子，小科拉开了窗帘。那小小的窗户的另一边，有不少齿轮已经开始运作。清晨宁静的阳光透过窗户，照在了他的脸上。

新的一天开始了。

暑假我进入公司实习，和同期应聘的其他两位员工一起，受这位前辈引导。企业内的长时间共事，让我们之间产生了友情。我们在闲暇时常常聊天，我逐渐开始了解他的经历。也许他的今天也就是我们的明天，在不久的将来，我们大概也要有和他类似的经历吧！在聊天的时候，他常常以齿轮来自嘲。其实，在社会这个大机器下，我们每个人都是在其中运转的齿轮。我们能做的，只有改变自己这个齿轮的质量和位置。

创作我来说，扫码看看吧！

# 科研之路

邵玮佳

秦舟是一名材料科学与工程专业的女生，高考之后决定报这个专业的时候，周围的人都说："你成绩这么好，怎么不去学金融、计算机一类的专业，要来学习掉头发的材料呢？"这时，秦舟总是淡淡地笑一笑，回应说："我想做些自己喜欢的事。"

在填志愿前就知道自己想要做什么工作是一件十分难得的事，而促使秦舟找到自己的兴趣所在的契机，是一次企业参观的经历。高考前的暑假，秦舟和她的家人一起拜访了一个做超级电容器的公司。实际上，秦舟是抱着不情愿的态度去的，认为她的家人在浪费她宝贵的复习时间。可是一到这个公司，秦舟就被它的简洁、严密的逻辑和优异的成果深深地吸引了：这个研究、生产超级电容器的公司外观十分简朴，大门没有人看守，员工都十分热情，工作的时候非常专注，而且耐心地为秦舟一行人介绍公司的生产流程和专业知识。秦舟认真地听着，暗暗下定决心：以后她也要成为一名研究材料的科研工作者，潜心研究，并将自己和团队的成果推向市场，推向更大的舞台。

在配料室，秦舟与一名女员工——方远进行了深入的交流。方远已经在这家公司工作了两年，是材料专业的高才生。她每天的工作便是确保配料室的材料能够正常配置和供应，并继续做原料方面的研究。“每一天我都能够收获简单而纯粹的快乐，我在做自己喜欢的研究，我在做有意义的事情，同时我也在用自己的能力挣钱。”这种科研工作者淳朴的精神深深打动了秦舟。从那一刻起，秦舟便找到了自己未来的方向。

当然，选择科研这条路意味着需要做大量的实验。在大学里，秦舟的很多个周末都被实验所占据，少了很多去购物和聚会的时间。但每一天，秦舟都过得十分充实，每一天都能够收获属于自己的快乐。

但是，在追逐梦想的道路上，仅有热情和行动是不够的，必定还需要穿越荆棘，经历挫折。秦舟的研究之路并不是一帆风顺的。有一次，秦舟耗费 8 个周末完成的一个实验，在最后才发现最初的时候数据就发生了较大的错误。还有很多次，秦舟花了好多时间完成的实验报告，得分却没有其他同学用几天时间赶出来的高。秦舟无数次在深夜怀疑自己是不是不适合学习材料专业，是不是不适合做科研，是不是自己从一开始就在坚持一件错误的事情。“别放弃，真正的热爱会带领你跨越山海，无论途中发生怎样的波折、经历怎样的磨难，你都一定会以最好看的姿态到达终点。”在秦舟坚持不下去的时候，方远总是如此鼓励她。

毕业后，秦舟选择了继续深造。她的挚友杨甜甜选择了工作，每个月都有较高的收入，而秦舟还是一个穷学生。后来，杨甜甜用上了高级的化妆品，蹬着闪亮的高跟鞋，有了自己的小屋，还养了一只小猫，而秦舟还是住在学校有些老旧的宿舍里，每天沉浸在实验室。潜心科研的秦舟完全没有将心思放在打扮上，更没怎么考虑过恋爱问题。“小舟，你什么时候带个对象回来给我们看看呗？”在秦舟读博的一个春节，亲戚们开始关注起婚恋的话题来。“你看人家甜甜，孩子都一岁啦。”秦舟的妈妈也时不时地提起这个话题。秦舟总是有些无奈地回到电脑前继续修改即将发表的论文，觉得自己的研究项目比人际关系有趣多了，但她内心也认为确实应该协调一下个人生活与学习的关系了。

科研是一份工作，它同时也是一种生活。秦舟和一名志同道合的同事成了终生的伴侣，过着充实而快乐的生活。“我很喜欢我现在的生活，我愿意如此度过我的一生。能够做一些对社会有益的研究使我倍感荣幸，而能够用自己的兴趣来赚钱养活自己，是一件十分难得又幸运的事。我感谢自己的坚持，感谢自己能够抵挡住来自外部的质疑，成为现在的自己。”

相信秦舟的科研之路是许许多多科研工作者特别是女性科研工作者的缩影，愿每个人都能坚持自己的热爱，从工作中找到自己的价值。

---

文章来源于我“三下乡”实践活动时去一个小型电容器企业参观后的感触。虽然企业的人不多，但每一个生产线上的科研人员都非常专心，交谈时也能感觉出来他们非常喜欢自己的工作，有一种追寻热爱、心无旁骛之感。我被科研工作者的认真、踏实、严谨的精神所触动，以此为主题写下了这篇微小说。我们每个人都面临很多的机遇和选择，重要的是找到自己想做的，然后怀着满心的热爱，一往无前。

创作我来说，扫码看看吧！

---

# 轮椅上的艺术梦

韩 雪

7月，天空是透蓝的。才刚刚10点，太阳便像火球似的把云彩都烤化了。知了叫得震天响，像在为太阳加油鼓劲。

大学生小柳擦擦头上的汗，跟着张书记又踏进了一家粮画工作室。小柳前几天来到粮画镇进行社会实践，如今正在张书记的带领下参观镇上的粮画工作室，她需要选择一家来进行接下来的采访学习。

“李老师再见。”走出大门，小柳不免有些失望。这已经是她参观的第4家粮画工作室了。千篇一律的装修，精美但风格略显单一的粮画，都让她有些失去兴趣。小柳无聊地环顾四周，突然发现前方不远处，一个坐着轮椅的人进入了一间有些破败的房子，大门前面还摆着一些略显简陋的粮画。小柳感到好奇：那是谁?

小柳急忙小跑跟上已经走远的张书记：“张书记，那位是谁?”张书记看了一眼说：“哦，那是素静老师，也是粮画艺术家。”“那我们接下来拜访她好吗?”小柳连忙问。张书记有些为难，但碍不住小柳的恳求，带着小柳踏进了那个院子。

小柳仔细端详着满墙的粮画，这里的粮画造型古朴自然，设计大胆新意，虽没有其他家的精美，但有一种独特的魅力。里屋内，素静老师听到动静，放下手中的东西，转过身张望，看到有人，便摇着轮椅过来。小柳顿时十分慌张，不知怎么应对。一旁的张书记解了围：“老师，这是新来的大学生，她想在您这学习粮画。”素静老师有些害羞地笑了：“欢迎，欢迎。”

质朴的笑让小柳放下心来，主动提出要采访素静老师。素静老师一听更害羞了：“我有啥好采访的吗?”张书记笑道：“老师您就别谦虚了，您的故事简直是太励志了！小柳你知道吗，素静老师夫妻两个都是残疾人，之前生活很不容易，但素静老师一直坚持着她的艺术梦，现在靠粮画都供出了两个大学生呢！”听到这些，小柳发出由衷的夸赞。素静老师露出了幸福的微笑：“提这些过去的事干啥哩，现在日子都好了。”小柳见状，连忙趁机开始了采访。

素静老师依旧质朴亲切，只是面对采访，似乎有点局促，她紧张地攥着手，脸有些微微的红，连笑容都有些紧绷。小柳被角落处的表彰吸引住了。“抗击疫情优秀青年标兵”，小柳轻轻地读了出来，“老师，这是您怎么得的呢?”素静老师淡淡地解释道，原来因为她觉得接受了别人太多的帮助，总是想报答，于是疫情时申请做志愿者，一直在线上做新冠病毒感染者的心理辅导工作。面对小柳的赞美，素静老师羞涩地连连摆手：“不不不，我做的并不多。”

采访按部就班地进行着，屋外的张书记正打算离开，突然听到屋内的声音变得十分激动，连忙凑近了听听是怎么回事。透过窗户，张书记看到素静老师和小柳在粮画前，素静老师神采飞扬地介绍着什么。原来是老师在向小柳解释她的作品创意。张书记笑了笑，放心地离开了。

屋内，小柳看着和刚才截然不同的素静老师，不免有些惊讶。但是看到素静老师眼睛里的光芒，像看着自己的孩子一样看着这些粮画，小柳突然明白了些什么，心中顿时升起一股敬佩之情。

之后几天，每天一大早，小柳就来到工作室里。这天的小柳格外激动，这是她社会实践的最后一天，经过几天的基本功学习，她今天就要亲自制作粮画了。虽然只是最基础的粮画制作，但小柳还是很开心，蹦蹦跳跳地进入了这熟悉的屋子里。作为纪念，小柳选择了以学校名字为主题的粮画，一番准备后，便开始了制作。

看着这些粮画并不是很难，没想到真正做起来却是那么复杂。简简单单的几个字十分耗费时间与精力，一点点都不能出错，极其考验耐性。起初，因为激动的心情加上素静老师悉心的指导，小柳儿还很有耐心，一点一点地制作粮画。但一直低头制作让人感觉时间过得好漫长，一看表，已经过去了 1 个多小时。小柳看着剩下大片空白的作品，不由得叹了口气。

1 个小时、2 个小时、3 个小时……终于，小柳甩下手中的工具，泄气地瘫靠在椅子上。一旁的素静老师见状，摇着轮椅过来劝说。小柳有些不情愿，素静老师突然变得很固执，急得红了脸，用柔弱但很坚韧的声音坚持说道：“粮画制作一旦开始就不能放弃！”

看到和前几日完全不同的老师，小柳吓了一跳，整理好情绪继续投身于粮画制作中。7 个小时很快过去，粮画完成了！素静老师手捧粮画，心里像灌了一瓶蜜，眉角含笑，脸上泛着红光。一旁的小柳想起刚才的事情，挠挠头，不好意思地笑了。

回家的车上，小柳看着窗外坐着轮椅的身影渐渐远去。通过这几天的相处，她认识了不同的素静老师。那淳朴的笑容浮现在眼前，小柳打开本子，写道：过往经历与时间的洗礼，化作了素静老师质朴的笑容与坚定的眼神，对生活的热爱融在了素静老师的作品中，轮椅虽阻挡了素静老师的行动，却化为基石助力她的艺术梦想飞得更远。

---

本文以我在“三下乡”实践过程中与素云粮画工作室素云老师之间的接触为创作素材。素云老师夫妻都是残疾人，之前一直生活贫苦，但她一直有着粮画创作与草编创作的艺术梦想，并通过粮画制作提高了家庭生活水平。在与素云老师的接触中，我对素云老师的认识逐渐深入，被她质朴坚韧、身残志坚、乐观积极的生活态度，对社会的奉献精神和对艺术的热爱深深感动，所以创作了这篇作品，展现轮椅上的追梦人——素云老师的故事。

创作我来说，扫码看看吧！

---

# 生活的品相

许璟钊

该如何去生活？这是一个日常困扰我们的问题。在人事变幻、不可捉摸的2020年，这个问题显得尤为突出。

凌晨1点，老张来到离家不远的鱼塘，查看鱼儿的缺氧情况。正值深夜，仲夏满天星，周围是时近时远的蝉鸣，池塘的角落蛙声一片，温馨而静谧。而这样的夜晚，和这20多年老张所经历的，差别不大。但是今年，与往年多少有点不同。

时间回到半年前，新冠肺炎疫情来势汹汹，各种谣言纷纷涌现，多少让人有些不知所措，居家隔离让每个人的生活工作都像被按下了暂停键。老张也一样，一个为了生活忙忙碌碌了大半辈子的养鱼人，突然一下被要求待在家，这可愁坏了老张。刚上大学的女儿虽然也宅在家里，但是不是上网就是看书，年轻人好像总能找到事情做。可是老张做不来，他是承担着家庭重担的人，总是停不下来，每天都有很多事情要烦恼。他想着："我这鱼苗可怎么办呀？也不知道什么时候能开工？不能开工的话家里的日常开销也都是问题呀。"但这其实不是老张的性格，多年与鱼塘为伴，已经让他养成了沉静的性格。

两天后，老张就想明白了，就当这段时间是偷来的，人都说偷得浮生半日闲，这也算是奉旨空闲啊！老张从书架上拿出了快要落灰的鱼塘养殖经验书，可是年纪大了，做很多事难免力不从心。老张看着书上密密麻麻的小字，好像看到了一条条曳尾游动的小鱼儿。以前老张总听别人说，老年人是被时代抛弃的一群人，但是他不服输，有字不认识，他就把女儿的字典搬着放在一边，看不清楚字，他就架起一副老花镜，还笑着和女儿打趣说："你看爸这像不像学问人?”

从冗入闲，然后觉闲中之滋味最长。从前，老张每天就像一个陀螺，一天24小时甚至都不得停歇，从来都没有停下过脚步，他害怕自己不够努力，害怕不能养活一家人。这段在家的日子改变了他，他跟女儿一起看书，又向女儿学习使用智能手机。生活的脚步看似停下了一会，可是他却好像更贴近生活了。

如今，再次回到鱼塘，几个认识的同伴都笑说：“我们几个老家伙在家里可都待得愁白了头发，就老张一点不愁，看起来还更年轻了。”老张手上工作不停，熟练地驱赶鱼苗池上方的鱼鹰子，乐呵呵地说：“生活是过出来的，不是愁出来的，有啥好愁的，白白苦自己。”

还是熟悉的活计，老张伴随着初升的太阳，给鱼池消毒，给料机填料，给鱼打草，说来好像只有短短几句，但这却是老张一整天的生活。如今不一样了，休息之余，老张竟然举起手机对着鱼塘拍了照片发到家族群里，还和女儿视频通话了。这一切都给他原本枯燥单一的生活添上了光彩。同行笑他不务正业，他也不生气，扬了扬手机说咱们这些老家伙也要跟上时代，现在这些科技做得可厉害了。

老张这个年纪的人，他们平凡、隐忍，吃最大的苦，受最大的累，活在被时代进步抛弃的边缘，却生生不息。他们也许是最用力生活的一群人，可与年轻人比起来，他们好像离生活很远。疫情让人无助甚至焦虑，可生活还是要继续，是惶惶不可终日，困顿于生活的多灾多难，还是且行且歌，于罅隙中找寻光亮，老张给了我们答案。

无限江山，令人神往，可真实的个人往往消融于时代浪潮里而成为符号。作为小人物，老张只是认真地生活，那些永逝不返的日子让他的身上散发着沉静、温润的光泽。透过这光泽，我们看见美，看见痛，也看见一种力量，它沉默无声，却遍及崛起中国的各个角落。

生活是什么? 扎下去过，才发现是三分苦、五分无味、两分甜。生活的艺术，就是对那三分苦与五分无味，学会欣赏，在心里衬托出那两分甜。这，便是十分滋味。

本文的原型，是我返乡调研时遇到的一位老乡。他是一名普通的渔民，也是一位普通的父亲。他的生活很简单，可是他却过得有滋有味。如何让自己每天的日子过得有意义，而不是日复一日地网上冲浪，相信这是大家都思考过的问题，希望老张的生活能给大家一点启发。

创作我来说，扫码看看吧！

# 踏　雪

成东升　韩祝香　徐乐童

窗外，是飘飘的大雪，山上的茶树在白雪的覆盖下只等第二年抽芽。

“爷爷，爷爷，你给我们讲故事嘛！”放寒假的一群孩子在头发花白的老者身边撒着娇。干瘦的老人脸上挂着笑：“我只会讲我自己的故事啊。”“我们就要听您的故事嘛！讲讲您小时候的故事，讲讲您为什么一直在农村、一直在劳动。”孩子们渴求地望着他。

“是什么力量促使了我几十年扎根农村矢志不渝?”听着孩子们稚嫩的问话，老者扪心自问，眼中闪过干劲与希望：“是改变穷苦境遇的决心，也是带领农民一起创造幸福生活的信心。”这是乡村产业带头人陈强的心声。透过他坚定的眼神，我们仿佛可以回望过去的时光。

在陈强的幼年记忆中，冬天并不是一个好季节，充斥着太多他不想听见的声音：父母因为柴米油盐的争吵，奶奶闷闷地说“人老了不中用，只会拖后腿”的无奈……

“爸，我不念了！”屋外大雪纷飞，正上小学二年级的陈强站在父亲面前。对面那个手上满是裂口的汉子叹了一口气，沉默半晌，终究说了一句：“成，开春了你一起下地干活吧。”

春天到了，父亲带着陈强走向地里，扛着锄头。那时陈强还太小，看不清前路在何方，只是心中暗想：“我是不是跟父母一样，要过一辈子苦日子了?”心中想着，手中比他还高的锄头却不敢停，看不见前路，把握当下抓紧劳作总是没错的。

经历了一年年的艰苦劳作，见证了一场场贫穷导致的生离死别，艰苦的生活环境使这个年轻小伙练就了吃苦耐劳、心胸豁达的品格，培养了他与贫困抗争的恒心和干劲。陈强在心里立下了一个誓言："既然不能通过读书改变这座山的命运，那我要通过劳动改变这儿!"

斗转星移，劳动者的日子过得那么慢，又那么快。勤劳、踏实、肯出力的陈强，被村民看在眼里、记在心里。23 岁那年，他全票当选为村民组长。

"是这些村民把我推举上这个位置的，我可不能辜负了他们。"他心里想。如何解决这一地区的温饱问题，带领群众创造幸福生活?"甩开膀子动手干!"

看见漫山遍野的荒山野茶，陈强琢磨，这不正是致富的源泉吗?穷则思变，行动中创机遇!在无资金、无人才、无现成模式下，陈强咬牙坚持，创办了本县第一家农民茶叶专业合作社。

但世间哪有那么多顺意呢?合作社成立第二年，一场大雪袭来，给合作社带来严重损失。陈强苦笑着，难不成自己是跟冬天有仇，大雪又要堵上自己的一条出路?思绪未完，门却被敲响了。冒雪步行而来的乡党委书记湿着裤脚、鞋子，哆嗦着在陈强的桌子上留下了一个纸包。"你可要坚持住啊……还有党委和政府在呢。"陈强打开纸包，里面是仍带着体温的、干燥的 3000 块钱。屋外北风怒号、大雪飘飘，陈强却忽然暖了起来。他握着手中沉甸甸的纸包，红着眼眶，重重地点了点头："我一定会的。书记你留下喝口热水吧。""不啦，陈伯家的房子太破了，我还得去看看他家。"书记笑了笑，转头又扎进了风雪中。

书记走了，陈强却忙了。他带领全家上阵，修补厂房，抢救设备，风雪中一直晃动着他的身影。本来已经听天由命的社员们感动于陈强的以身作则，在他的感召和政府支持的底气下纷纷上阵，齐心协力挽救他们的合作社、致富社。雪，渐渐停了；茶芽，渐渐绿了；好日子，终究被等来了。

陈强带领社员，利用当地得天独厚的自然资源，开发了一片荒山，种上了一片树苗，发展了一个产业，带动了一方经济。农民们的腰包也慢慢鼓起来了。提到陈强，社员们都纷纷竖起了大拇指："他可棒嘞，我们选对人了!没有他那么不怕艰苦的劳动和带动，哪来我们今天的好日子哟!"

陈强几十年如一日地坚持和拼搏，带动一方群众脱贫致富。一路走来，历尽艰辛，各级政府和群众对他都有高度评价和认可，他荣获"全乡先进个人"称号。

开完表彰大会回家，陈强脱下了衬衣皮鞋，换上了老头汗衫和布鞋，扛起锄头，一头扎进了茶园。"我可不能拉远了和土地的距离啊!"面对蜂拥而来的采访者，陈强笑得十分朴实，"我还得指望着乡亲们和这片土地呢!"

书不念了，下地干活，当年陈强第一次把自己与劳动紧紧地绑在一起，这一绑，就是一辈子。那个雪天赶来给他加油鼓劲并送来救命钱的书记，给了陈强抵抗后来每一场风雪的勇气。回首往事，陈强感慨地发现，通过他和村民的共同劳动，现在的娃娃们过上了他们幼时不敢想象的好日子，不用害怕冬天里的一场场雪、人生路上的一场场磨难。娃娃们正穿着崭新暖和的冬衣，在温暖的房子里围着他，听他讲过去的故事。陈强不禁笑了："劳动是人民最美丽的本色，幸福都是奋斗出来的啊。开春咱们再一起下田体验体验劳动哟！"

---

本文基于我的社会实践见闻，描绘了一位出生于贫苦山区的农村汉子，通过自己的辛勤劳动，改善自身生活条件、带动乡邻脱贫致富的故事。对个人而言，我们要相信劳动能改变现状、创造财富是不变的真理；对集体而言，"穷则独善其身，达则兼济天下"，自身脱贫致富，心中要不忘乡邻，以行动带动集体成员通过劳动改善生活面貌，发出指引的光；对国家而言，农业更强、农民更富、农村更美目标的实现，需要一个个陈强的辛勤付出，彰显劳动最美丽的时代风采。

创作我来说，扫码看看吧！

---

# 天亮了

丁卫东　胡曾铭

在春日的暖阳下，随着一声婴儿的啼哭，小山村中的一户家庭迎来了新生命，父亲微笑地看着躺在床上的妻子，又摇了摇怀中的婴儿。但是，这份喜悦并没有持续多久，父亲的眼神逐渐黯淡了下来。家中的余粮已经不多，妻子因为身患侏儒症，干不了重活，孩子也不知道有没有遗传母亲的缺陷，接下来的日子该怎么过。作为家中的顶梁柱，父亲长叹了口气。

“孩子，我把你带来这个世上，但是没能给你一副正常的躯体，希望你能平安长大。妈妈可能要走了，希望以后的日子你能坚强。”虚弱的母亲吃力地抱着怀里的孩子，孩子黑溜溜的大眼睛目不转睛地看着母亲，好像听懂了什么一样。

几年后的一个夏日，一个矮矮的孩童站在母亲的坟旁，正在清理坟上的杂草。正是那个婴儿，他已经到了可以读书的年纪，可是因为身材矮小，他人的眼神中带着的都是鄙夷，没有人愿意和他一起玩。孩童伫立在母亲的坟前，眺望着远方的眼神中充满了无助和委屈，仿佛希望得到母亲的陪伴和安慰，他人生的天空此时一片昏暗。

时间不知不觉来到 20 世纪 80 年代末，改革开放的春风已经吹拂了中国大地整整 10 年，但是对于这个小山村来说，似乎并没有带来太多的改变。一对新人在众人的注视下走进了简陋的新房。那个孩童已经成年，成为家中新的顶梁柱，并且有了妻子。夜晚，看着睡着的妻子，那个男人的泪水模糊了双眼。

“滴答滴答……”

听着外面的雨声，此时的他是多么想念母亲，他多么期盼着母亲能够亲眼看到他成家。

新婚第二年，男人不再满足于守着家里这一亩三分地，他希望出人头地，不想再被人嘲笑，于是他决定借钱开一家养猪场。但是，因为不懂技术，几年下来几乎没赚到钱。随着市场竞争的加剧，男人被迫关掉了养猪场。回到家中，他不忍心告诉妻子，泪水在眼中打转，生活的重担全压在了这个身高只有三尺的汉子身上。妻子向他走来，紧紧地抱住了他。泪眼模糊间，他仿佛看见了母亲正在对着他笑。

“孩子，你长大了，是男子汉了，你可不能哭！”

生活仍在继续，直到一个寒冷的冬天，有一群人来到了小山村勘探地形。不久，高速公路正式规划将要途经这个小山村，男人知道他的机会来了。他想通过这个机会改变自己的生活，于是他通过贷款开办了村里的第一家采石场。可惜命运依旧没有眷顾这个男人，采石场因为经营不善，也倒闭了。

屋漏偏逢连夜雨，命运好像总是在和他开玩笑。他盼望着有一天也能过上好日子。

盼望着，盼望着……这一天终于来了！那是一个冰雪消融、阳光明媚的日子，温暖的春风拂过这个历经苦难的家庭。随着扶贫政策的推进，他和妻子因为身患残疾被认定为村子里的第一批扶贫户，他和妻子都被安排进镇上的电子厂上班，有了稳定的工作。当夫妻俩拿出辛苦挣来的工资翻修家中的危房时，他在心中对母亲说：“妈！我终于过上好日子了。”

当然，男人并不满足于此，随着镇上光伏产业的发展，越来越多的人投身于这个产业，他也想去赚一笔钱，让日夜陪伴他的妻子过上更好的日子。虽然前两次的失败已经让这个家庭背负了难以承受的债务，但是得益于政府的免息贷款，男人成为全村第一个参与到光伏产业的贫困户。短短数月，他就赚到了此前一年的收入。家中的装饰焕然一新，男人买了一辆新的“大三轮”，载着妻子到城里逛了一圈，回来时只见大包小包地提着……

又是一个春天，他仿佛看到了小时候被母亲抱着，清晨在山里采茶的场景。幸福伴随着嘹亮的山歌，正在传向远方。

本作品来源于“三下乡”时我们走访过程中发现的真人真事，后期对其进行了艺术加工。主人公为当地的贫困户，自幼母亲去世，他和他的妻子均因家族遗传患侏儒症。先天的残疾、母亲的离去和家庭的贫困并没有让这个农家汉子失去生活的信心。虽然两次创办企业均以失败告终，但通过政府扶贫政策的支持，他参与当地的光伏发电产业，成功脱贫，过上了小康生活。

创作我来说，扫码看看吧！

# 王导的一天

张　姮

红星社区最近新来了个管事的，也不知道叫啥，就听说身边的人一直“王导王导”地喊他。

“要叫我说啊，还不是大家都怕他，说不定啊，还喜欢乱摆官架子哩。”社区里有名的“包打听”李阿姨尖着嗓子说道。

“那不能够啊，哎，你们记不记得范阳小区 405 那口子人？前两天给人送礼，人小伙子硬是没收，后来几个人好说歹说，终于把那口子劝回去了，要不老刘怎么这两天一直不高兴呢，以后摊不着便宜了呗。”陶奶奶弓着腰，悄咪咪地和周围的人说。

这，李阿姨可就不乐意了，她一向看不惯陶奶奶那假惺惺的样，争道：“现在啊，都那些干导演的天天这个导那个导的被叫。这新来的要不是爱使唤人，谁跟他王导王导地叫啊？”

陶奶奶接不了这话，有点儿不开心了。陶奶奶的老伴张爷爷看陶奶奶吃了瘪，也不生气，只是笑笑，和李阿姨说：“我说小李啊，你可别为了呛你阿姨，再把新来的领导给得罪了。要知道这小伙咋样还不简单？听说人家大清早起来正在咱们小区挨家挨户访问呢，你跟人见见不就知道了？”

李阿姨一想也有理，踩着高跟鞋，挎着菜篮子，傲气地哼了一声也就回去了。这头，张爷爷也拽着还没消气的陶奶奶回家了。

下午的时候，好巧不巧，李阿姨和陶奶奶、张爷爷又偶遇了。只见陶奶奶白

了李阿姨一眼，拉着老伴就要走，还嘟囔着："走走走，王导不是要建设啥绿色社区吗？咱们这就和他反映反映去。"

李阿姨哂笑一声，忙着急地赶过去，拉住陶奶奶，抓了抓自个儿的衣袖，柔声道："这早上的事多有得罪，这不，我这张嘴啊，你也知道，说不出好话来，您老可别生气啊。"

陶奶奶本身也没太放在心上，没好气地看了她一眼，说道："现在知道咋回事了？早上人家可是挨家挨户地问意见，听想法，了解各家困难的地方。你倒好，还没瞅到人家呢，就开始说胡话。"

"哎呀，这，我这，"李阿姨着急道，"我这不是嘴太快了吗！我哪知道这个王导是这么好的一个官哪，这早上刚走访完，下午，你说，他就开始干起来了，带着几个小志愿者，给咱们清理堆在楼道里的那些垃圾啊、小广告啊啥的。阿姨啊，你可千万别和他说早上的事，不然，人家得寒心不是？"

陶奶奶想了想，这李阿姨说得也不无道理，当即摆摆手说："得得得，我也不说你了，可你以后再和别人说起人家，可得把着点门，别给人好好的名声说臭了，知道不？"李阿姨忙点点头，"哎哎"地应了几声，就和两人道了别。陶奶奶舒了口气，拉着张爷爷，摇摇头，也走了。

晚上，每个组织、小区都派了几个代表，搬了几个小板凳，排坐在广场上，等着新上任的王导来给他们介绍工作。这个新来的王导啊，有点儿胖胖的，笑得憨憨的，摸着脑袋，乐呵呵地向大家介绍自己："大伙儿好啊，鄙人姓王，单名一个坤字。大家感兴趣的话，也可以叫我王导，为啥呢？因为以后啊，咱社区的一切任务和活动都是我来布置了，大家有啥问题可以直接和我说，能办到的我一定竭尽全力给大家办到，争取把咱们社区导成一个幸福的大片，成不成啊？"

"好——"，大伙都笑着鼓掌，起哄一个劲地喊王导。等静下来后，王导开始正式向大家介绍接下来的工作了，一直到晚上 10 点。

隔天，李阿姨就拿了些东西去找陶奶奶。陶奶奶打开门，一看李阿姨堆着笑，提着一筐食材，就知道李阿姨这是要响应王导的号召，搞好邻里关系建设。于是她伸出手，笑着把东西接了进去，又从家里拿了些土鸡蛋给了李阿姨。二人就这样，说得夸张些，算是"一笑泯恩仇"了。

后来，小区里的人都说，王导就是王导，才来没多久，就给导出这么美丽的画面了。

---

暑假期间，我联系了红旗社区的负责人，去那边参加了许多社会实践活动——帮忙调查记录贫困家庭的基本情况、清理楼道堆积物、保持街道卫生、帮助交警指挥交通，这些经历都让我体会到了基层领导的不易和便民利民、建设和谐社会的决心。这篇文章里的王导，其实就是我看到的各个基层领导的"合体"。

创作我来说，扫码看看吧！

# 心中的希望与光

弓　航

傍晚，何磊落笔，盖上笔帽，从院中的藤椅上起身。夏日的晚风还算微凉，他小憩之后，对四周饶有兴致地环顾了起来，四面皆是错落有致的房屋，正房与厢房井然有序。“四合院所带来的感受与众不同”，这正是他心中最初的想法。这个古色古香的四合院——池鱼·故渊，受到了众人的青睐。

坐落于历史文化名镇的四合院，自然别有一番风采。《蔚州志·渠道图》记载：出城西三十里暖泉堡中，泉之源以石翁分东西流，其水澄清如鉴，三冬不冻，故云暖泉。

杏花深处，有这样一处院子，晨雾夕阳笼罩着，咖啡和浓茶飘荡着，幽静且洒脱，这里是红遍全国的民宿。

何磊投资了近 600 万元，在这个没水没电没网络的地方盖了他的第一个民宿。因资金有限，他和他的伙伴们就亲自动手。在零下 30 多度的天气里，他和伙伴们手都冻伤了。他们用最简易的驴拉车，一件一件将物品驮了上去，他担心有人会和他抱怨一句，可是当他发现每个人都在卖力工作的时候，他懂了，这不是他该担心的地方。

“小何，小何，”村里的老书记激动地握住何磊的手，“这样的好房子我做梦也想不到啊，世界上有这样的好事，人家来帮我干农活，还给我钱，我不知道怎么谢谢你了……”民宿一开业，便可喜地火了起来。坐落在山沟里的一个小院子，价格可以超过五星级酒店，虽然价格昂贵，但这个民宿到现在都爆满，各个国家的游客慕名而来，这个不为人知的村子一下子火了起来，游客们不单单来住宿，何磊还安排游客们和村里人互动，吃农家饭，体验四季的变化。

何磊思绪万千，时光回到了考察民宿落地的村子时，他们去往了几百个村子，选择了一个连饭都吃不饱的省级贫困村，然而创业的困难超乎了何磊的想象，他当时预想到的资金、技术、人员的困难已经不算什么了，村民的质疑和阻拦成了他最难啃的硬骨头。

最初提起要在村里为大家盖民宿时，村民们都觉得何磊是傻子，他要做的农村旅行让村民们以为要占用他们的耕地。回想考察的路上，他无奈地发现自己的四个车胎都被扎了。开展工作遇到了不可思议的困难。同时网络上骂声一片，身边的人也是无尽的嘲讽。

何磊住在了村民家，他心想：我不给他们讲课，而是一点点地影响他们。他说，坦白讲，那段时间，很痛苦，但是他很清楚他回来就是要改变这些。

春节，万家灯火彻夜长明，何磊留在了民宿值班。大年初一，早上天刚亮，“咚咚咚”，有人敲门。何磊错愕了一瞬，回过神起身去开门。“小何啊，这半年辛苦你们了，大过年的还不能回家，大爷们心疼你。”原来是村里的大爷大娘们，冒着雪，端了一大脸盆饺子来看望他了，那一刻，他激动得说不出话来，好像半年里所有的辛苦都值得。他回想起小时候过年都是自己一个人在公园过，今年有大爷大娘们。“谢谢你们。”何磊说。

“把科技埋在农村”“农村的开发需要放大而不是覆盖”“把一个村变成一个有机体产品”……何磊和他的团队推出多个乡村振兴的概念和方法，改变了一个又一个农村。

乡亲们都开心地笑了，而他终于实现了自己的承诺，把别人眼里的荒村变成了绿洲。

2019 年何磊成立了家乡的青年商会，来自全球各地的 400 多个年轻人都关注了他。他把自己的所有资源都分享给了这些年轻人，创办商学院给他们上课，建立创业孵化体系给他们商机，帮他们融资。何磊希望他们可以为家乡为国家贡献自己的青春力量。

“我在大城市闯荡，但我终究会埋在家乡。我特别感谢生命中那些帮助和温暖我的人，他们让我懂得感恩，让我相信美好永远不会缺席。我更感谢生命中那些困难和苦楚，它们让我坚韧，让我懂得坚持和努力的意义。

“我特别想告诉和我一样在奋斗着的年轻朋友们，永远不要怀疑努力的意义，因为努力这件事对每个人都是公平的。在我们很长很长的人生里一定会经历很多很多的困难和很多很多的无奈，也有很多很多看似无尽的黑暗。但是，不管你在遭遇什么，请相信我，跑下去，天一定会亮。”

至此，笔落，何磊写完了他内心深处埋藏许久的话。他环顾而起，内心百感交集，他从未怕过远方，他每一天都在恪守初心，砥砺前行。

---

文章是由一个有理想的青年的真实故事改编而成。虽然此行未能有幸与他相见，但他人的口述中、话语间已使我内心动容。我能想象到这座村落以往的贫穷景象，心中更为佩服他振兴乡村、致力脱贫的大义之举。他为我们当代青年树立了榜样。什么样的人生才是有意义的？那便是用自己的一腔热血做自己认为值得的、正确的事。他的信念与力量也便成了我心中的一抹希望。

创作我来说，扫码看看吧！

---

# 悟·花开逐梦

行走的青春

# 踩在心上的山路

罗雪瑜

“一，二，三，嘿嘿！”

“加把劲，再来一次！”

在半山腰上，几个壮丁和女人正用绳子似乎要拔起土里什么，几个看着六七十岁的老人家用锄头在旁边帮忙。原来乡亲们正在铺山路，就剩下十几米了，却被一棵老榕树根卡住了。树根蔓延四方，扎在土里严严实实的，要连根拔起不是那么容易。

日头已经升到头顶了，大家决定原地休息一下，补充体力。大家拿出从家里用芭蕉叶打包来的午饭，折断身旁的树枝当作筷子，有说有笑地吃起饭来。

“这条路要是铺好咯，村里干农活就方便多哩，”一位老阿爹说，“三十多年没去县城了，听说城里变化很大，路铺好咯，咱们就坐车去赶集。”

一个二十几岁的年轻男子抬起头看着山的另一头，说：“政府惦记我们村，发了补贴给村里修路，不然可能要在山里待一辈子。”

“阿哥，过来休息一下吃点东西。”大婶对不远处还在挖地的大伯呼喊。他乐呵呵地说：“不打紧，你们先吃，路通了，过年我孙女就可以回来看我咯。”他似乎有用不完的劲儿，擦擦汗继续勾着腰挖地。

年轻男子含着饭菜嘟囔道：“出去了可能就再也不想回山里了。”

“城里肯定方便哩，我们这把老骨头出去也住不惯，先把路修好了，娃仔出去读书找工也方便。”老阿爹笑眯眯地说。

吃饱后，大家扛起石渣和锄头继续干活。“一，二，三，嘿嘿！”大家铆足了劲，老树根一把被拔了起来，大家也一屁股摔到地上，你看看我，我看看你，互

相笑了起来。

村寨距离县城有好一段距离，地势比较险峻，大型车辆比如挖掘机、推土机没有办法进来，只能全靠村民们一步一步地割草、开垦、铺石渣。无论是还在上学、打工的年轻仔，还是一年到头在家的农家妇女，抑或是上了岁数的阿爹，在修路的时候都没有偷懒耍滑，每个人都自觉卖力。虽然山壁和树遮挡住夏日的烈日，但是汗水还是浸透了衣服。

“这黄泥路走了一辈子，以前去镇上买一些生活用品和粮食，家里又没有摩托车，需要前一天的半夜背上干粮出发，第二天中午才能走到。有时候下大雨，泥路很难走还要过河，背回来的大米都被泡湿了，只能等天晴再晒。”老阿爹一边铺着石渣一边回忆。

铺了一小段路后，按照计划需要铺一个便车道，以便相向车辆变道让路。这段路比较特殊，正好沿着山崖，要想加宽道路，只能让出一小块地，砍掉几棵树。

这块林子是大婶家的，大婶一听不高兴了：“凭什么要砍掉我家的树，这路又不是我一个人的。”

“这路是咱们村的路，修好了大家都方便了，”大伙劝道，“不砍树车子没法变通啊。”看到大伙都上来劝告，大婶扔下锄头，坐到一旁的草堆上，恼火地喊道：“我修路还要让地，不干了。”大家不知所措，也没办法施工。

过了不一会儿，村干部和几个老人也过来了，大伙聚在一起商量起来。“咱今日先和上面反映一下情况，看看能不能争取一些补贴，实在不行咱们村就各自捐让一些地给大婶，怎么样?”村干部说。

“我一老头子也种不了几年地咯，捐出去吧。”一个高龄老头说道。大叔跟着响应：“这路是要世世代代走的啊，我在山里种了一辈子地，应该让我的孩子们出去看看了。”大伙虽然嘴上嘟嘟囔囔着，但还是陆陆续续拿起工具继续铺路。

大家都忙活着手头上的活，似乎什么也没发生过。说说笑笑，不知不觉太阳要落山了，也要收工了。大家拧了拧衣服上的汗水，胳膊已经晒得红彤彤。“这路今天修不完咯，收工到我屋里喝几杯去。”大伯热情地说。大家纷纷沿着铺好的山路回家去了。

山里回响起乡亲们的歌声：“多谢了，多谢政府好政策，心里惦记瑶寨人咧，父老乡亲似兄弟，开路造福瑶山村哩……”

月亮照亮了这条回家的山路……

---

泥泞的黄泥路变成了水泥路，成为连接彼此的暖心路，更成了山里人的致富路、小康路。这条小路倾注着无数人的心血，见证了山里人生活水平的不断提高、人民思想的不断进步、对美好生活的向往和国家的繁荣。看着各族人民正手挽着手、心连着心一起朝着更加幸福的未来奋斗，我不仅高兴，而且更加感恩为美好生活奋斗的所有人，也默默地告诉自己要努力学习，牢记使命，砥砺前行。

创作我来说，扫码看看吧！

# 多出来的三个桶

方文涛

今年的夏天实在是太热了。整个城市仿佛是被烧透的砖窑，闷得人透不过气来。偶尔从建筑群的缝隙里流过的几丝微风，也不过是给凝住的空气增添了几分稠乎乎的质感。就连远处写着“垃圾分类”的公告牌，也无精打采地斜斜立着。

楼下的杂货店依然开着。低廉的出租房里，一架大功率的风扇嗡嗡地工作着。老板娘擦了擦脸上的汗，从一堆沉重的货物中抬起头，吆喝着让刚吃过饭的儿子把台子擦拭干净，末了，又叫他把店里的垃圾给装好。

杂货店的垃圾很多，可是店里就只有一个垃圾桶。无论是吃剩的鱼骨头、不要的旧纸盒，还是用完的废电池，都得往里扔。桶壁很脏，沾着一些洗不净的黑色污渍，桶的边缘也有几道缺口，应该是用了许久了。

儿子十六七岁，戴着一顶黑红色的鸭舌帽，黑白相间的短袖配上一条牛仔短裤，显得少年气十足。他将桶里的垃圾打包装好，皱了皱眉头，好像想说些什么。

“记得先把垃圾装好放在墙边上，等到晚上没人的时候再丢到楼后面的那片小草坪上，”老板娘先是小心叮嘱，继而开始抱怨起来，“都怪这小区搞得什么垃圾分类，真是麻烦死了。小区那么大，我就不信会被人抓到。”

她已连续一个多星期这样做了。只要趁着晚上没人监督，就把没有分好类的垃圾悄悄丢到后面的草坪上，第二天再去看，垃圾准会消失不见，而且也并不像门口告示牌上警告的那样，有所谓的社区人员来找他们。

哦不，也许有一次来找过。那位身穿社区工作服的男子是来杂货店采购的。然而，看到老板娘以后，男子非但没有责怪她，反而称呼她为社区的先进标兵，弄得她满头雾水。

“也许是认错人了?”她心想，继而为自己那阶段性的胜利感到些许得意，“看来这个什么垃圾分类不过是做做样子罢了，稍微动动脑子，就能混过去了。”

“可是咱们老师说过，垃圾都是放错地方的资源，垃圾分类的好处很多，要不我们家里再添几个垃圾桶……”儿子闷闷地说道，却被老板娘瞪着眼睛咋咋呼呼地打断了：“好什么好！也没见着能省多少资源，倒是让我们这些老百姓一天天地这么麻烦。”

儿子叹息一声，仿佛是被说服了，于是不再说话，低下头专心致志地装起垃圾。

酷热的空气开始渐渐散去，夜色抹去了最后一缕残阳，夜幕就像剧场里的绒幕，慢慢落下来了。

老板娘突然来了兴致，她想去小区里逛逛，于是便出了杂货店，闲庭信步地向着夜色之中的社区慢慢走去。

傍晚的社区褪去了白日里的喧嚣，只有几声蝉鸣仿佛在诉说着夜色朦胧。透过薄薄的云层，月光洒在了路上，宛如曙光萌动、蓓蕾初绽。地面上那一片莹莹微光，像墨汁在宣纸上无声地渲染。不知从何处传来的一阵花香，顺着夜间微凉的风，萦绕鼻尖，沁人心脾。

此刻，就连一直抵触这项政策的老板娘，也不得不在心中承认，自从小区实行了垃圾分类以来，环境确实好了很多。

她继续闲逛着，直到走到楼后面那片草坪上。她忽然远远地发现了一个熟悉的身影。黑红色的鸭舌帽，黑白相间的短袖，牛仔短裤……那不是自己的儿子吗？那个人正俯着身，熟练地在今天他们丢掉的垃圾中挑拣着。他把不同的垃圾分好类，装进准备好的几个袋子里，然后拎着它们走向了北边。

北边，是他们小区唯一的垃圾分类集中点。

她呆立在原地半晌，心中突然涌上来一丝丝说不清道不明的情绪——难怪每天垃圾总会准时消失不见，难怪总是没有所谓的社区人员找上门来，难怪遇到的那个男人言语中不吝夸赞……她以前还沾沾自喜地自以为高明，现在却只觉得脸上火辣辣。

第二天早晨，儿子照例去装垃圾。突然他愣住了，惊讶道：“妈，家里怎么多了三个垃圾桶?”

老板娘瞥了他一眼：“垃圾都是放错地方的资源！从今天起，咱们家也要开始垃圾分类！”

这篇小说的灵感来源于我生活中遇到的一对母子。儿子受到老师的影响，积极倡导垃圾分类，母亲被这种精神感染，也践行了垃圾分类的政策。这件事给我的感触很深，这位少年用行动告诉我们，一个人的举动，会潜移默化地影响周围的人，乃至整个社会。小说的结局是十分圆满的，这也寄托了我对这个社会的希望——每个人都能在自己的生活里发光，像一只只火炬，传递真善美。

创作我来说，扫码看看吧！

# 风动云泛潋墨华

杨滢渝　范晨露　王韫暄

清晨吻过初露，在一片灰瓦白墙里，朝阳刚刚升起，熹微的天光给整个村落都镀上了金光。

原本静谧的村落喧闹了起来。在前些年的开发推广中，这个村落由于是典型的徽派建筑，被众人在网络上追捧，变成了著名的旅游景点，街道两旁店面的居民为招待即将到来的旅客，都纷纷行动起来。

巷道的最里边藏着一家古朴的徽墨店，宅子里面那个十七八岁的女孩仿佛也听到了动静，伸着懒腰从房间里走出来，她是这个村落最有名的制墨大师林兴文的孙女林善墨。她将店门的门板全部卸下，夏日的阳光毫不吝啬地洒在了她的全身，新的一天开始了。

晌午初过，是整个景区人最多的时间，也是天气最燥热的时刻，到处都是滚烫滚烫的。天上没有一片云彩，空气仿佛凝滞了，跟着一同凝住的还有角落里的这家墨店。

不同于别处的熙熙攘攘，这里寂寥得不似在景区，长着青苔的石阶、剥落的楹柱和门楣，无一不表明着墨店的萧条。

林善墨坐在柜台里听着门外的热闹，再看看空无一人的店，终是耐不住心理落差，跑到门外招揽客人。有不少游客受到邀请进入店中，看到黑乎乎的墨块时，意兴阑珊，转身离去。显然这不是第一次发生这样的事，或许也不是最后一次。

嗵嗵，嗵嗵……

林善墨惊喜地抬起头，店里来了一位背着双肩包大学生模样的游客，轻轻地踩在木制的地板上，清澈明亮的双眸闪动着欣赏的目光，定定地看着墨锭。林善墨急匆匆地从柜台里走出来，忙问道：

“请问您想要哪种呀？我可以帮忙推荐的。”

“我的朋友快要过生日啦，感觉还是墨锭最适合她，但是不知道哪种最合适。”

“那我推荐这块玉簪形制的朱砂墨，玉簪正面纹饰为蕉林丛中、楼台侧角，图案别致，背面中央阴识篆书‘吉祥如意’，表达了最美好的祝愿，一定会很适合你的朋友。”

打开墨盒，悠悠的墨香好似松脂的幽香，又如一株盛开的绿梅。

大学生名叫范如如，一看见这款墨锭就喜欢上了，忙叫林善墨打包。

“真的……真的要买吗？”林善墨不确定地问道。

“当然啦，这里的墨锭果然超棒，听说这里有最好的徽墨，我特地从邻省来的。要是在网上也能买到就好了，肯定有好多人喜欢。”

“真的会有人喜欢吗？”

看着她兴奋的样子，范如如多说了几句：“这样一锭墨，千杵万揉，浓缩的是精华，浓缩的是民族文化的瑰宝。我身边就有很多喜欢传统文化的同学，相信只要积极推广就一定会有更多人感受到徽墨的魅力的。”

林善墨仿佛拿到了打开新世界大门的钥匙，难掩激动之情，将范如如送出了店面。

她急急忙忙地跑向制墨坊。

“爷爷，现在还有很多人喜欢徽墨的，我们没有被淘汰！”

满屋子都是墨香。

壁板上挂有制墨工序图《一块墨的前世今生》——点烟、和料、烘蒸、杵捣、揉搓、入模、晾墨、描金。壁板前是工作台，不大的台面上摆放了小锤、木槽、墨模等工具。林兴文在给墨锭压模，听到孙女的话抬起头来。

“是真的，刚刚有个大学生来了，很喜欢我们的墨锭，说还有很多人喜欢我们的徽墨却找不到购买的途径，不如我们也在网上售卖吧，一定会有人喜欢的！”

“我们祖辈一直在这里制墨卖墨，怎么可以到我们这一辈就放弃了呢？”林兴文看了看自己苍老的沾满黑迹的双手，声音嘶哑道。

“传统工艺也要与时俱进，大家都喜欢便利的书写工具，酒香也怕巷子深，之前我们怕别人不认可墨锭，不敢走出去，事实上是有人认可的呀！”

“再让我考虑考虑吧！”爷爷犹豫道。

“那好哦，如果一个月内生意还没有起色的话，就要听我的创新徽墨，然后去网上寻找销售渠道。”

她说完忙跑走了。

“嗨，这孩子……”

一个月后，林善墨站在店外看着依旧寂静的店里。忽的一阵风吹来，地上卷起一股热浪，火烧火燎的，让人难以呼吸，却燃起了她心中的小火苗。

林善墨奔到家中的制墨坊，依旧墨香弥漫。她看向正在专心给墨锭填金的爷爷，再一次提起：“爷爷，考虑清楚了吗?”

爷爷放下手中成型的墨，偏了下头，看了一眼孙女，叹了口气。

“爷爷，你当初明明答应过我的。”林善墨带着点小脾气恼道。

“爷爷，我知道你不忍看到徽墨改头换面，但难道你就忍心看到这么好的传统手工艺没落掉吗?”

“我们只是换了一种销售途径，这可以让更多的人知道，而且我们是在不改变原有的工艺步骤上进行创新，不会损害徽墨的名声，这样也不可以吗?”林善墨看着爷爷始终无动于衷，带了些许无奈道。

“爷爷，你难道不想大家关注传统的手工艺吗？不想看到徽墨被更多的人接受认可吗？不想看到徽墨融入人们的生活吗?”

爷爷眼里像是有数不清的无奈和挣扎，终是什么也没说，抬脚径直走出墨坊，穿过庭院时，突然停下脚步，看到如意雕栏外有一树紫藤在风中摇曳。他停在回廊上许久，最后只叹息一声，低语道：“许是起风了。”接着，一言不发，继续朝前走去，所过之处清朗开阔，在夕阳的映射下，灰白的廊柱和飞翘的檐角都成了背景。

或许，不是风动。

---

这篇作品围绕着徽墨的传承与发展，衍生了最重要的两个人物，主张徽墨创新的孙女林善墨，还有希望徽墨被更多的人认可但不想放弃原有制作和经营方法的林善墨的爷爷。他们订了一个约定，一个月里墨坊生意没有起色的话，就要放弃现有经营方式，现在约定正等待着最终结果。作品的主要目的是通过小说夸张的描写来告诉人们徽墨的艰难处境，希望传统手工可在保持原有特点的基础上有所创新，也希望大家关注传统的手工艺。

创作我来说，扫码看看吧！

# 老段的菜园子

叶梓馨

老段今年快八十了，身子骨依然很健朗，平日里闲来无事就爱在自家门前的菜园子里种种菜，生活也乐得潇洒自在。

可最近老段看上去愁眉苦脸的，一问才得知，菜园要被拆掉了。

“上头的人说我占用公共空间，我不就种个菜吗？碍谁惹谁了我……你知道我的菜都多大了吗？就要丰收了啊！现在全要拆了！”老段一提到他可怜的菜园子，语气立刻激动了起来。

“你看看这青菜个头多大！这丝瓜多长！还有这葱，长势多好啊！怎么……怎么就要都拔了呢！哎哟，可把我心疼的哦……”老段想到自己当宝贝看的菜园子要被拆掉的时候，心里就像被什么剜了一个口子，眼泪哗哗地往外流。

“都说城里条件好，但我这还不如回老家住呢！在老家我还可以种种地，在城里，我这一天不种地浑身都难受……”老段一屁股坐在门槛上，死死地盯着眼前的菜园子，眼里充满了不舍。

这天，“上头的人”——社工刘姐带着两个工人来了。刘姐今年不过三十出头，却已经在社区工作有五个年头了，大大小小的事情都亲力亲为，小区里的人都认识她。

“老爷子，您要知道，咱们市推行的精神文明城市建设，清理公共空间的杂物是最基本的要求，您也要体谅我们的工作。”刘姐看着老爷子没精打采的样子，也非常担忧。

老段嘟囔着："我看你们就是清我们一楼的东西给领导们做做样子！"

刘姐一听这话就怒了："这么大热天，我们天天在楼道里爬上爬下的，肯定要从一楼清到顶楼，咱们做事情怎么会只糊弄个表面呢？"

老段被说得没了声，怔怔地看着他的菜园子。老段的菜园子其实也不算是真正意义上的菜地，只是一些泡沫箱子里填了土之后种的菜，因为影响环境美观，少不了小区内其他居民在背后的小声议论。可老段心想也没有规定不可以在小区内种菜，所以对旁人的非议不理不睬。

可现在，"上头的人"查下来了，老段也怕啊，成日里缩在屋子里，有人敲门也不敢应，就怕是来拆他菜园子的。可成日不出去也不是办法啊，万一"上头的人"趁他不注意直接强拆了可怎么办？就在这样矛盾的心理下，老段茶不思，饭不想，天天坐在门槛上长吁短叹，直到看到了今天跟着刘姐来的工人，便知道菜园子的大限到了，愤懑地把脸别过去不想看他们。

刘姐看着老段落寞的神情，颇为理解。"老爷子，我妈也和您一样，年轻时操劳惯了，老了把她接到城里，天天在家里闲得没事找事做，无时无刻不念叨着老家屋子后面的地……"

老段似乎有些被打动了，附和道："那可不是吗？我们这一代人可不就是干活的命！这从小到大养成的习惯啊，哪是说改就改得了的。"

"可不是嘛！老爷子，今天我们可是捎来了一个好消息的！您这个情况啊，我们向上级反映了，领导们也专门针对花草绿植这种情况考虑了一下，确实也不能算是影响环境的废弃杂物，所以又派专人考察了各小区楼层的屋顶，要是你家楼面上有保护层，屋顶周围的围栏足够高，那么就可以上人了！"

"领导您慢点说，什么上人不上人，我这怎么不懂了呢？"老段疑惑地皱了皱眉头。

"简单地说，就是您这菜园子可以给您移到屋顶上了！既不影响环境，又不至于拆了您的菜园子，这可不是两全其美的好事嘛！"刘姐乐呵呵地笑了。

"那这两位师傅是来……"

"这不，来帮您把菜园子搬上屋顶的嘛！这么多盆土，您也搬不动不是吗？"

"哎！哎！是了，是了！"老段终于露出了欣慰的笑容。

"可不是嘛，老爷子！咱们社区工作者，不就是要为居民着想嘛！"

时代真的变了，老段在心中感慨，现在"上头的人"做得越来越好了。

"这日子啊，总算可以消停消停了。"

本文是我根据“三下乡”活动过程中的所见所闻改编而成，文中的刘姐确有其人，而老段则是我根据真实事件创作的人物。我希望通过老段这样一个恋旧的老人形象，引出旧观念与新时代思想观念的矛盾，并以最后老段接纳新时代思想观念为结局，反映新时代思想观念的包容性与优越性。本文通过老段的视角，从侧面塑造了刘姐这样一个乐于助人、为人民服务的社工形象，并以此赞扬默默为人民群众服务的所有基层人员。

创作我来说，扫码看看吧！

# 玫瑰土地

黄　宸

二十年前李光明就去过同富村，那股羊粪味儿令他至今难忘。村主任老金带他走过一片废旧垃圾场，绕过长满藻类植物的共裕河下游河道。他在专门用来迎接客人的全村“最豪华”的清水饭店喝了一碗紫菜汤，吃了几块腊肉。农家的孩子们扒着门缝儿向里张望只为看客人摆上桌的腊肉的日子仿佛只是昨天，当他再次站在共裕河畔，才发觉如今的同富村早已不同往日的穷苦和荒芜了。

“那个时候同富村没几个孩子上得起学，家里有条件的也是读完了初中便不读了，男孩去城里打杂工，挣点饭钱养家糊口；女孩就早早嫁个人家，做做针线活儿，生儿育女。日子就一天天消磨过去了，”老金说，“自打国家实施乡村振兴政策，同富村的面貌就焕然一新了，村东边以前是个垃圾场，现在建起了各种各样的健身器材，南边的河水也干净了不少，各家各户门前杂乱缠绕的电缆电线都规规矩矩地埋到地下了。一大批从城里来的青年才俊到这里做起教师和医生，从前落后的教育和医疗都在几年内取得了惊人的进展。”

“还有大学生来做村官，他们分析咱们村在共裕河的下游，气候兼具南北，湖泊众多，地势平坦，于是就开始手把手地教村民们因地制宜地开垦田地、种植玫瑰，玫瑰产业就慢慢做起来了！女人们应着潮流学起了花艺，去城里打工的男人们回到同富村做起玫瑰园的园丁，他们啊，都要做玫瑰产业链上的一股助推力！城里有大大小小、十几二十来个花卉市场，承包给商贩做点小本生意，货源就来自我们这些村镇。花卉市场有需求了，咱们村的玫瑰花就一车一车地供应上。从去年开始，政府还拨款打通了一条鲜花邮寄通道，无论是对湿度和温度的把控，还是对外包装和耐压装置的选择，都严格按照玫瑰生长条件和市场规范，将鲜花源源不断地售至北方，这样一来，销售额翻了几番。来同富村赏花的外省游客也逐年增多，旅游业成为同富村的新兴支柱产业，这玫瑰花的招牌也随之打出去了！”

“新冠肺炎疫情期间村里的快递是不是都停运了，这对玫瑰产业的冲击也不小吧？”李光明问。

“最开始啊，我们以为疫情很快就过去了，盼着，等着，哪知道这一等，从冬天等到了夏天。快递在玫瑰盛放的季节停运，一车一车的玫瑰花卖不出去，老百姓最主要的经济来源直接被截断了，卖玫瑰花换不来利润，只能另寻他路。村里有人提议把玫瑰花酿成玫瑰酒，村民们便像初学如何种花时一样学起了如何酿造玫瑰酒。浸泡发酵数月后啊，那一车一车的玫瑰花就变成了一坛一坛的玫瑰酒。”老金继续说，“国内疫情高峰过去后，又赶上雨季，共裕河水位急剧上涨，连下半个月的特大暴雨引发了山洪，那边那几千亩玫瑰花田土地瞬间被淹了。真心疼啊，可这天灾啊，躲也躲不过，但是我们要相信人的力量！”

李光明望向同富村北边的玫瑰花田，一个个值守点打出的“履行新使命，抗洪当先锋”宣传标语尚未被撤掉，他似乎可以想象出泄洪工作全面展开时，武警官兵、解放军战士、消防官兵、普通村民都乘风破浪到最危险的地方护堤坝、造水渠守护玫瑰花田，守住同富村村民的命根子的场景；他似乎可以看到大学生志愿者自发参与到抗洪抢险的后勤工作中去，疏散村民、联系救援物资、搭建应急避难所的画面。他能感受到一种不可名状却催人泪下的力量，这种力量是精神上的坚韧与顽强，带给人信念和希望。

“村里最近正计划挽救一下被洪水损毁的玫瑰花田，争取赶上今年的玫瑰播种时节，再不抓紧，就要错过好时候了。光明啊，你帮我们这新一批的玫瑰花取个好听的名字吧！”

李光明想了想，新一批的玫瑰花就叫“明媚”吧。

我所在的团队在本次“三下乡”活动中聚焦国内疫情防控和抗洪抢险实例。本文以同富村共裕河流域的玫瑰种植业为主线，重在描述玫瑰对农民生活的重要意义，并道出灾情对玫瑰产业的冲击，彰显了老百姓面对灾情迎难而上的勇气和决心，歌颂了所有在灾情中贡献力量的华夏儿女。

创作我来说，扫码看看吧！

# 青山绿水的守护者

徐珑榕

东方熹微，晨雾一点点散去，静静的管溪苏醒了。

仲夏的上午，我如约来到大溪乡的管溪旁，准备和上虹村级河长王大成体验一次巡河的全过程。虽然我仅仅提前十五分钟到达了约定地点，并做好了防晒措施，但夏天烈日短短的几分钟就让我汗如雨下。我心中不禁泛起了嘀咕：跟着王大成河长体验巡河得多长时间呢？正当我心焦火燎时，一位清矍从容的老人，面带微笑沿着河边走来，他正是河长王大成，也是上虹村的村总支书记。他不紧不慢地走到我面前，笑着说："是容榕同学吧，走，我带你去河边看看。"还没等我反应过来，他就沿着河岸往上游方向走去，我赶忙三步并成两步追了上去。

也许是年龄的原因，也许是关注点不同，一路上我俩之间话语并不多，他只是简单地问了我一下学校和专业，更多的是将注意力投到巡河中，我机械式地答复一下，就这样，我们走了近十分钟，气氛略显尴尬。忽然，前面河道顺水漂来一堆垃圾，远远望去，有塑料袋、可乐罐，还有包装纸，老王眉头一皱，掏出手机就拍了照，然后抄起网兜就去打捞，我见状也赶紧拿起随带的网兜帮忙，一会儿工夫，这堆垃圾就被我俩清理得干干净净。正当我准备继续上路时，老王忽然打开了话匣子："你知道什么叫河长制吗？"我茫然地摇摇头，老王似乎来了兴致："河长制啊，是我们浙江首创的一项河道长效管理的制度，由各级政府官员担任河道保护的牵头人，履行'管、治、保'职责，目的就是保证大江小河的长治久清，给老百姓一个绿色生态的生活环境。"

“那么河长主要干些啥活?”“河长算不算一个官?”“河长制实施的效果如何?”在我一连串的追问下，河长制迷雾慢慢地被揭开了：河长不算官，但又是官，因为河长的官衔并不在组织序列中，担任河长的又是各级政府官员，所以虽然带了“长”，更多的却是担负着的责任。河长负责组织领导相应河道的管理、保护、治理工作，包括河道管理保护规划的编制实施、水资源保护、水域岸线管理、水污染防治、水环境治理、水生态修复、河道综合功能提升等。河长干的活又根据不同的级别有所区别，比如区级河长负责指导、协调所辖河道保护管理工作，督促乡镇河长和区直有关部门履行职责；村级河长按不同行政村各自负责自己的责任河并开展河道管理、整治、保洁工作，是河道保护的直接责任人。

“至于河长制实施的效果如何，你看看我们的两岸环境就知道了。”老王骄傲地说。的确，管溪在大溪乡镇、村两级河长的统筹谋划下，先后对河道及两岸开展了“垃圾河、黑臭河”治理、畜禽养殖污染治理、农村生活污水治理和“污水零直排区”建设。在保持河道原始肌理的基础上，开展流域修复，新建滨水广场、亲水步道、绿化景观、观光水坝等，拆除废弃水电站、关停采石场、恢复原生植物，构建了集防洪、观光和休闲于一体的水利景观工程，实现了从乡村小溪到“美丽河流”的华丽转身。经过治理，优环境、促转型、惠民生的成效不断显

现，管溪水质常年保持在二类水以上，其“鲤鱼坝”成为远近闻名的“网红坝”，一到暑期，来此避暑纳凉的游客络绎不绝。

近一小时的巡河很快就结束了，汗水早已浸湿了我俩的衣背。老王拿出手机又比画了几下，我又有了新问题：“巡河需要手机干吗?”老王递过手机给我看，原来今天我们的巡河轨迹都在手机中一个叫“河长通”的 App 上显示得清清楚楚，并且刚才河面垃圾的照片也在里面。老王介绍，他每周至少进行两次巡河，每次巡河后都要把巡河的情况上传 App，这是上级部门对河道治理保护规划的重要依据，也是判断河长是否正确履职的重要方式。正是这些基层河长的操劳和履职，才使我们的大江小河岸青水绿，使我们望得见山水、留得住乡愁。

---

有一群称不上官的河长，他们不顾日晒雨淋、寒冬酷暑，巡走在大江小河边，默默地守护着家乡的青山绿水。他们辛苦履职，却不计报酬，他们的工作平实无华，却又不可或缺，在他们的努力下，昔日的乡村小河成为一道道“美丽风景线”。正是对家乡山水的拳拳赤子心让他们坚持着心中的信念，他们是开展美丽乡村建设、推动乡村振兴的一颗颗重要的螺丝钉。

创作我来说，扫码看看吧！

---

# 清晨照进来的第一束光

伍钰婷

清晨，风卷柳枝，空气中凝结着雨露，夹杂着泥土的芬芳，阳光穿过稀薄的云层，将温暖与希望洒向万物。人们揉着蒙眬睡眼，瞥见窗外的光芒。谁承想，昨夜暴雨倾盆，北风大作，将街边的枝叶卷入空中，又狠狠地摔在地上。街道上散落着凌乱的垃圾，与清晨的平静格格不入。

空无一人的巷口与清晨光芒交相呼应的地方，有一个身影。羸弱瘦小的身影，正对着满地的枝丫和昨夜闹市后的狼藉，不知所措。

连续一个月了，小夏都没有在晚饭前见到过母亲。今早，天刚蒙蒙亮，她就醒来了，依然没有赶上见母亲。她孤零零地背上书包，走出家门。

在岔路口，小夏没有踏上通往学校的道路，而是拐到了另一条路上。巷子里，广场上，虫蝇乱飞，食物残渣和污水遍地。小夏第一次看到清晨的街道，她敲敲自己的脑袋，仿佛置身于噩梦之中。“这不是我所熟悉的街道呀!”她惊讶地看着最熟悉的街道成了最陌生的模样。这还是那个干净整洁、一尘不染的街道吗？小夏抬抬头，呆呆地望着路旁的街牌：“对，清扬街，没错啊!”

她的脚步止不住，想要往前一探究竟。在转角，她望见了那个熟悉的身影，佝偻着腰，拿着长长的扫帚，步伐快速移动，扫着随处可见的各种垃圾，汗珠从她头顶冒出，滑过褶皱的面颊，但她顾不上擦去汗水，得赶在人们醒来前，让街道与广场焕然一新。她将树叶、食物残渣、废纸等统统扔到垃圾桶中，没有丝毫迟疑。在垃圾进桶的间隙，她的手快速地拂去额角的汗水，抬头望着清晨照进来的第一束光。

看见了这一幕，小夏本想冲过去，大叫一声妈妈，却鼻头一酸，默默转身，消失在街道的尽头。

放学后，小夏又不知不觉地走到了那条街，决定去那个街道的广场一探究竟。那里有疫情过后少有的热闹气氛，有许多商贩在广场和街道边摆地摊。穿街而过，可以看见人生百态，有卖小饰品的、经营街边油炸食品的、卖水果的、发传单的。“卖水果咯！卖水果咯！”光着膀子的大汉扯着嗓子吆喝着。地上散落着果皮，包装袋被随意丢弃，人潮拥挤，好一派热闹的场景。

“大爷，疫情刚有好转，您这小摊生意怎么样呢？”

大爷把刚炸好的土豆递给客人：“好着呢，多亏了国家政策和你们的支持，不摆地摊我也不知道怎么维持生活了。”

小夏回头一看，原来是居委会主任宋阿姨，叫道：“宋阿姨！”

“是小夏啊！这么晚了，吃饭了没有呢？”

“还没呢！宋阿姨，最近妈妈比较忙，我过来看看她。”

“是啊，最近地摊经济兴起，一夜过后，留下的垃圾也比较多。”

“那宋阿姨，有没有什么办法可以改善社区环境现状呢？我想当志愿者，开展一个宣传环境保护的活动，我了解到咱们社区最近要进行垃圾分类管理了。”

“好呀！我们社区的建设正需要你这样的志愿者呢！”

穿上志愿者服，小夏脸上浮着明媚的微笑。在宋阿姨和居委会的帮助下，小夏在广场上搭建了一个红色的棚子，摆放着制作好的宣传单和宣传栏，向来往的路人和商贩讲解垃圾对环境的危害、垃圾分类的重要性。桌子上摆放着知识问答的小纸条和奖品。

远远地，小夏看到了一个身影，是和母亲一样的保洁工作者。

小夏走上前对她说：“阿姨，我看见您清晨就在扫地好辛苦呀！”

阿姨说：“要让城市干净整洁，辛苦一些没关系。”

“我们作为志愿者在向居民们宣传垃圾对环境的危害，宣传垃圾分类的知识，希望能用我们的行动减轻你们的工作负担。”

阿姨脸上浮起了明媚的笑容：“真是谢谢你们啦！”

小夏连连摆手：“这是我们作为城市一分子应该做的，阿姨您也可以来答题领取小奖品。”阿姨眼神中闪过一丝忧愁：“可是我不认识字。”

“没关系，我可以给您念题目，我妈妈也是保洁阿姨，我知道你们的辛苦。”

阿姨和小夏来到红棚子旁，抽取题目，她打开题目念道：“下列属于可回收垃圾的是……”

阿姨眼神坚定，不假思索地回答：“纸盒。”

“阿姨，恭喜你回答正确!”小夏拿了一瓶水和一包纸巾递给她。“我们社区以后也会施行垃圾分类，这个是我们制作的宣传单，上面是各种垃圾的图片和它对应垃圾箱的颜色。到时候还要靠您和大家共同来维护我们城市的环境卫生。”

阿姨满意地笑着，阳光映照在她的脸上，那是充满了希望的色彩。

小夏向每一个商贩都耐心地讲解垃圾分类的重要性，耐心地教他们认识垃圾分类标识和如何投放。

夜晚，星星爬上夜空，皓月给予黑色银光。小夏在街道广场上提醒行人正确地投放垃圾。

今夜，她和母亲奋斗在同样的岗位上，为了迎接明天更好的太阳。

微不足道的光也能突破黎明前最黑暗的云层，将光明带给大地万物。当清晨的第一束光照进这座城市时，已有人在守护这座城市。就让他们守护城市，我们来守护他们。让每天的光都照耀着更好、更绿色的城市。

---

疫情过后，地摊经济兴起，夜晚的社区广场上热闹非凡。在一夜喧嚣过后，常常有果皮纸屑被随意地丢弃。文章中我描写了女孩小夏见证其母亲工作的场景，并且通过自己的志愿活动与母亲并肩作战，共同维护社区环境的故事。清晨照进来的第一束光照亮这座绿色的、发展的城市，也温暖着人们的心灵。

创作我来说，扫码看看吧!

# 张三麻子

曹廷龙

窗前，一位满脸麻子、苍颜白发的老人握着手中的剪刀，但手中剪纸的动作早已停下。这把剪刀已经磨损得很破了，但依然被老人满是茧子，甚至有些变形的手紧握着。

张家大院，老张三麻子正在训斥小张三麻子——张家是清代扬州有名的剪纸世家。

"爹跟你说了多少遍，不要再碰剪纸了，你就是不听，今天你别吃饭了，就跪在这好好反省吧!"说完，他把棍子扔在地下，气冲冲地走了，留下跪在作坊门前、眼角有泪迹的小张三麻子。小张三麻子看着通红的手心，恶狠狠地盯着刚离去的老张三麻子。

虽说张家是有名的剪纸世家，并且张家有着很好的剪纸技法，但是老张三麻子始终不愿意教小张三麻子剪纸，甚至都不让小张三麻子碰剪纸。

老张三麻子在家里的作坊制作着不同的剪纸，从飞虫鸟兽到竹兰梅菊，无一不栩栩如生、惟妙惟肖。老张三麻子看着手上的剪纸，心满意足地微笑着，抬头看着这布满剪纸的作坊，突然大笑起来，一会儿又埋头剪起了纸，头上几根白发在透过窗户的阳光照射下，变得明亮起来。此时一个小男孩正趴在门外，透过门缝偷看着老张三麻子剪纸，不过此时小男孩却很疑惑，因为按照以往的情况，每次自己偷看父亲剪纸，都会被父亲发现并且狠狠地教训一顿，这次父亲竟然没有发现自己。

这一天，老张三麻子接到一个大户人家的订单，一大早就带着装备，高兴地出门去了，毕竟很久没有接到这样的大订单了，并且还是定制的。然而回来时，老张三麻子脸上却变得忧愁起来，略带一些怒意，走到堂屋时，家里人询问情况，这才知道那个大户人家在交货时临时改价，老张三麻子气不过，但又无可奈何，为了维持家里的生计，被迫接受了无理的要求。老张三麻子拿着剪刀和剩下的白纸，走向作坊，看到了坐在门前、正在专心剪纸的小张三麻子。看着小张三麻子，老张三麻子想起了什么，就这样静静地看着小张三麻子，然后不一会儿就出现了最初老张三麻子训斥小张三麻子的场面。

小张三麻子每次和小伙伴出去玩的时候，经常会找机会单独离开，找个没人的地方剪纸。由于经常偷看父亲剪纸以及向街上剪纸店的剪纸师傅请教，小张三麻子已经剪得很好了。当然最初剪纸师傅都不愿教他，怕他把自家的手艺偷学去，渐渐地因为剪纸生意不景气，很多剪纸店都入不敷出，也就没人在意剪纸手艺被偷学去了，就愿意教小张三麻子，最主要的是小张三麻子太烦人了，每次都来找他们，不教他就不回去，大家都知道老张三麻子不愿教小张三麻子，所以也偷偷教着小张三麻子一点简单的剪纸技巧。

纸包不住火，还是被老张三麻子发现了，那一次小张三麻子正在向一位剪纸师傅请教，老张三麻子突然出现在小张三麻子身后，小张三麻子被吓到了，剪刀刺到了手，手便开始滴血。老张三麻子气冲冲地把小张三麻子拉回了家，剪纸师傅问老张三麻子为啥这样做，老张三麻子说："他不是那块料，你知道为什么!"听到这话，剪纸师傅看着店里，便无奈地笑了。回到家，老张三麻子认真地为小张三麻子处理手上的伤口，然后什么都没说就走了，但脸上的皱纹似乎更多了。

一天晚上，小张三麻子偷偷地离开房间，想去作坊偷拿点纸，当他小心翼翼地接近作坊时却发现作坊的灯还亮着……

那天之后，老张三麻子开始教小张三麻子剪纸的技巧，把所有自己掌握的手艺都毫无保留地教给了小张三麻子，小张三麻子也很聪明，学得很快。

十四岁那年，仅仅靠老张三麻子的一把剪刀，难以维持家里生计，小张三麻子便开始了流浪剪纸生活。他独自谋生，跑遍了扬州、仪征、六合、天长等地的许多集镇和农村，风里来雨里去，寒来暑往，仅凭着一把剪刀、一叠白纸，给人们剪来"福寿"、送去"吉祥"，也维持着自己辛苦的生活，年节之际还攒下了余钱来资助家里。即使再辛苦，小张三麻子每次看着自己最终的剪纸作品，脸上都会洋溢着笑容，有时也会为一些细节问题愁眉苦脸，连吃饭都没胃口。

渐渐地，小张三麻子名气越来越大，比老张三麻子名气还大。二十岁那年，他结束了流浪式的卖艺生涯，在扬州多子街上一家名叫"德兴衣庄"的门楼子里，摆下桌凳，挂上招牌，算是正式开张卖艺了。小张三麻子的摊子与众不同，桌上放一个红木镜框，里面盛放各式花样子，门前一块招牌上写着“张三麻子专剪专描新式花样”，另外还剪了一副对联：剪成龙飞虎跃，描就鸟语花香。

老人还清晰地记着小时候的那个晚上。

作坊传来两个人的对话：

“老三，你为什么这么坚持，不让那娃学剪纸啊！”

“爹，不是儿不想让他学剪纸，难道我想要这手艺断了不成？这剪纸陪伴了我一生，我又怎么会舍得让它就这样消失？可是您也知道，剪纸早就被人忘记了，现在人们沉醉于机器技术，根本不懂剪纸了，您还记得那天我去一个大户人家吗？我气的不是他们给钱少了，而是他们说剪纸不就是一张破纸嘛！您知道吗，儿的心里有多难受吗？我不想让他也经历这样的事情，我希望他能过好点，而不是被剪纸束缚住了！”

“可是那娃很喜欢剪纸，即使你这么多次打他、骂他，他都从来没有放弃剪纸！”

“我知道，我看着他剪纸的样子，想起了自己小时候因为剪了一个蝴蝶都高兴得不得了，更何况他比我更聪明，没人教他，他剪得就已经很好了，已经有那种韵味了，他就是剪纸的那块料，但我又怕他不是剪纸的那块料，太苦了，我会教他的！”

……

作坊门前的石板上多了一些泪迹。

---

传统手艺人身上的那种工匠精神，是日积月累的汗水换来的，值得我们尊敬，然而传统手艺也面临着小说中的困境，甚至许多手艺都已经失传。我希望今人去关注、去珍惜、去传承这些承载着美好记忆的传统手艺，希望这些美好的事物不会随着这世界暂时的“焦虑”而消失。

创作我来说，扫码看看吧！

# 滋　味

徐　赫

傍晚，我走进了一家淮南牛肉汤店。

一碗七块钱的牛肉汤，一样的白瓷宽口大碗，一样的粉丝千张豆饼，一样的薄薄几片却货真价实的牛肉。淮南人的晚上总是随着牛肉汤的咸香味就这样溜走了。

“怎么搞的，这儿的牛肉汤跟老杨家的比差远咯！”

隔壁桌穿着蓝衬衣的男人声音大得有些震耳朵。店里其他桌的人或揶揄或恼火地看过去，那男人搅了牛肉汤店的清净，却带着一点理所当然的神情。

曾经，不清净才是理所当然的。

那时我才上小学二年级，被家长逼着赶着去上了英语班，跟几十个孩子一起挤在一间狭小的没有空调的屋子里，跟阿单老师叽里呱啦地念。每次饿得头昏脑涨地从那楼道里下来，我妈总是把我手一拉，就去了对面的老杨牛肉汤。

“老杨牛肉汤”，没有招牌，全凭老板老杨的手艺，在街上的名声大得出奇。店里有个砖砌的灶台，里面火就没见它熄过，那么大的一口铁锅，肉汤上面飘着红油，不论食客喜好，都必须得来一口。店里的装潢花花绿绿的，带着热热闹闹的烟火气。至于老杨，凡有人叫了汤，他手里立马就动起来，抓了东西往深深的滤勺儿里一放，把勺往锅边一靠，转头憨憨厚厚地笑，操着一口淮南话，扯着嗓子跟店里的食客继续搭起腔来。店里总是吵吵闹闹的，纵然我小时候讲话再轻声细语，在这样嘈杂的环境中，总得扯着嗓子跟我妈聊天。孩子声音尖细，大声叫起来更是烦人。大人脸上也不见什么烦躁神色，顶多比我还大声地笑我一句：“我的乖乖来，小丫头嗓子真亮。”

老杨家的牛肉汤，确实是最好吃的。粉丝没有粉的芯，千张没有豆腥气，豆饼总是软糯的，非常好吃，唯一的缺点就是肉量太少，不过瑕不掩瑜。就着老杨家的小菜和故事，小丫头立马就把英语课上的“abcd”忘了个一干二净，小心翼翼地吸着过分滚烫的粉丝，龇牙咧嘴，却不肯松口。老杨总是在说话，说自家农村的那亩地，说自己和老板娘的罗曼史，说他儿子成绩有多好，说把他供完大学就不干啦，这时候店里人就起哄地说，这可不行。这时，店里的热气总是烘得老杨的脸红扑扑的。

那么些年过去了，即使是坐在开了空调、干净明亮的店里，听到老杨这个名字，就好像又回到了那个炎热的夏夜里、那吱吱呀呀的风扇下面。

那男人的同伴觉得有些害臊，刻意压低了声音发问：“老杨那家店现在还开吗?”我把脸埋在碗里，耳朵却竖着偷听。

“开?”蓝衬衣男人笑了一声，仍然不改大嗓门，“整条街都被拆咯。”

听到这里，我的牛肉汤见底了。我忙不迭转身出了门。

天已经完全黑了，所幸路灯还够亮，天气也还算凉爽。我想，是时候回家了。

在忽明忽暗的路灯下，有个过于高亢的女声传来：“你也住这儿啊?”

我抬头一瞧，一张圆圆的脸盘，裹挟着无数关于“abcd”的记忆，映入眼中，是阿单老师。在她的英语辅导班上，我度过了整个童年，也难怪她还记着我。

令人惊讶的是，在问过了近况后，阿单老师也提起了老杨。

“你还记得楼下的老杨家的牛肉汤吗?”看到我点了下头，她继续说道，“哎呀，街不是被拆了嘛！英语班就搬到龙湖公园附近了，生源好，就是南北两头跑太累……你说巧不巧，老杨家还在我对面呢！”

见到我微微瞪大的眼，阿单老师翘着嘴角继续说道：“他们家原来的铺子也是租的，后来他又在龙湖公园旁边租了个铺子，租金似乎是贵了不少，但铺子离火车站也近了不少，老杨说孩子上学回来有个更近的落脚地也挺好……老杨他爱人也被他接过来了，老家的地好像是租给别人种了……”接着，她又问起我的英语来，我只得含含糊糊地提了一下，所幸阿单老师没过多久就到家了。她冲我摆了摆手，上了楼。

第二天，也许是前一天听到的关于老杨的消息太多，即使顶着绵绵的细雨，我也想出门再吃一次心心念念的杨家牛肉汤。很久没有到淮南北城，因为路不熟，我提前在北门下了车。老杨的新店在西门，就算是抄近路也得横跨大半个公园。

龙湖公园是我小时候常来玩的地方。这么多年过去，也没见有什么大变化，从我记事起，就是这副绿草茵茵、碧波荡漾的样子。不过听老一辈说，这片湖的湖底曾经只是个挖煤过度剩下来的坑而已，因为影响市容，引了水过来，改成了一个人工湖，倒是漂亮了不少。雨下着，公园里散步的老人搀扶着缓缓走过。

思索间，我已穿过了西门，一眼就瞧见了老杨牛肉汤。店里添了新招牌，砌了水磨砖石的地，熟悉的大叔身边添了个把头发盘得结结实实的大娘，不过还是熟悉的灶台和大锅，空气里飘来的也是熟悉的红油香味。他们来到了新的街区，生活却仍是记忆中的滋味。

---

城市的变迁虽然使城市变得更加文明整洁、经济发展得更加迅猛，但小时候的回忆确实也无处安放了，所以我试着在作品里写出回忆的寄托和城市变迁的场面。很少有人会知道一家倒闭的“苍蝇小馆”老板的命运，是否可以像文中的老杨那样，还是拥有幸福生活的滋味。我希望通过文字的叙述，将回忆中不为人知的味道重新描绘出来，使更多的人关注正在消失的城市记忆。

创作我来说，扫码看看吧！

---

# 最美的花环

张　悦

小安说，那是她见过的最美丽的花环、听过的最触心怀的故事。

下午六点，小安准时到达广场中心准备进行社会访谈。

之所以选择那里，是因为在这广场的旁边有一条步行街，最近多了许多地摊经济者。从十五六岁到五六十岁、从卖小夹子等首饰的到掷飞镖扎气球的，应有尽有。其实按理说这样的移动商贩是不能出现在广场中心的，但在今年疫情的特殊背景下，他们被允许在这里吆喝生意。这条步行街本是人们散步的最佳通道，又临近广场中心，人流量自然不在话下，街道两边挤满了商贩，而每个商摊前面也总有来来往往的人，这也自然成了她社会访谈的最佳去处。

这是她第一次进行采访，所以也没有什么经验可言，但小安总是对新鲜事物充满了好奇，想要尝试一切。所以对于采访这件事，她的好奇高于了胆怯。她拿出事先准备好的问答本，感觉自己俨然一副小记者的模样。她正了正身体，自信地走进了商摊圈。

首选目标当然是生意好的商摊。她走完一个又一个流程，看看问答本上的记录，总感觉过于程式化。虽然不是专业的，但她内心还是免不了有点小失落。

正准备收工回家的时候，她的目光不经意瞥到了一个不起眼的小摊铺，摊主一老一少，只有一张简单的布铺在地上，上面有零零碎碎几个类似花环的东西，灯光暗淡，但她们脸上布满了笑容。

她不由自主地走到她们面前，现在已经接近八点了，她们摊位前并没有什么顾客。小安先仔细地观察了她们售卖的东西，果然是花环，但和自己编制的不同，她们的花环明显更具艺术性。每种花环都独一无二，编织形式多种多样，颜色搭配也极具观赏性，花的种类她也没见过，像是普通的山野小花。

“来买花环吗，小姑娘?”年长的那位率先注意到小安的到来。

“我先随便看看。这些花环真好看，是你们自己亲手做的吗?”小安拿起眼前的一个花环，轻巧的编织手法让小安瞠目结舌。

“这是我们家小孙女编的。这小丫头，手巧得很。”谈到这位小姑娘，婆婆脸上的笑容更灿烂了。

小安顺势向小姑娘望去。她穿得很是朴素，头上夹着一朵玫红色的小花，看起来不过十来岁的样子。她注意到小安在看她，十分羞涩地躲到了她奶奶的身后。

“这孩子有一点怕生。”婆婆揉了揉她的头发。

“没关系，小姑娘真可爱。”小安挑了一个花环，“这个多少钱一个啊?”

“一块钱，一块钱。”不知为何，婆婆说价钱的时候总感觉有点紧张。

一块钱！小安暗惊。这么好看的花环居然只卖一块钱，若是放到别处，二十块的价格也是能叫出来的。

“婆婆你们卖这么便宜，每天应该赚不了多少钱吧！”小安忍不住问。

“不赚钱不赚钱，就是出来看看。”婆婆好像更紧张了。

小安感受到婆婆的异常，也没再追问下去。

“我能在这坐一会吗?”

“可以，可以。”她们连忙给小安搬了一个板凳，“来坐，来坐。”

在聊天过程中，婆婆告诉小安她们是婆孙关系，住在附近的一个小乡镇上，之前因为疫情，一直没能出门，现在解封了，便想出来看看。花环是孙女在疫情期间学会的，刚开始只是简单地扎个圆环，后来逐渐研究出了更多的花式。正好这次她们来她姑姑家玩，便拿到这里来卖。小安夸赞了小姑娘心灵手巧，聊了一会便离开了。

此后的每一天，小安都会去她们的摊位买一个花环，然后再和她们聊天。小安能明显感受到她们从最开始的客气变成了发自内心的热情，聊天的内容也更加接近生活常态。

今天是小安访谈的最后一天，和往常一样，小安去了她们的摊位，并跟婆婆和小姑娘说了自己以后不会再来访谈了。她们情绪明显低落了一些，继而又很大方地祝福小安。天下无不散之筵席，小安自己安慰道。临别时，小安正准备起身，婆婆叫住了她。

“我再告诉你最后一件事吧！”婆婆突然有些伤感。

“好。”小安应道。

“其实沫沫的妈妈已经去世了！”沫沫是小姑娘的名字。“沫沫的妈妈是一名医护人员，疫情期间不小心被感染了，由于需要隔离，沫沫始终没有见到她妈妈，直至她妈妈离开。葬礼上，沫沫亲手编织了一个花环放在了石碑上，之后的每一天，她都会用尽心思编织一个她最满意的花环献给她妈妈。后来突然有一天，她告诉我说希望把花环送给更多的人，也将祝福送给大家，她妈妈是为了守护他人而离开的，她也想用自己的方式守护更多人。其实我们刚开始是免费赠送的，但他们总是用怀疑的眼光看着我们，卖一元钱反而光顾的人更多，现在我们每天都需要加紧编织才能赶得上来卖。”婆婆说着说着又带上了笑意。

世界上还有多少善良被揣测成恶意啊！小安心想。

“那为什么开始的时候不告诉我呢？”

“你说你是做访谈的，我们不希望以此来招揽生意，也不需要别人的怜悯，我们做好自己的事情就可以了，不想给别人带来麻烦和困扰。”

她们的话小安记了很久。直到今日，她将她们的故事分享了出来。她说，沫沫的妈妈一定比花环还要漂亮，而沫沫也一定比她妈妈更加温柔善良。后来因为不想带给她们心理压力，小安还是会经常站在远处看着她们，看着她们纯真朴实的笑脸，看着她们将爱带给更多的人。

“你们知道吗，那是我见过的最美丽的花环、听过的最触心怀的故事。”

---

本篇微小说的素材源于我在实践过程中对地摊经济的调查。本文中的小安发现了一对特殊的地摊经济者，她们朴实、淳朴，尤其是当仔细了解后发现其背后蕴藏的故事很是让人感动。在本次疫情中，医护人员是中流砥柱，他们在救助过程中不顾危险，不分昼夜，甚至有人献出了宝贵的生命。善良永远都会发光，也会影响下一代人，正如同中华民族的传统精神一般，会不断传承下去。

创作我来说，扫码看看吧！

---